진격 新무협 판타지 소설

흡정마공

吸精魔功

FANTASTIC ORIENTAL HEROES

흡정마공 5

진격 新무협 판타지 소설

초판 1쇄 찍은 날 § 2007년 10월 18일
초판 1쇄 펴낸 날 § 2007년 10월 26일

지은이 § 진격
펴낸이 § 서경석

편집장 § 문혜영
편집책임 § 이재권
편집 § 이환진 · 조수희

펴낸곳 § 도서출판 청어람
등록번호 § 제1081-1-89호
등록일자 § 1999. 5. 31
어람번호 § 제2-1320호

주소 § 경기도 부천시 원미구 심곡1동 350-1 남성B/D 3F (우) 420-011
전화 § 032-656-4452 팩스 § 032-656-4453
http://www.chungeoram.com
E-mail § eoram99@chollian.net

ⓒ 진격, 2007

ISBN 978-89-251-0968-8 04810
ISBN 978-89-251-0545-1 (세트)

5
흡정마공
[뒤바뀐 진실]
吸精魔功
진격 新무협 판타지 소설
FANTASTIC ORIENTAL HEROES
도서출판 청어람

흡정마공

목차

1. 난세의 핵! 사천무림 | 7
2. 장강수로맹 | 49
3. 살을 주고 뼈를 취한다 | 71
4. 얽혀진 운명들 | 113
5. 주작칠수 아니, 주작육괴 | 149
6. 뒤바뀐 마공과 신공 | 191
7. 단혼살막의 등장 | 211
8. 불길한 징조 | 251
9. 피할 수 없는 승부 | 283
10. 자정의 혈투! | 305

第一章
난세의 핵 ! 사천무림

사천성(四川省) 아미현(峨眉縣) 서남부에 위치한 아미산.

오대산, 보타산, 구화산과 더불어 불교 사대 성지로 꼽히는 이 산은 사대 보살 중 보현보살의 도량이 모셔진 곳이다.

복호사는 그런 보현보살의 도량 중 수위에 꼽히는 사찰이다. 하지만 무림인들에게 알려진 것은 그런 부분이 아니다. 무림에 알려진 복호사의 또 다른 이름은 다름 아닌 아미파였다.

쾅.

복호사의 정문이 강한 일격에 좌우로 갈라졌다.

“아…….”

거칠게 문을 연 행동과 달리 문을 연 자는 곧 망연자실해졌다.

“아미타불.”

대신 그보다 한발 늦게 도착한 자들이 경내를 보고 불호를 읊어주었다.

도저히 사찰이라 부를 수 없을 만치 경내 안은 거지 소굴 저리 가라 할 정도로 먹다 버린 음식들과 술병들이 곳곳에 널려 있었다. 거기다 신성시 되어야 할 탱화들은 없던 수염과 안대를 달고 요상한 표정을 짓고 있었다.

“윽!”

자청은 분노를 이기지 못하고 비틀거렸다. 이 순간만은 그의 오랜 참선이 조금도 도움을 주지 못했다.

“장문인.”

아미삼십삼천의 한 사람이 얼른 자청을 부축했다.

그러나 그의 부축을 거칠게 뿌리친 자청은 타파의 인물들이 보고 있다는 것도 잊은 듯 고스란히 속내를 드러냈다.

“뭐, 뭐 하느냐! 어서 경내를 뒤져 생존자를 찾아보아라.”

“예.”

명을 받은 아미이십팔천이 빠르게 경내로 들어서 전각 이곳저곳으로 몸을 날렸다.

“으… 으…….”

그래도 자청은 분노를 주체할 수 없는지 계속해서 신음을 흘렸다.

"너희들도 어서 경내를 뒤져 생존자를 찾아보아라."

보다 못한 육파일방의 장문인들이 수행차 데려온 제자들에게 명을 내렸다.

그들도 곧 처음 몸을 날린 아미이십팔천처럼 생존자를 찾기 위해 전각으로 사라졌다.

옥정곽이 자청에게 다가가 침중한 음성으로 한마디를 꺼냈다.

"장문인, 잠깐이오. 잠깐이면 무당에서 받은 치욕과 이곳의 치욕을 배로 갚아줄 수 있소. 스스로 마도라 부르짖는 놈들에게 정의가 무엇인지 확실히 각인시켜 줄 것이오."

대표로 그가 나섰지만, 그 마음은 이곳에 있는 자 누구나 똑같았다.

"그럴 것이오. 내 이 치욕은 기필코 되갚을 것이오."

자청은 씹어뱉듯 토해냈다. 본산이 더렵혀진 치욕은 그 어떤 치욕보다 지독한 것이다.

"그렇소. 반드시 그렇게 될 것이오. 그래서 육파일방의 장문인들 모두 이곳으로 달려온 것이 아니겠소?"

옥정곽은 강조하듯 한마디 했다.

자청은 그 말을 듣고, 곧 신색을 추스르고 모여 있는 장문인들에게 합장을 했다.

"빈승은 여러 장문인들의 그 마음. 껍질을 버리는 그날까지 아니, 버리지 못하더라도 절대 잊지 않을 것이오."

"무슨 말이오. 육파일방은 하나가 아니오?"

"다 정의를 위함이오. 그러니 장문인께선 너무 마음 쓰지 마시오."

"반드시 이 치욕을 갚을 수 있을 것이오. 대정회는 그래서 만들어진 것이 아니오?"

장문인들이 각각 위로의 한마디를 해주었다.

"아미타불."

자청은 잠시 격동을 이기지 못해 불호를 외웠다.

"허허허. 뭐 이 정도에 그리 감격하는 것이오. 그리고 지금은 이 정도로 마음이 흔들려서는 안 되오. 우리가 갈 길은 아직 머오."

옥정곽이 그런 자청을 잡아주는 한마디를 했다.

"명심하겠소. 그러나 옥대협만큼은 일이 끝나는 대로 따로 감사의 인사를 드리겠소."

자청은 잊을 수 없었다. 이번에 육파일방의 장문인들이 함께 할 수 있는 이유. 이 이유는 다름 아닌 옥정곽으로 인해서다.

본래 육파일방의 장문인들은 무당집회가 끝나는 대로 자파로 돌아갈 예정이었다. 일단 대정회의 체제를 정비함이 이유였지만, 가장 큰 이유는 마염성과 맞붙은 문파들의 장문인들은 오래 자리를 비울 수 없기 때문이다.

삼양궁이나 녹림과 달리 북의 마염성은 한순간의 빈틈을 강하게 파고들어 올 존재였다. 누가 뭐래도 마염성엔 실질적인 천중삼원의 일인자나 다름없는 태미마염 막청해가 있었다.

그런데 이번에 옥정곽이 계책을 내어 장문인들을 안심시켰다. 지금도 그 일로 인해 한 사람이 움직이고 있었는데, 그 일이 성사된다면 마염성 문제는 걱정하지 않아도 되었다.

"난 이미 정도를 위해 이 한 몸을 바치기로 결심한 늙은이니 그런 나에게 감사의 인사는 필요없소. 정 그렇다면 앞으로 정도와 대정회를 위해 노력해 주시오. 그것이 바로 대정회에 우리의 뜻을 한데 묶은 이유가 아니겠소?"

"옥 대협……."

"찾았습니다!"

자청이 감격에서 쉬이 벗어나지 못할 때, 생존자를 찾아 나섰던 제자들이 속속 그들이 발견한 사실에 대해서 보고를 했다.

휘익

보고를 제일 먼저 받은 자청은 누가 먼저랄 것 없이 아미이십팔천을 따라 보현보살을 모신 보현전(普賢殿)으로 몸을 날렸다.

보현전에 도착한 자청은 비틀거리는 걸 넘어서 주저앉을

듯 몸을 휘청거렸다.

"장문인!"

곁을 따르던 아미이십팔천의 한 승려가 그런 그를 부축했다.

"사제……."

자청도 이번만큼은 부축하는 손을 뿌리치지 못했다. 그는 부축한 자의 도움을 받아 중앙으로 걸음을 옮겼다.

보현전의 상좌에는 오른손엔 여의(如意)를, 왼손엔 여인(與印)을 짚고 여섯 개의 어금니가 난 흰 코끼리에 앉은 보현보살이 모셔져 있었다.

그런데 그 바로 앞.

혈색이 좋지 않은 세 명의 노승들이 앉아 있고, 그 주변을 더 나이 들어보이는 노승 다섯이 오행 방위를 차지하고 중앙을 향해 손을 뻗고 있었다.

"사숙님들."

아미파의 전대고수들인 복호오신승(伏虎五神僧)을 향해 자청의 무릎이 힘없이 꺾였다. 그의 노안에는 나이에 어울리지 않는 물기가 맺혀 격렬하게 떨리고 있었다.

"쿨럭!"

갑자기 복호오신승이 격렬한 기침을 토하더니 뒤로 발라당 넘어졌다.

"사숙님!"

자청이 놀라 달려들려 했는데, 그보다 뒤늦게 도착한 성수신의 사공명이 쓰러진 복호오신승에게 달려들었다. 그는 손을 뻗어 복호오신승의 코에 대본 후, 그중 앙상한 뼈마디만 남은 한 노승의 손목을 잡았다.

"음……."

사공명은 맥을 짚자 신음 소리를 내었다. 그리고 빠르게 다른 복호오신승의 맥도 짚어갔다.

그 때문인지 잠시 그의 등장에 정신을 추슬렀던 자청의 얼굴에 다시 격정이 서렸다.

"무슨 일인가?"

어느새 도착했는지 자청의 어깨를 가볍게 두드려 준 옥정곽이 대신 물음을 던졌다.

"신승들께서 탈진한 상태입니다. 아무래도 과도한 진기 사용이 그 원인 같습니다. 그리고……."

복호오신승에게서 손을 뗀 사공명이 사천왕의 삼 인에게 다가가 상태를 살폈다. 그리고 조금 침울한 음성으로 입을 열었다.

"이 세 대사들은 중독된 상태입니다. 아마 오신승께서 이 세 대사의 독을 제거하려다 과도한 진기를 사용해 탈진한 상태로 보입니다. 그런데 이상한 것이 저 세 대사가 중독된 독이 절독임은 하지만, 본신의 능력이나 오신승의 능력으로 충분히 배출 가능할 텐데. 왜 여기까지 왔냐는 것입니다."

"그게 무슨 말인가?"

"확실치 않지만… 제 소견엔 이분들의 내공이 금제를 당한 것은 아닌가 합니다."

"가령, 어떤 방법으로?"

"가장 쉽게 생각할 수 있는 방법이 독입니다. 산공독이나 미혼산에 중독된 경우라면 그로 인해 내공을 제때에 사용 못 해 이렇게 될 수도 있습니다."

"음……."

옥정곽의 묵직한 신음을 토해냈다. 그는 대략적인 그림이 그려져 나가는 것 같았다.

북신마교엔 독으로써 제일이라 할 수 있는 사천당가 출신의 당협기가 있었다. 그의 능력이라면 이들의 중독은 설명이 가능했다.

하지만 그건 어디까지나 설명이 될 뿐이지 딱 떨어지는 정답은 아니었다. 아무리 당협기가 독의 대가라 해도 이들 모두에게 하독 할 수는 없었다. 독이란 것은 은밀함이 그 첫째이기 때문에 상대가 의식하고 있으면 성공할 확률이 매우 희박했다. 거기다 산공독이나 미혼독은 바로 작용하는 독이 아니라 시간이 흘러 천천히 작용하는 독이다. 그렇기에 자칫하면 독성이 드러나기 전에 공격당할 수 있는 단점이 있었다. 그럼 다른 자들이 싸움을 벌일 때 이 독을 하독 했는가?

'아니야.'

옥정곽은 그것도 희박하다고 생각했다. 그랬다간 자칫하면 같은 편까지 중독시킬 위험이 있어 안 하느니만 못하니.

'만천백변투.'

그때, 옥정곽의 뇌리에 한 사람이 떠올랐다. 그라면 눈치채지 못하게 아미파에 독을 풀 수 있을 것이다.

"사공시주, 어떻소. 사제들과 사숙님들의 상태는 괜찮소이까?"

"괜찮소. 세 대사의 독도 거의 해독된 상태라 잔독만 밀어내면 끝이오. 그리고 다섯 분의 신승들께서는 탈진한 상태이니, 조금 쉬면 본래대로 돌아올 것이오. 그러니 장문인께서는 너무 심려치 않으셔도 될 것이오."

"아… 아미타불. 감사하오. 다 성곡주 덕분이오."

"아니오. 난 특별히 한 게 없소. 모든 것은 이 여덟 분의 능력이 뛰어나서이니 나에게 감사할 일은 없소."

그들이 이렇게 안도를 할 때, 옥정곽이 끼어들었다.

"자청 장문인, 일단 나머지 일을 정리하는 게 어떻겠소? 그 뒤 생존자들의 증언을 통해 확실한 상황 파악을 합시다."

"아… 알겠소. 이렇듯 하나부터 열까지 옥 대협께서 본파의 환난에 관심을 가져 주시니 빈승 어찌 감사의 말을 해야 할지 모르겠소."

"이미 그 말에 대해서는 대답을 하지 않았소? 그러니 개의

치 마시오.”

“아미타불.”

또 한 번의 감동을 느꼈는지 불호로 마음을 추스른 자청이 제자들을 독려해 본격적으로 사태를 정리해 나가기 시작했다.

육파일방의 사람들도 적극적으로 나서 아미파는 하나둘 모든 것이 제자리를 찾아갔다.

그런데 장내를 정리해 가는 동안 한 가지 사실이 드러났다.

아미 제자들 중 복호오신승이나 아미사천왕처럼 목숨을 잃었거나 크게 다친 자들이 거의 없는 것이다. 마치 북신마교가 봐주었다는 듯한 인상이 강해지며 사람들의 가슴에 상대의 능력이 조금씩 크게 자리 잡았다.

해가 떨어지고 있었다.

아미산을 붉게 물들이며 서서히 서편으로 사라져 가는 태양은 자신의 빈자리를 어둠으로 채워갔다.

어둠이 짙어가자 복호사의 곳곳에 횃불이 밝혀졌다. 본시 사찰은 고즈넉한 분위기를 풍기기 마련인데, 이 횃불로 인해 마치 군영을 연상시키기까지 했다. 그걸 뒷받침해 주듯, 복호사 경내를 순찰하는 자들의 눈에도 강한 신광이 어리고 있었다. 혹시라도 모를 기습을 위해 그들은 만반의 준비를 갖춘 것이다.

행덕전(行德殿).

보현보살이 맡아보는 삼덕은 이덕(理德), 정덕(定德), 행덕(行德)에서 따온 곳으로 행덕전은 아미파의 내, 외 소사를 주로 의논하는 곳이다.

지금 이곳에 있는 자들은 덕보다는 분노를 드러냈다.

승도 속이 다양하게 섞인 그들은 육파일방의 장문인들과 청룡칠수, 그 외 아미파의 장로인 아미사천왕 중 삼대천왕으로 이루어져 있었다. 그들의 혈색은 아직 제자리를 찾지 못했지만, 이번 사태에 대한 증언자로 이 자리에 참석했다.

오늘 이 회의의 진행은 자연스레 사해조수 옥정곽이 맡았다. 그는 이십 년 전에도 정도의 군사로 무림혈사를 막은 적이 있어 누구나 당연하게 여겼다.

옥정곽은 미간을 좁히고 있었다.

증언을 들어보면, 북신마교는 쳐들어오기 전 만반의 준비를 갖추고 움직였다.

일단 만천백변투 허표가 옥정곽의 예상대로 핵심 역할을 했다. 그의 놀라운 역용 능력은 눈치 채지 못하게 아미파의 중추가 되는 제자들을 중독시켰다. 그 후, 우물에 복통을 일으키는 독약을 푸니 아미파는 북신마교가 쳐들어왔을 때 대항하려고 해도 대항할 수 없었다.

선두에 선 백호칠수와 현무칠수의 능력은 둘째 치고라도 서사천 무인들의 능력은 실로 예상 밖이었다. 그들은 철저히 싸움에 익숙해진 자들로, 아미 제자들이 멀쩡한 상태로 그들과 맞부딪쳤더라도 쉬이 상대하지 못할 실력이라고 말했다.

그런 그들이 계책으로 아미 제자들을 상대했으니, 아미파가 별 피해를 입진 않았다 해도 정신적으로 남긴 후유증은 너무나 컸다.

아미사천왕의 증언은 앞으로 일에 대한 도움이라기보다 마음만 무겁게 만드는 장애물이나 다름없었다.

그동안 소문만 무성했던 북신마교의 실체가 그들 입을 통해 진실이 되어버린 것이다. 정녕 북신마교의 능력은 소문을 뒷받침해 주고도 남을 정도로 강력했다. 그저 흡정마공의 주인과 백호칠수, 현무칠수만 있는 것이 아닌, 오합지졸이라 생각한 제자들마저 놀라운 능력을 보여준 것이다.

그리고 이는 다른 문파도 언제든지 당할 수 있다는 걸 암시하는 것과 마찬가지였다.

"이젠 그들의 힘과 능력을 제대로 인정해야 하오. 그리고 그 인정한 만큼 철저하게 그 대가를 받아내야 하오."

옥정곽의 무거운 한마디가 장내의 시선을 잡아끌었다.

이곳에 참석한 육파일방의 장문인. 특히 중원오주의 일인인 무당 장문인 상낙자 태허는 이 순간 미소를 잃어버렸다.

무당의 감추고 싶은 비사인 무허와 그 제자 고경천.

어찌 보면 현재의 위험은 그 둘로 인해 생겼다고 해도 과언이 아니다.

"그전에 우리는 우리의 뜻을 다시 한 번 확인해야 하오. 현 무림이 평화가 아닌 이십 년 전의 그때보다 더한 난세임을 상기하고, 일곱이 뭉쳐진 하나가 아닌 하나가 일곱으로 나뉘어진 것처럼 움직여야 하오. 그러니 명칭도 대정회(大正會)에서 대정련(大正聯)으로 바뀌어야 할 것이오!"

옥정곽의 말에 무겁던 사람들의 표정이 놀람으로 바뀌었다.

회에서 련으로…….

이는 한 목적을 위하여 동일한 행동을 맹세해 움직이는 동맹과 달리, 합동하여 하나의 조직체를 만들어 그 명령에 따라 움직이는 연합체를 말한다. 그러다 보니 이 두 단체의 가장 큰 차이점은 수장의 발언권이다. 회주는 주로 뜻을 모아 실행시키는 반면, 련주는 그보다 강하게 뜻을 아래에 관철할 수 있었다.

장내는 누구 하나 섣불리 입을 열지 못했다.

육파일방은 그 오랜 전통만큼 정도의 기둥들로서 가깝게 지내왔다. 그러나 이 이면에는 자파에 대한 자부심이 깊게 깔려 있었다.

그런데 지금 현 상황은 그 자존심을 버리라고 하고 있었다. 자존심을 버리고 동맹 상태로 만드는 것도 오랜 시간이 걸렸는데, 회에서 련으로 바뀌는 것은 단지 그들이 침묵을 유지하는 시간이 전부였다.

하지만 그들을 바라보는 옥정곽은 내심 그들이 무슨 대답을 할지 알고 있었다.

"빈승은 찬성이오."

하나의 음성이 행덕전을 울렸다.

사람들의 시선은 말을 내뱉은 한 사람에게 고정되었다.

"지금 같아서는 누구와도 손을 잡고 이 치욕을 갚아주고 싶소. 그러니 아미파는 대정련의 출범을 전적으로 찬성하오."

예상대로 북신마교에 대한 원한이 가장 깊은 자청이 나섰다.

"빈도도 찬성이오. 우리는 또 한 번 과거와 같은 잘못을 저지를 순 없소. 거기다 과거엔 하나의 마물이었지만, 지금은 마물을 익힌 마왕에 그를 따르는 마인들까지 함께하고 있소. 단순히 생각할 문제가 아니오."

기다렸다는 듯이 태허가 찬성의 뜻을 보였다.

"아미타불. 소림도 더 이상 치부를 두고 볼 수만은 없소이다. 이번 기회에 우리가 만든 업보의 사슬을 이 손으로 끊겠소."

허공은 이번 기회에 아불승의 문제를 지우려 했다.

육파일방의 중심인 두 곳의 장문인이 입을 열자, 고민하던 자들은 더 이상 머뭇거릴 수 없었다. 육파일방의 관계가 깨지면, 그들은 더 이상 특별할 수 있는 존재가 아니었다. 북신마교가 아니라도 언제, 어느새 그들의 주변에 있는 마염성이나 삼양궁 따위에 흡수될 수도 있었다.

"좋소. 개방은 찬성이오."

"화산은 언제나 육파일방과 뜻을 같이하오."

"점창도 찬성이오."

"종남은 언제나 육파일방이 한 몸이라 생각했소."

나머지 장문인들이 찬성을 하자 무거웠던 분위기가 일순간에 부드럽게 풀렸다.

'전화위복인가?'

옥정곽은 내심 이런 생각이 들었다. 그가 그려왔던 대정회보다 더욱 강력한 대정련이 탄생하게 되었다.

"무량수불."

태허도 같은 생각을 했는지 나직하게 도호를 읊었다.

둘은 잠시 시선을 스치더니 옥정곽이 다시 입을 열었다.

"분명 쉽지 않고 어려운 결단이란 걸 이 늙은이도 잘 알고 있소. 하나, 여러분의 결단이 무림의 정의를 세우는 가장 커다란 초석이 될 것이란 건 그보다 더 잘 알고 있소. 그래서 무림인의 한 사람으로서 여러분의 결단에 먼저 감사를 표하오."

말끝에 옥정곽은 노구임에도 정중하게 자리한 자들을 향해 고개를 숙였다.

좌중에 있던 자들도 마주 답례를 했다. 옥정곽의 배분은 이곳에 있는 자라도 함부로 고개 숙일 정도로 낮지 않았다. 그러기에 좌중의 자들도 그 무게에 정중히 답했다.

이래저래 답례가 끝나고 옥정곽이 다시 입을 열었다.

"다른 이야기를 함에 앞서 일단 이 말부터 먼저 하겠소. 대정련의 존속은 흡정마공과 관련된 모든 것이 사라질 때까지라 하겠소. 어디까지나 우리가 힘을 합친 것은 무림 정의를 위함이지, 그 힘으로 무림을 지배하려는 것은 아니기 때문이오."

사람들이 이 말에 고개를 끄덕였다. 내심 안도의 표현인지 아님 옥정곽의 그 큰 뜻 때문인지 모두들 처음보다 편안한 얼굴이 되었다.

"그리고 그것의 일환으로 련주의 선출도 이곳에 있는 사람이 아닌 다른 사람으로 하겠소."

모여 있던 자들의 두 눈에 의아함이 맴돌았다. 이곳에 있는 자들은 일파의 수장과 그를 보필하는 자들이라 쉽게 입을 열지 않았지만, 그 감정의 편린까지는 숨기지 못했다.

"오해하지 마시오. 이곳에 없다 뿐이지 그 사람도 엄연히 육파일방의 일인이오."

"아미타불. 아무래도 옥노 시주는 예전부터 이날을 위해 생각해 놓은 사람이 있는 듯하외다."

허공이 정곡이라 할 수 있는 부분을 짚고 넘어갔다. 이 말은 언뜻 보면 상당히 민감한 사안이라 자칫하면 모두의 분노를 살 수 있었다.

"허허. 역시 혜덕대불이라 불리는 허공 방장의 혜안은 속일 수 없는 것 같소. 실상 나는 생각해 놓은 한 사람이 있소. 그는 여러분도 잘 아는 자로 이미 그의 능력은 여러분도 눈으로 보아 잘 알고 있을 것이오."

"……?"

"그가 누구?"

참석자들은 의문을 드러냈다.

알고 있는 자는 오직 옥정곽과 태허. 이 두 사람뿐이었다.

"바로 무당의 일대제자인 광한이오."

옥정곽의 한마디가 떨어졌다.

"……!"

"광한?"

"으음. 아무리 그가 북두칠강이라도 이런 중임을 맡기엔……."

"더구나……."

사람들은 말을 하며 슬쩍 허공의 눈치를 보았다.

무당과 더불어 태산북두라 불리는 소림. 응당 무당이 앞장서면 소림이 자존심이 걸릴 수도 있었다.

"아미타불. 옥노 시주가 그렇게 선택한 이유를 들어볼 수 있겠소?"

허공은 특별히 어떤 감정을 내비치지 않았다. 그저 조용히 옥정곽의 말을 기다렸다.

“물론 내가 무당 일대제자인 광한을 선택한 것에는 그럴 만한 이유가 있소. 일단 그는 육파일방의 인물이오. 이는 그가 련주가 되어야 할 가장 근본인 이유요. 둘째는 그가 젊기 때문이오. 여러분도 잘 알다시피 이곳에 있는 자들은 알게 모르게 이십 년 전의 비사와 연관이 되어 있소. 그러기에 일을 함에 있어 과거에 얽매일 수밖에 없소. 이건 유리할 수도 있지만, 현 시점에선 오히려 독이 될 수 있소. 그건 여러분이 잘 알 것이오. 마지막으로 세 번째는 그가 육대절학의 하나를 완성했기 때문이오.”

마지막 말은 다른 설명이 필요없었다.

사람들은 그 말의 의미가 어떤지 잘 알고 있었다. 육대절학은 무림을 좌지우지할 수 있는 최고의 신공절학이었다. 그런 신공 중 하나를 그 나이에 벌써 완성했다면…….

“아미타불. 알겠소. 옥노 시주가 가진 이유가 그렇다면 빈승은 이의없소.”

허공은 생각보다 쉽게 물러났다.

하지만 옥정곽은 그 이유를 잘 알고 있었다.

만일 소림에 지금은 백호칠수가 되어버린 아불승이 있었다면, 소림도 일대제자 중에 육대절학을 완성하는 자가 나왔을 것이다. 아불승은 과거 십팔나한의 수좌였던 자로 지금 소림에서 파문당한 상태지만 이십팔수의 일인이 되어 중원오주 중 한 사람인 허공에 육박하는 명성을 갖고 있었다. 하지만 현 시점에서 소림의 일대제자 중 아무도 육대절학을 완성한 자는 없었다.

"하지만 그는 북신마교주에게 패하지 않았소?"

누군가 무당산의 싸움을 기억하고 그 부분을 짚고 나섰다.

옥정곽은 잠시 그 말을 던진 자를 바라보았다.

그는 다름 아닌 화산파 장문인 산매화검(散梅畵劍) 엄등(嚴登)이었다.

"엄 장문인의 말은 맞소. 하지만 상대가 누구인지 잘 생각해야 할 것이오. 우리 중 그 아이와 일대일로 이길 자가 엄 장문인은 있다고 생각하시오?"

"……."

엄등은 쉽게 입을 열 수 없었다. 그도 내심 생각하고 있던지라 뭐라 입을 열지 못했다.

"그 아이는 내 형제들 다섯 명의 합공도 막아낸 자요. 만일 그전에 삼양궁의 어린아이와 광한과의 싸움이 없었다면, 어쩌면 막아낸 것 이상의 능력을 보였을지 모르오. 그리고 그 아이는 그날 막 출두했소. 비록 처음 대결에 패배를 했지만, 다음은 어떻게 될지 모르오. 엄 장문인은 육대절학 중 태극검해의 가장 큰 능력이 무엇인지 모르시오?"

엄등은 더 이상 뭐라 말을 할 수 없었다.

육대절학 중 태극검해는 최고 수비 무학으로 불렸다. 비록 지금은 패했지만, 어디까지나 그건 상대를 잘 모르고, 특히 내공에 밀린 것이라 진정한 패배라고 할 수는 없었다.

"그리고 참고로 우리는 그와 일대일 대결을 할 필요가 없소. 흡정마공은 저주받은 마공이오. 그걸 상대함에 있어 예나 격식을 따질 필요는 없다고 생각하오. 그러기에 난 그 아이와 더불어 한 사람을 더 흡정마공의 상대자로 정했소."

"정하다니⋯⋯."

엄둥이 아니라도 모든 이들이 궁금해했다.

옥정곽은 잠시 단정을 바라보다 힘주어 말을 내뱉었다.

"천년검학의 계승자."

"⋯⋯!"

사람들의 눈이 동그래졌다.

"다른 설명은 필요없을 것이오. 이룬 자가 없다 하나 그 가능성만으로도 육대절학의 한 축이 되어버린 바로 그 무공. 그 무공의 계승자라면 충분히 자격이 되지 않소?"

"아!"

사람들은 그제야 옥정곽이 단정을 바라본 이유를 깨달았다.

단정은 이 순간 뿌듯한 미소를 입가에 짓고 있었다. 사문의 최고절기 천년검학. 그녀는 얼마 전 전서비응(傳書飛鷹)을 통해 한 가지 사실을 통보받았다. 그리고 그 이야기를 옥정곽에게 하고, 옥정곽은 그녀에게 보타암에 연락을 보내게 한 상태였다.

정말 옥정곽 말대로 설명이 필요없었다.

육대절학 중 각기 공격과 수비에 있어 정점이란 무학들.

그렇다고 나머지 사대절학이 두 무학보다 떨어지는 것이 아니다. 하지만 두 가지가 합쳐 배의 위력을 내려면, 그 둘이 가장 상성이 잘 맞았다. 아마 그 위력은 전설로 내려온 흡정마공이라도 함부로 할 수 없을 것이다.

옥정곽은 더 이상 반대하는 사람이 없자 본격적인 이야기에 들어갔다.

"그럼 눈앞의 문제로 들어갑시다. 북신마교. 우리는 지금부터 북신마교를 상대하는 것에 총력을 모아야 할 것이오."

사람들은 곧 신경을 곤두세웠다. 본격적인 싸움의 예고. 그것은 당하기만 했던 그들이 복수할 때가 되었다는 것이다.

그러나 옥정곽은 일단 지연전을 주장했다.

"일단 이번 싸움은 두 번이란 없소. 한 번에 총력을 모으지 못하면 우린 힘들어질 것이란 말이오."

"옥 대협!"

자청은 옥정곽의 말에 자리를 박차고 일어났다. 그는 당장이라도 북신마교가 있는 청성산에 쳐들어가고 싶은데, 기다리자는 말은 오랜 수양으로도 견딜 수 없었다.

그러나 옥정곽은 그런 자청을 달래듯 말을 꺼냈다.

"나는 손녀 아이를 통해 이번 싸움의 중요 열쇠 하나를 찾았소. 그 열쇠를 어떻게 쓰느냐에 따라 우린 싸움에서 유리한 고지를 차지할 것이오. 또 다른 이유는 북신마교의 두뇌인 추일학이란 아이의 의도를 알았기 때문이오. 그러니 일단 우리는 그 의도대로 지연전을 벌일 필요가 있소. 또한 그와 동시에 자파에 연락을 해 정예들을 이곳에 모아야 하오. 이번 싸움의 드러난 모습은 북신마교와 우리의 대결이오. 하나, 그 내면은 현재 무림을 양분한 네 곳의 세력이 함께 어울리는 싸움이라 할 수 있소. 어쩌면 모습을 드러내지 않은 하오총문도 이번 기회에 모습을 드러낼지 모르오. 그러기에 우리는 이번 싸움으로 여러 마리 토끼를 잡아야 하오. 그러기 위해선 일단 삼양궁으로 떠난 영아의 소식이 올 때까지 기다려야 하오. 그 후, 우리는 움직이는 것이오. 물론 그사이에 싸움을 위한 여러 가지 준비를 하면서 말이외다.”

자신감 있는 옥정곽의 말에 자청도 더 이상 반대 의견을 보이지 않았다. 더욱이 손녀인 옥감영이 알아낸 중요 열쇠에 대한 이야기를 들으며 그들은 성급하지 말란 옥정곽의 의도를 확실히 알 수 있었다.

*　　　*　　　*

“내 의도는 바로 시간 끌기요. 그리고 이 시간이야말로 우리에게 가장 커다란 방수가 될 수 있소. 또 그로 인해 교주님은 더욱 안전하게 우리의 품으로 돌아올 수 있는 가능성을 얻을 것이오."

추일학은 회의청에 참석한 북신마교의 수뇌부를 보며 강한 어조로 입을 열었다.

이미 사람들은 그동안 추일학이 보여준 여러 가지 능력에 대해 모두들 별다른 토를 달지 않았다. 북신마교가 여기까지 온 가장 큰 원동력이 다름 아닌 추일학이란 사실을 너무나 잘 알고 있었기 때문이다.

"내 사전에 아미파를 침공하면서 여러분에게 주지시킨 것이 있소. '절대 약한 모습을 보이지 마라. 항시 자기보다 약한 자만을 상대하고, 혹시라도 세가 불리할 시에는 협공이라도 불허하지 마라' 이 말을 기억하고 있으시오?"

"그렇소. 그 덕에 일부러 허순찰을 통해 아미파에 독약을 풀지 않았소?"

늘 그렇듯 제갈효가 추일학의 말을 받았다.

"맞소. 다 그 일환으로 우리는 시작부터 고수가 되는 그들의 손을 묶어놓은 것이오. 그리고 하부 제자들은 되도록 죽이는 일 없이 사로잡아 놓은 것도 다 그 일환이오. 그 덕에 우리 쪽이 예상보다 피해를 입었지만, 그로 인해 적들은 우리의 능력에 대해 고민할 것이오."

"허장성세(虛張聲勢)?"

"역시 제갈 전주의 눈은 속일 수 없구려. 맞소! 허장성세. 내가 노린 것은 다름 아닌 허장성세요."

추일학이 크게 고개를 끄덕였다.

그러나 추일학의 그 뜻을 알면서도 제갈효는 별로 밝은 표정이 아니었다. 그는 회의하기 앞서 놓아진 찻잔을 만지면서 심처에 이는 불안을 토해냈다.

"하나, 추문상. 상대는 일반적인 문파가 아닌 육파일방이오. 아무리 우리가 능력을 크게 포장했다 해도 그들이 갖고 있는 저력과 통합된 힘은 하루아침에 따라갈 수 없는 것이오. 그래서 말인데 과연 그들이 싸움을 포기하겠소?"

무언가 기대하는 시선이 두 눈에 담겨졌다.

이런 눈빛은 제갈효뿐이 아닌 다른 자들도 마찬가지였다. 무당산의 일로 교주의 부재를 더 이상 속일 수 없었다. 지금이야 고경천의 명성이 천하를 흔들어 부재중이라도 크게 문제가 없지만, 만일 육파일방과의 충돌로 고경천의 부재를 느끼면 삽시간에 무너질 수도 있었다.

추일학은 그런 사람들의 마음을 모르는지 고개를 좌우로 내저었다.

"아니, 그들은 절대 싸움을 포기하지 않을 것이오. 그러나 쉽게 쳐들어오지도 않을 것이오. 만일 사해조수가 그들 곁에 없었다면 모를까? 그가 함께 하고 있는 이상, 수장의 부재란 호기에도 쳐들어오지 않을 것이오. 아마 오히려 내 뜻에 동조해 지연전을 펼칠 것이오. 그러나 그들이 움직일 때는 노도와 같은 기세로 우리를 덮쳐올 것이오."

"그럼 차라리 아미파 놈들을 쓸어버리는 게 낫지 않았습니까? 굳이 우리 쪽 피해를 감수하면서까지 이런 짓을 하는 것이 무슨 의미가 있습니까? 차라리 조금이라도 놈들의 세력을 줄이는 게 낫지."

괄괄한 음성이 곧 반론처럼 튀어나왔다. 오염달이 자리에 없자 홍해구가 그 역할을 대신했다.

"아니다. 그건 의미가 있다. 우리의 이번 아미 침공은 애초부터 그들을 무너뜨리기 위함이 아니야."

사람들은 이해가 가지 않았다. 단지 시간을 끌기 위해서 아미파를 침공했다는 건 그들로서는 조금 이해하기 힘들었다.

"음……."

제갈효는 생각에 잠겼는지 눈을 감았다.

그 옆에 앉은 갈음심은 제갈효의 그런 모습에 나지막한 소리로 한마디를 흘렸다.

"킬킬. 아무래도 네 머리가 문상보다 딸리는가 보다. 우리야 그렇다 해도 너도 저 속을 몰라 않는 소리를 하는 걸 보니… 킬킬킬."

제갈효는 찔렸는지 감은 눈을 떴었다. 그러나 아무런 대꾸도 하지 않고 계속해서 생각에 잠겼다.

그러나 대부분의 사람들은 그처럼 골머리를 싸매는 분위기가 아니었다. 어차피 문상이란 자의 할 일이 이렇게 머리를 굴리는 것인데, 굳이 그들까지 굴릴 필요없이 간단한 방법을 찾았다.

"자! 한 사람 빼고, 우리 모두의 생각은 같소. 어차피 고민해도 문상의 생각을 알지 못하니 속 시원하게 털어놔 보시오. 계속해서 시간을 끌면 무상의 인내가 먼저 바닥날 듯하오."

"그래요. 문상께서는 빨리 속 시원히 말 좀 해주세요. 어차피 우리가 그들을 두려워했다면 싸움을 하지도 않았을 거 아니에요. 그러니 다음을 위해서 속 시원히 이야기를 해주세요."

근자에 조금씩 사이가 가까워지는 우문태와 홍아연이 손발을 맞추고 나섰다.

추일학은 둘의 그 말에 내심 쓴웃음이 나왔다. 정말 제갈효 한 사람을 제외하곤, 정말 다른 이들은 당최 머리를 쓰려 하지 않았다. 결국 무얼 하려면 그가 입을 열어야만 했다.

"간단히 말하면⋯ 이번 아미 침공은 다음 수를 위한 포석이오."

"포석?"

눈을 뜬 제갈효가 말을 받았다.

"그렇소, 포석. 포석은 비록 그 자체로 큰 의미가 없을 수 있어도 종국에는 승리를 하기 위한 가장 큰 초석이오."

이렇게 시작한 추일학은 계속해서 말을 이어 나갔다.

"이유야 어떻든 이번 일로 육파일방과 본교는 양립할 수 없는 사이가 되었소. 아니, 반드시 그렇게 되야 하오. 그래야 내가 원하는 힘의 공백이 생기고, 그 공백을 채우려 천하는 움직일 것이오. 그리고 그 움직임이야말로 우리가 본격적으로 천하로 발을 뻗기 위한 발판이 될 것이오."

힘의 공백론.

이 말은 추일학이 아미 침공을 꺼내는 순간부터 누누이 강조한 부분이었다.

어디까지나 북신마교는 누가 뭐랄 수 없는 강한 문파로 자리했고, 그걸 저지하려면 아무리 전통 있는 육파일방이라 해도 단일 힘으로는 한계가 있었다. 수적인 부분. 질적인 부분. 단시간에 성장한 힘이라지만, 절대 무시할 수 없었다.

또 이번 아미 침공에서 보여준 모습은 언제라로 아미파 정도는 끝장낼 수 있는 여유를 상대에게 남겨주었다.

상대는 이 부풀린 여유로 북신마교를 상대할 수밖에 없을 것이고, 그러기 위해서는 어쩔 수 없이 자파의 힘을 한곳으로 모을 수밖에 없을 것이다.

그렇게 되면 다음에 필요한 것은 시간과의 싸움. 북신마교로서는 버티기만 하면 점점 상대의 힘을 소진시킬 수 있게 된다.

그럼 자연스레 힘의 공백이 생기고, 그 힘의 공백은 두 눈을 벌겋게 뜨고 노리는 맹수에겐 좋은 먹잇감이 되지 않을 수 없었다.

"그러나 추문상."

제갈효가 입을 열었다. 실상 그는 추일학의 속내를 알지 못했던 것이 아니고, 내심 여러 가지 변수를 점치고 있었다. 그 많은 변수를 상정하고 일을 해도 어려움이 생기는 것이 세상 일이란 것이다.

추일학은 심각한 표정으로 입을 여는 제갈효를 바라보았다.

"말하시오, 제갈 전주."

"그러나 말이오. 만일 천하가 움직이지 않으면 어쩔 것이오? 삼양궁과 녹림은 계속해서 갈등 중이고, 마염성도 우리와 원한이 있지 않소? 만일 그들이 중앙으로 진출하지 않고, 우리 쪽으로 움직이면 우린 졸지에 거대 세력 두 곳을 동시에 상대해야 하오."

"마염성!"

사람들은 그제야 잊고 있던 한 존재를 떠올렸다. 마염성과의 싸움은 비록 드러나지 않았지만, 청성파의 일로 마염성과도 한 번은 부딪쳐야 했다.

하지만 추일학의 얼굴엔 별다른 걱정이 보이지 않았다. 이미 다음 수도 준비되었는지 여유있는 음성으로 입을 열었다.

"그건 걱정할 것이 없소. 첫째, 마염성과의 갈등은 아직 천하에 드러나지 않았소. 그렇지 않았다면, 애초에 육파일방보다 마염성이 먼저 우리를 쳤을 것이오. 그러나 그들은 지금까지 별다른 움직임이 없소. 그건 그들이 명분을 아직 갖지 못해서요.”

사람들의 고개가 천천히 끄덕여졌다.

“둘째 마염성엔 사해조수만큼 뛰어난 머리를 가진 사람이 있소.”

“뛰어난 머리를 가진 자라니…….”

사람들은 쉽게 추일학의 말에 그 대상을 떠올리지 못했다.

그러나 북에서 주로 활동하던 현무칠수들은 곧 추일학이 말한 사람이 누군지 깨달았다.

“사도제일뇌 쌍뇌수사(雙腦秀士) 사마교!”

“억!”

비명 같은 탄성이 터졌다.

그제야 사람들은 한 사람을 잊고 있었단 걸 깨달았다. 이십 년 동안의 소강상태가 한 사람의 존재를 희미하게 만들었다. 어쩌면 그것도 그가 의도했는지도 몰랐다. 그만큼 뇌가 두 개 라는 그의 능력은 대단했다. 단지 그 뇌가 음모와 간계에 뛰 어나다는 것이 문제였다.

“나서지 않는다 해도 사마교는 일선에서 물러서지 않았을 것이오. 그사라닌 육파일빙의 힘이 몰린 사천을 노릴 것인지, 아님, 육파일방의 힘이 빠진 중앙을 노릴 것인지, 명성이 거 짓이 아니라면 답은 뻔한 것이오.”

그건 설명하지 않아도 알 수 있었다.

억지로 명분을 만들어 북신마교가 있는 사천을 노리느니

차라리 오랜 시간 악연 관계를 유지해 온 육파일방의 허를 노리는 것이 명분에 있어서는 훨씬 나았다. 또 실리적인 측면도 육파일방의 힘이 몰린 사천을 치느니 빈집을 터는 것이 손해도 적고 거두는 이득도 더 클 것이다. 더욱이 녹림과 삼양궁이 으르렁거리는 지금만큼 좋은 적기도 없었다.

"마지막으로 그들은 우리에게 한 번 패했다는 것이오."

추일학은 계속해서 마지막 이유도 꺼냈다.

"패배는 늘 알게 모르게 걸림돌로 작용하오. 그게 크든 작든 마찬가지오. 하지만 육파일방은 다르오. 그들은 이십 년 전의 싸움으로 큰 손실을 입긴 했지만, 절대 패배라고 생각지 않을 것이오. 그건 둘 중에 누가 봉문 같은 이십 년을 보냈나 그걸 생각하면 답은 쉽소."

"아!"

"오!"

탄성은 누가 시켜서 나온 것이 아니었다. 하나하나 조목조목 따져서 말하는 추일학의 말은 자연스레 사람들을 그렇게 만들었다.

제갈효도 추일학이 여기까지 말하니 더 이상 반대의 의견을 내놓지 않았다. 현재 마염성은 껄끄러운 존재지 당장 위협이 될 요소는 아니었다. 지금 그들에게 있어 가장 큰 위협은 다른 무엇도 아닌 육파일방이었다.

하지만 추일학의 말은 아직 남아 있었다.

"그리고 우리에겐 아직 적만 있는 것이 아니지 않소."

"혹시!"

제갈효의 눈이 크게 뜨였다. 그는 추일학이 말하는 존재가 어딘지 금방 눈치 챘다.

"후후후. 자고로 옛말에 적의 적은 동지라 했소. 그들이 비록 무슨 꿍꿍이를 갖고 있는지 알 수 없지만, 어디까지나 무림은 최후에 웃는 자가 진정한 승자로 대접받는 곳 아니오. 더욱이 우리는 어디까지나 마도! 정도가 아닌 이상 승리를 하기 위해 이런저런 수단을 가릴 필요가 없지 않겠소?"

추일학은 이번엔 뜸들이지 않고, 속 시원히 대답해 주었다.

"그럼 협상자로 누굴 보낼 것이오?"

"우리가 교주님을 위해 네 사람을 보냈는데, 지금 두 사람은 주모를 모시고 돌아오고 있다 연락 왔고, 두 사람은 지금 교주님의 뒤를 쫓는다 하지 않았소? 아마 장강을 건너게 되면, 당분간 교주님은 특별히 위험이 없을 것이오. 그러니 자리를 뜰 수 없는 우리를 제외하고 그들밖에 없지 않소?"

"정말 그 둘을 보낼 것이오? 차라리 지금 돌아오고 있는 최사자를 보내는 게 어떻소?"

제갈효는 두 사람을 떠올리자 표정이 별로 좋지 않았다.

"아니오. 지금 여섯째는 주모를 무사히 모시고 오는 게 중요하오. 누가 뭐래도 당 소저는 현재 우리의 주모요. 혹시라도 주모가 위험에 빠질지 모르는 일에 난 찬성할 수 없소."

“음…….”

추일학은 별말을 하지 않았지만, 썩 내켜 하는 표정은 아니었다. 그러다 무슨 생각이 들었는지 육성이 아닌 전음으로 물어왔다.

[그런데 당가는 어떻게 할 생각이오? 이번 일에 그들을 끌어들여야 하오? 아님 말아야 하오? 비록 그들이 우리와 연수를 한 상태지만, 교주님과 정식 혼례를 올리지 않은 마당이라 상황이 조금 애매하오. 청성파를 칠 때와 달리 이번 일은 오직 본교에 해당하는 문제가 아니오?]

[그 문제는 일단 놔둡시다. 그들이 먼저 돕겠다고 나서면 모를까? 교주님이 없는 이상, 우리로선 뭐라 할 수 없지 않소. 누가 뭐래도 당호위와 당가주 사이는 앙숙 아니오? 그런데 그와 동배인 우리의 말을 그가 받아들이겠소?]

[음.]

제갈효는 신음만 내뱉었다.

사람들은 둘이 한참 떠들다 갑자기 말을 하지 않고 침묵을 하자 또 무슨 꿍꿍이를 벌인다 여겼다. 그래서 별말 하지 않고, 둘이 이야기를 나눌 수 있게 하나둘 자리를 피해주었다.

*　　　*　　　*

“사천은 난세의 핵입니다.”

딱.

흑돌이 패도적으로 요동치는 백돌에 맞서 그 허를 찔렀다.

"그럼, 군사는 어떻게 하는 것이 좋겠는가?"

딱.

백돌은 그런 흑돌의 움직임을 무시했다. 허를 찔린 서쪽 지역은 과감히 포기하고, 자리가 빈 중앙 지역을 거칠게 파고들었다.

"그렇다고 빈 중앙을 그대로 두면 그거야말로 문제가 아니겠습니까?"

흑돌이 이번엔 중앙 지역을 파고든 백돌에 맞서갔다.

"그럼 그대로 중앙을 파고들잔 말인가?"

백돌은 집요했다. 서쪽은 전혀 안중에도 없는 듯 중앙만 계속해서 고집했다.

그러나 흑돌은 그런 백돌을 상대하면서도 서쪽의 허를 물고 늘어지는 걸 포기하지 않았다. 자칫하면 힘이 분산돼 무너질 수도 있건만, 흑은 두 곳을 공략하면서도 조금도 흔들리지 않았다.

"아닙니다. 중앙을 노려야 하는 것은 맞시만, 지금은 때가 아닙니다. 지금은 사천의 일이 흘러가는 추이를 보고, 그 후 움직여야 합니다. 어쩌면 중앙을 비워둔 사해조수의 뜻은 일부러 우리를 끌어들이려는 공성계일지도 모릅니다. 일단은 그걸 확인한 다음 결정하는 것이 확실한 성공을 거두는 길이 될 것입니다."

"음……."

백돌은 처음처럼 기세를 뽐지 못했다. 조금 망설이는 듯하더니 통에 떨어졌다.

"역시 자네에겐 못 당하겠군. 이번 기회에 중앙을 흔들어 남의 사자를 끌어들여 보려 했더니."

백돌을 쥔 자가 아쉬운 한마디를 하며 남쪽에 돌을 던졌다.

흑돌을 쥔 자도 그를 따라 돌을 내렸다.

"성주님, 그는 분명 움직일 것입니다. 굳이 우리가 자극하지 않아도 사천의 일의 결과에 따라 그도 더 이상 태사의에 몸을 파묻고 있지만은 않을 것입니다."

"그런가? 난 이번만큼은 억지로라도 그를 끌어들여 승부를 가려야겠네. 그래서 진정한 제일인자가 누군지 확실히 해둘 필요가 있어."

흑색 장포를 걸친 거대한 덩치의 노인이 두 눈에 뜨거운 불길을 태웠다.

자미마염(紫微魔閣) 막청해(幕淸邂).

노인의 이름이며 북부의 패자인 마염성의 성주를 지칭하는 말이다. 그는 천하에서 가장 강한 삼 인 중 하나로 사람들은 그를 천중삼원의 하나로 손꼽았다.

천중삼원의 삼원은 북극성을 중심으로 나뉜 세 개의 하늘을 말한다. 이 하늘은 각각 자미원(紫微垣), 태미원(太微垣),

천시원(天市垣)이라 불리는데, 특히 자미원은 상제가 머무는 곳이라 해서 세 개의 하늘 중에서도 가장 존귀한 곳으로 통한다.

그만큼 별호에 자미(紫微)가 들어간 막청해는 오랜 시간 무림의 강자로 군림해 왔다. 은연중 사람들은 이십 년 전의 혈사에 삼양궁의 궁주가 죽는 엄청난 일이 벌어졌는데도 성효명이 나서지 않은 것이 막청해를 이길 자신이 없어서란 말까지 하며 막청해를 천중삼원의 수좌에 앉혔다.

하지만 실상 이 셋 중 누가 강하다는 것은 의미가 없었다. 만일 삼원이 아닌 이원이었으면 모를까? 나머지 한 사람에게 어부지리를 줄 수 있는 싸움을 바보가 아닌 이상 이들이 저지를 리 없었다.

그 때문에 막청해는 지금 아쉬움을 토한 것이다. 강자만이 갖는 고독함. 그는 이십 년 전에 이룰 수 없는 소망을 이번엔 꼭 이루려는 생각을 갖고 있었다.

"허허. 성주님은 마염성주란 존귀한 자리에 앉아 있으면서도 낭인과 같은 말을 하시는군요."

"이보게, 군사. 마염성주이기에 앞서, 나도 엄연히 무인일세. 내가 이 자리에 앉고 나서 제대로 싸워본 적이 있는가? 그 전엔 싸울 구실이 없었고, 기껏 얻은 이십 년 전의 기회도 자네가 말리는 통해 꼼짝없이 자리보전하지 않았는가?"

"아직도 그 일로 수하를 나무라는 것입니까? 그로 인해 저

도 반성하며 이십 년이란 세월을 조용히 지내는 것이 아니겠
습니까?"

막청해 앞에 앉은 백색유삼의 노인이 바로 사도제일뇌라
불린 쌍뇌수사 사마교였다. 겉모습은 유한 노선비 같은 모습
이지만, 쌍뇌라 불리는 그의 머릿속엔 온갖 사악한 음모와 계
책이 가득 차 있었다.

"그게 조용히 지낸 것인가? 천하인들의 뒤통수를 칠 엄청
난 계책을 준비해 온 자네가?"

"허허."

"웃지 말게. 그 당시 그 계책을 들었을 때 난 소름이 돋았
네. 그러는 한편, 과연 성공할 것인가란 의심도 들더군. 그
런데 자네는 그 일을 해냈고, 지금 그 꽃을 피우려 하고 있
네. 지금도 난 육십 년 전, 자네를 얻지 못하고 적으로 만났
으면 어떨까 하는 생각을 하네. 그럴 때마다 드는 생각이
란……."

두려울 게 없다는 막청해가 고개를 좌우로 내저었다.

"아닙니다. 저야말로 성주님을 만나지 못했으면, 이 자리
에 있지도 못했을 것입니다."

사마교는 겸손히 그 말을 받았다.

막청해는 흐뭇하게 고개를 끄덕이다 생각났다는 듯 한마
디를 꺼냈다.

"그보다 해남에 갔던 일은 어떻게 되었나?"

“성주님 덕분에 잘 처리되었습니다.”

사마교는 만족한 미소를 지었다.

“잘되었군. 계책의 마지막이란 그 일. 이유야 어떻든 자네를 믿네. 부디 이번만큼은 나의 이 고독을 씻을 수 있게 해주게.”

“알겠습니다. 곧 그럴 무대를 만들어 드릴 테니, 수하만 믿으십시오. 그보다 성주님은 흡정마공의 계승자란 아이에 대해선 어떻게 생각하십니까?”

지나가듯 사마교가 이 말을 꺼냈다.

“흡정마공?”

이렇게 반문한 막청해의 전신에 숨 막힐 듯한 패기가 솟아올랐다.

“내가 고작 그런 아이까지 신경 써야 하는가?”

“죄송합니다. 제가 실례를 범했군요.”

사마교가 곧 사과의 말을 꺼내자 막청해도 기세를 흔적 없이 지워 버렸다.

“이보게, 군사. 무림은 그리 만만한 곳이 아닐세. 고작 신공 하나를 얻은 것 때위로 어떻게 채볼 수 있는 곳이 아니야. 그건 육대절학을 소유한 문파들의 현재를 봐도 알 수 있지 않은가? 그 아이의 발악은 곧 끝날 걸세. 잘난 듯 기를 세우는 북신마교의 아이들도 마찬가지고. 그러나 군사가 그런 말을 한 것은 무슨 이유가 있어서겠지.”

막청해는 패기만 앞세우는 그런 수장이 아니다. 그랬으면 그들이 오랫동안 북에서만 머물지는 않았을 것이다.

"이유야 어떻든 현재 그들이 난세의 중심이란 것은 틀리지 않는 말입니다. 그러니 너무 기가 살지 않게 조금 손을 봐둘 필요가 있지요. 왜 마염성인가? 한 번 이겼다고 기고만장해야 할 그들에게 따끔한 일침을 가해야지요."

사마교의 두 눈에 사악한 기운이 번들거렸다.

막청해는 이 눈빛을 잘 알고 있었다. 이 눈빛이 나타난 후라면, 어김없이 사마교의 머릿속에서는 놀라운 묘계들이 쏟아져 나왔다.

"그럼 그 일은 자네가 알아서 하게. 대신 무림이현이 어쩌니 떠드는 천하를 향해 사도제일뇌가 어떤 것인지 확실히 알려주게."

"알겠습니다. 이 사마교 다시 한 번 쌍뇌수사란 이름을 천하에 알리도록 하겠습니다."

"하하. 내 기대해 보지."

"절대 실망시키지 않을 것입니다."

그 말을 끝으로 떠나가는 막청해를 사마교가 미소로 배웅했다. 그런데 그 미소가 막청해의 모습이 보이지 않자 금방 다른 것으로 바뀌었다.

"그래 제대로 인사를 해야지. 오래 참아온 만큼 날 잊은 자들에게 확실히 인사해야지."

　진한 미소를 짓는 사마교의 두 눈이 붉게 물들어갔다. 앞으로 펼쳐질 혈란을 예고하듯 사도제일뇌의 두 눈이 천하를 향해 진한 붉은 빛을 뿌려댔다.

第二章

　점점 세인들의 뜨거운 관심 대상이 되는 사천과 달리 중원을 가르는 양대 젖줄의 하나인 장강은 그런 것과 상관없이 그저 고요히 흘러가기만 할 뿐이었다.

　그래서 그런지 그 위의 나룻배도 장강에 몸을 맡기고 고요히 흘러가기만 했다. 가끔 노를 젓는 사공의 손길에 의해 방향을 틀고, 그 외는 흐름에 몸을 맡겼다.

　그런데 하나로만 흐르던 장강에 남으로 흐르는 지류가 나타나자 배에 있던 자가 독안의 사공에게 전음을 날렸다.

　[감리에 내릴 필요없이 군산으로 배를 모십시오.]

　[군산? 자네 거기는 뭐 하러 가려는가? 장강의 배를 묶은 일

만으로도 장강수로맹주가 기고만장하지 않는가? 게다가 장
강수로맹과의 연수도 생각해야 하는데, 괜히 자극할 필요가
있는가?]

[그거 때문에 지금 장강으로 가려는 것입니다. 그에게 한번
본때를 보여줄 필요가 있습니다.]

[본때라니 도대체 어떻게 하려고?]

[잠시 저자의 힘을 빌리려 합니다. 총수의 말만으론 아직
그를 인정할 수 없습니다.]

[자네!]

[사 어르신, 이번 일은 저를 믿고 따라주십시오. 모든 책임
은 제가 지겠습니다.]

[음.]

사공수는 신음 소리를 냈지만, 힘차게 노를 저어 남쪽으로
흐르는 지류로 나룻배를 몰아갔다.

그리고 한 시진. 주변이 갑자기 탁 트인 풍경으로 바뀌며
나룻배는 중원삼대호의 하나인 동정호로 들어섰다.

"어떻소? 동정호의 명주(明珠)라 불리는 군산을 바라보는
소감이……."

말없이 전방에만 시선을 주는 고경천에게 단우헌이 말을
건네왔다.

고경천은 잠시 시선을 돌려 단우헌이 말한 녹색섬을 바라
보았다. 그러나 곧 시선을 원래대로 돌리며 한마디를 던졌다.

"형장 눈엔 명주로 보일지 몰라도 내 눈에 저 섬은 독주(毒珠)로 보이는구려."

"하하. 어찌 저 아름다운 섬을 보고서 독주라 그러시오? 만일 범중암(范仲淹)이 이 소리를 들었으면, 아마 성을 내도 단단히 냈을 것이오."

범중암은 송(宋)나라의 명신(名臣)으로 자신이 쓴 악양루기(岳陽樓記)에 군산을 동정호의 명주라 표현해 놓았다.

"그거야 그 사람이 훗날 군산이 수적(水賊)들의 본거지가 될지 몰라서 그렇게 써놓은 거 아니겠소? 지금도 독기가 이렇듯 피부를 찌르는 게 확연히 느껴지거늘. 도대체 어디를 봐서 명주라는지……."

아니나 다를까? 동정호에 떠 있던 몇몇의 고기잡이배가 슬슬 나룻배를 향해 다가드는 것도 같았다.

어찌 보면 그냥 지나쳐 가는 배라 넘길 수도 있지만, 고경천에겐 고기잡이배에서 이쪽을 바라보는 시선이 확연히 느껴졌다. 그동안의 지겨운 추적과 싸움으로 그의 감각이 전보다 한층 높아졌다.

고경천의 이런 말을 뒷받침하듯 고기잡이배 하나가 노골적으로 거리를 좁혀왔다.

"사 어르신."

단우헌이 말이 떨어지자,

"휘이익! 휙휙! 휘익!"

기다렸다는 듯 독안의 뱃사공이 몇 번의 휘파람을 불었다.

일종의 약속 신호인 듯 다가오던 배가 거짓말처럼 방향을 바꾸고, 빠르게 군산을 향해 쏘아져 나갔다.

고경천은 그 모습에 미간을 찌푸렸다.

"그동안 그렇게 신비로움을 뿌리고 다니더니 당신 수적 출신이오?"

북두칠강 중 유일하게 배경이 드러나지 않은 자가 단우헌이었다. 지금까지 이래저래 억측 같은 소문이 돌았지만, 원체 그 자신도 모습을 잘 드러내지 않아 아직까지 배후가 알려지지 않고 있던 중이었다.

"고형 눈엔 그리 보이오? 남들은 날 보고, 대부분 산골 촌놈 같다 하던데. 아무래도 이번 기회에 찬찬히 얼굴 좀 다시 살펴봐야겠소."

단우헌은 손을 들어 이리저리 자신의 얼굴을 매만졌다.

'정말 이름을 몰랐다면, 누가 저 얼굴과 행동에 속지 않을 것인가? 그런데 기껏 주작칠수 만나러 가자고 하더니 끌고 온 곳이 고작 장강수로맹?'

고경천은 고작이라 했지만, 장강수로맹은 그리 만만한 곳이 아니다.

장강수로맹(長江水路盟).

다른 데서는 몰라도 장강에서만큼은 이 이름이 삼양궁, 마염성, 녹림보다 더 강한 영향력을 발휘했다. 그런데도 고작이라 평가받은 것은 그들이 흑도여서였다.

흑도는 얼핏 사도와 비슷한 거 같지만, 엄연히 사도와는 다른 부류였다. 둘 다 이익을 위해서라면 힘을 쓰는 것도 마다하지 않는다는 점에선 비슷하지만, 상대하는 대상에서 그들은 극명한 차이를 보여 다르게 분류되었다.

사도는 그래도 그 대상이 주로 무림인에게 국한된다. 하나 흑도는 그 대상이 무림인보다 힘없는 범인이 대부분이다.

무공을 익히지 않은 범인을 약자로 보는 무림인에게 흑도의 그런 면은 치졸하기 그지없는 부분이다. 일각에선 그런 이유로 흑도를 비무림(非武林) 또는 지하무림(地下武林)이라 부르며 천시하기까지 했다.

그래서 상대적으로 흑도는 저평가되었다. 장강의 패자인 장강수로맹이 고작이란 평가를 받는 것처럼 그와 비슷한 세력을 자랑하는 천투방(天偸房), 독화향(毒花香), 흡골포(吸骨鋪)가 낮은 대우를 받는 것은 천투방은 도둑들의 집단, 독화향은 기녀들의 모임, 흡골포는 지하상인들의 연합이어서다.

참고로 흑도이면서 이들과 다르게 평가받는 두 곳이 있다. 힌곳은 메생이 흑도이면서 현재는 사도와 다름없는 동의 패자 녹림. 나머지 한곳은 누구나 인정하는 흑도의 대부격인 하오총문. 이 둘만은 같은 흑도라도 무림인들이 함부로 하지 못했다.

그런데 고경천은 여기에 새로운 사실 한 가지를 더해야

했다.

주작칠수와 장강수로맹 아니, 손괴량과 흑도. 이 연관성 없는 둘이 지금 연관성을 가지려 하고 있었다.

'점쟁이 노인. 생각보다 많은 비밀을 갖고 있군.'

나룻배는 그사이에도 계속해서 군산을 향해 거리를 좁혀 갔다.

고경천을 태운 배는 군산의 한 나루터에 몸을 대었다.

먼저 내린 독안노인이 나루터의 말뚝에 배를 고정시키고 앞장서 길을 재촉했다.

"자, 갑시다."

단우헌은 고경천과 뒤처져서 독안노인의 뒤를 따랐다.

나루터 주위는 어업으로 생계를 유지하는 어촌답게 주변에 고기를 말려 놓은 모습이나 그물을 손질하는 모습을 심심치 않게 볼 수 있었다. 대략 오십여 호 정도 보이는 마을은 너무나 평화로운 어촌 풍경 그대로였다.

단우헌과 고경천은 그런 마을을 가로지르며 점점 나루터 반대편의 산등성이로 걸음을 옮기고 있었다.

"어떻소, 고 형? 이런 평화로운 풍경을 보니 얼마 전의 일들이 다 꿈만 같게 느껴지지 않소?"

그러나 풍경에 관심없는 고경천의 대답은 앞에 걷고 있는 독안노인에 대한 것이었다.

"그보다 저 노뱃사공 벙어리요? 외눈에 말까지 못한다면, 참으로 안된 일 같단 생각이 드는데."

"……!"

앞장서 걷던 독안조룡 사공수가 갑자기 몸을 부르르 떨었다.

"아니오. 어른신은 말을 하지 않을 뿐, 벙어리는 아니오."

"그러오? 그럼 저 노인은 이 마을 사람이오? 어찌 벙어리도 아니면서 길조차 묻지 않고 제집처럼 안내할 수 있소?"

이 한마디에 부들거리는 사공수의 몸이 거짓말처럼 가라앉았다.

단우헌도 갑자기 눈을 빛냈으나 곧 눈빛을 지우고 무언가 한마디를 하려고 했다.

그러나 그것도 다시 입을 여는 고경천으로 인해 기회를 놓쳤다.

"아니 장강수로맹 사람이라면, 능히 그럴 수도 있지. 얼마 전 장강에서 배를 못 구해 고생했는데, 그것도 다 저 노인 덕분인가? 그 덕에 나야 쉽게 추적을 따돌릴 수 있어 좋았지만, 그런 사람을 아랫사람 부리듯 형짱을 내게 보낸 겁쟁이 노인이야말로 가장 대단한 사람인 거 같소."

고경천은 아무렇지 않게 하는 한마디였으나 이 말의 의미는 컸다.

사공수는 하나뿐인 눈에 강한 신공을 뿜어냈다. 늘 순박한

표정을 짓는 단우헌도 이 순간만은 얼굴이 굳는 것을 숨기지
못했다.

그러나 곧바로 표정을 바꾼 단우헌이 묘한 한마디를 했
다.

"아무려면 어떻소? 어차피 이 길도 신옹을 만나기 위한 길
중 하나일 뿐인데 이제 와 굳이 따질 필요가 있소?"

고경천은 잠시 그 말의 의미를 생각해 보려 했으나 곧 지워
버렸다. 어차피 그의 목적은 손괴량 본인이지 주변이 아니었
다.

"사실 그렇게 궁금한 것도 아니오. 단지 지금도 넘치고도
남는 적! 별 관계 없는 흑도까지 추가하고 싶지 않아서 그러
오. 그보다 놀라기는 했소. 주작칠수를 만나러 가자 한 사람
이 설마 장강수로맹으로 데려올지 그 누가 알았겠소?"

한 번 더 상대가 철렁할 말로 마무리 지은 고경천은 더 이
상 이에 대해 말을 하지 않았다.

전에 단우헌은 손괴량의 이야기를 꺼내며 그를 만나는 방
법에 대해 알려준 바가 있었다.

그 방법이란 주작이 그려진 백지에 앞으로 만날 자들의 수
인을 받는 것. 하나, 누구를 만나고, 어떻게 받아야 하는지에
대해선 말해주지 않았다. 대신 앞으로 소개한 자에게 수인을
얻어내기만 하면 된다고 했다.

"난 주작칠수 분들을 만나게 될 거라 했지. 여기에 주작칠

수 분들이 있다는 말은 하지 않았소.”

단우헌은 한마디 말로 고경천의 말을 뒤집어 버렸다.

‘빌어먹을.’

겉으론 내색하지 않았지만, 고경천은 내심 욕지거리가 치솟았다. 애초에 추일학과 동류의 기질이 느껴질 때 알아봤는데, 그가 일부러 빙빙 돌려 이야기한 것도 장강수로맹과 손괴량의 관계를 알기 위함이었다.

그런데 이렇게 되면 그 관계가 모호해진다. 과연 손괴량은 장강수로맹과 관계가 있는 것인가? 아님, 장강수로맹과 관계가 있는 독안노인과 관계가 있는 것인가?

‘차라리 싸우는 게 속 편하지.’

역시 머리 쓰는 부분은 추일학이 전문이었다. 그는 여기서 생각을 정리하고 더 이상 신경 쓰지 않았다. 그는 머리로 고민하는 것보다 직접 부딪치는 게 더 전문이지 않은가?

‘그보다 서생을 생각하니 사천의 일이 걱정되는군. 괜찮으려나? 한껏 성질이 난 육파일방이 당장이라도 사천으로 쳐들어갈지도 모르는데, 난 돌아가지 않고 여기서 이러고 있으니.’

만일 그가 현재 사천이 어떻게 돌아가는지 알았다면, 당장 사천으로 방향을 틀었을 것이다. 하나, 그는 불행히도 그동안 도망자 신세였는지라 사천의 일을 하나도 알지 못했다.

이런저런 이유로 변해가는 고경천의 표정을 봤는지 단우

헌이 한마디를 했다.

"고민하는 순간 작은 일도 큰일이 된다고 하지 않소? 그럴 땐 무시하는 게 최상의 방법이라 했소."

고경천은 내심과 부합되는 그 말에 단우헌을 바라보았다.

'겉모습은 영락없는 촌닭인데, 말하는 것은 북두칠강이란 이름값을 제대로 하는군.'

북신마교엔 누가 뭐래도 그의 가장 든든한 조력자 추일학이 있었다. 거기에 그가 지금까지 만나 본 자 중 최고수라 할 수 있는 혁진웅이 있고, 그 외 그 둘을 제외한 현무칠수나 백호칠수도 절대 호락호락한 자들이 아니었다.

그 생각을 하자 고경천은 확실히 걱정을 날려 버릴 수 있었다.

"형장, 난 본래 고민하기 보단 먼저 움직이는 걸 즐기는 사람이오. 그러니 괜한 객쩍은 소리 마시고, 마음이 변하기 전에 어서 첫 번째 수인 찍어줄 사람에게나 안내하시오."

"알겠소. 자, 갑시다."

단우헌은 고경천이 무슨 이상한 말이라도 할까 그를 지나쳐 사공수에게 다가갔다.

[사 어르신, 생각보다 눈치가 빠릅니다. 아무래도 지금부턴 더 조심해야 할 필요가 있겠군요.]

[그보다 더 위험한 놈일 수도 있네. 괜히 총수가 하시는 일을 망치는 것보다 차라리 지금이라도 본래대로 돌아가는 게

어떤가?]

　[어차피 장강수로맹 일도 미뤄둘 수만은 없습니다. 제가 총수께 혼나는 일이 있더라도 이번에 마무리 지어둘 필요가 있습니다.]

　[그럼 알아서 하게. 이미 엎질러진 물이니 말일세.]

　[감사합니다.]

　둘은 조금도 표가 나지 않게 전음으로 속내를 나누었다.

　그들은 다시 멈췄던 걸음을 옮기며 마을 뒤편의 산등성이에 위치한 초가로 걸음을 옮겼다. 초가는 산등성이 시작 부분을 깎아 일부러 공터를 만들고 그 위에 몇 채의 집을 지어놓은 모습이다. 그 뒤는 나무들이 경사를 이루어 산 정상으로 이어졌다.

　초가 앞 공터에는 목탑이 세워져 있었다. 망루의 역할을 하는 듯, 귀밑이 하얀 덩치 좋은 장년인 한 사람이 입구에 나와 있었다.

　"어서 오십시오."

　기다렸다는 듯 장년인이 사공수를 향해 공손히 고개를 숙였다.

　사공수는 상대의 인사에 간단하게 고개만 까닥였다.

　"촌장, 귀한 손님이니 모시는 데 소홀함이 있어서는 안 될 것이네."

　"예. 어찌 어르신의 손님을 소홀히 대하겠습니까? 그보다 내채에 연락을 해놓을까요? 어떨지 몰라 아직 연락을 하지 않았습니다."

"연락을 하게. 문에서 중요한 사람이 함께 왔다는 말을 덧붙여서 말일세."

"예. 그럼 그리 연락하고, 잠시 머무를 곳을 준비하겠습니다."

장년인이 안채로 사라지자 대신 중년 여인이 나타나 단우헌과 고경천을 안내했다.

"저를 따라 오시지요. 공자들이 쉴 곳을 준비해 두었습니다."

사공수가 단우헌을 향해 고개를 끄덕였다.

"자, 갑시다."

단우헌은 별다른 이야기 없이 앞서는 중년 여인을 따랐다.

"생각보다 장강수로맹의 모습이 많이 평범하오."

"평범하다니……."

"난 군산만 들어서면, 험상궂은 수적들을 질리도록 볼 줄 알았는데, 생각보다 평범한 사람들투성이오."

"고 형, 그건 간단한 이치 아니오. 평범 속에 비범을 감춘다. 그렇지 않으면 군산이 장강수로맹의 본채로 알려지면서도 어찌 그 오랜 시간 성세를 유지해 왔겠소?"

"아!"

고경천은 마치 엄청난 것을 깨달았다는 것처럼 크게 고개를 끄덕이며 한마디를 덧붙였다.

"그런 것이었구려. 그래서 형장도 비범함을 감추기 위해 그런 둔한 외모를 가지고 있는 거 같소. 만일 내가 형장을 만나지 않았다면, 왜 무림에서 형장을 천둔(天遁:하늘을 속이다)으로 부르는지 절대 몰랐을 것 아니오?"

복수하듯 꺼낸 말이지만, 단우헌은 특별히 신경 쓰는 얼굴이 아니었다.

"아무려면 어떻소? 외모야 어차피 태어날 때 정해지는 것. 난 이 외모가 정말 맘에 드오. 덕분에 남들이 알아서 오해해버리니, 쓸데없는 귀찮음이 없어져 얼마나 좋소?"

"쩝."

고경천은 그냥 입맛만 다셨다. 확실히 저런 외모라면 일부러라도 사람들이 신경을 쓰지 않을 것이다.

둘은 그렇게 객담을 나누며 중년 여인이 안내해 준 별채로 들어갔다.

사공수는 그들이 사라지는 모습을 보다 장년인에게 몇 가지 당부할 게 더 있어 그곳으로 향했다.

*　　　*　　　*

본시 천연 동굴에 인공을 가미해 만들어놓았는지 기둥을 대신해 석주가 자리했다. 벽면이나 천장은 매끄럽게 다듬어

놓고, 천장엔 야광주를 박아두어 빛을 대신하게 만들어놓았다.

석전은 하나같이 불끈거리는 근육을 자랑하는 장년인들이 대부분을 차지했다. 나이들도 불혹은 넘겼는지 이마에 깊게 패인 주름살과 색이 바란 귀밑머리를 가지고 있었다.

이중 가장 눈에 띄는 자는 누가 뭐래도 상석에 앉은 작은 바위산을 연상케 하는 거구의 노인이었다. 그는 지금 미간에 천(川) 자를 만들고, 대전의 좌우로 갈라져 떠드는 사내들의 고함을 듣고 있었다.

"아무리 그래도 맹의 본질까지 바꿀 수는 없는 것이오. 근 이백 년을 지켜온 본질을 바꾸라니 그게 말이 되오?"

"말 잘했소. 장장 이백 년이오. 이백 년. 그 정도면 바뀔 때도 되지 않소? 언제까지 구석에 틀어 박혀 양민이나 터는 못난 놈이란 소리를 들어야겠소?"

"그게 무슨 소리요. 우리가 언제 양민을 털었소? 우리는 당당히 장강의 안전을 지키며 그에 따른 보호비를 받은 거 아니오? 오히려 도적놈들이 함부로 날뛸 수 없게 해놓았거늘. 우리가 떳떳한데 뭐가 문제요? 거기다 무림의 일에 끼지 말란 이야기는 초대맹주가 맹을 열며 정한 규율이오. 그런데 그 규율을 깨자니, 아니, 근본이 뭔지나 알고 떠드는 것이오?"

"뭐가 근본이란 말이오? 그렇게 따지면, 은혜를 입고 갚지 않는 게 더 근본이 없는 짓 아니오? 총문이 어떤 곳이오? 흑도

의 든든한 보호자로 그나마 지금의 흑도라도 있게 도와준 존
재가 아니오? 그런데 그런 곳에서 처음으로 도움의 손길을 펼
쳤소. 지금 그걸 나 몰라라 하자는 것이오? 허 참. 누가 근본
을 모르는지… 이러니 남들이 우릴 도적놈들이라 손가락질하
지.”

한쪽은 성격이 꼬장꼬장할 정도로 마른 인상을 풍기는 키
가 훌쩍 큰 노인. 한쪽은 얼굴이 붉고 위보다 옆으로 더 퍼진
열화와 같은 노인. 그들은 좌우로 갈린 자들의 대표격이라도
되는 듯 둘이서만 목청을 돋우었다.

“뭐야?! 갑자기 지가 성인군자라도 되는지 알아? 우리 근본
은 수적이야. 그걸 잊은 놈이 뭔 말이 그리 많아? 그리고 지금
정, 사가 어울려 노는 무림판에 왜 끼어? 잘난 척하는 정, 사
놈들 깡그리 없어진 다음에 끼면 될 걸.”

“이 답답한 양반아. 언제 정, 사가 함께 사라지는 거 봤어?
늘 한쪽이 사라지면 한쪽이 기승을 부려 괜히 만만한 우리를
들볶는 게 놈들의 일이잖아. 도대체 저 머리로 어떻게 장로
자리에 앉아 있는지, 차라리 돌부처를 데려다 그 자리에 앉히
는 게 낫지.”

“이 비쩍 마른 대꼬챙이가 말이면 단 줄 알아? 뭐 돌부처?
지금 내 머리 돌이라 씨불이는 거야?”

“아니지. 차라리 돌부처는 조용하기라도 하니 낫지. 다시
말하지, 네놈은 뇌라곤 끽끽댈 때만 쓸 줄 아는 원숭이와 같

다. 알아?"

"야! 나와! 간만에 한번 붙자!"

결국 얼굴이 붉은 노인이 성질을 참지 못하고 자리에서 벌떡 일어났다.

"좋아! 그래 함 붙자."

비쩍 마른 노인도 더 이상 못 참겠는지 자리를 박찼다.

"그만!"

더 이상 이마에 천 자를 만들기 힘들었던가? 상좌에 앉아 있던 거구의 노인이 주먹으로 앉아 있던 돌 의자의 팔걸이를 내려쳤다.

쾅!

팔걸이는 금시 가루가 되어 바닥에 수북이 쌓였다. 그런데 지금 모래처럼 부서진 돌은 단단하기가 제일이란 대리석이었다.

거구의 노인은 자리에서 일어나 서 있는 두 노인을 향해 으르렁거렸다.

"니 둘. 그렇게 붙고 싶으면, 간만에 나랑 붙을까? 직책이고 뭐고 다 떼고 함 붙어?"

"……"

거구의 노인의 포효에 열을 올리던 둘이 언제 그랬냐는 듯 입을 다물었다.

상대는 그들보다 직책이 높은 맹주여서가 아니다. 지금도 돌 의자를 부순 그의 일격은 내공이 아닌 순수한 힘만으로 이뤄낸 것이다.

예로부터 흑도는 다른 두 곳보다 내공 부분이 취약했다. 그래서 자연스레 내공보다는 외공에 치우쳤는데, 눈앞의 이자는 그런 자들 중에서도 외공으로 극을 이룬 자였다.

아무리 둘이 장강수로맹의 수석장로와 수석호법이지만, 같이 덤벼도 어찌해 볼 사람이 아니었다.

"뭐 해! 붙자며? 안 덤벼?"

다시 한 번 거구의 노인의 음성이 석동을 울렸다. 지금까지의 소란보다 더 큰 고함에 어떤 자는 안색까지 하얗게 질렸다.

"그럼 앉아! 오늘 늙어 잘 붙지도 않은 뼈다귀 분질러지고 싶지 않거든. 엄한데 힘 뺄 생각 말고 머리를 굴리란 말이야."

"……."

열불 냈던 두 노인은 기회라 생각했는지 조용히 제자리에 앉았다.

거구의 노인은 그 둘이 조용히 자리에 앉자 처음보다 낮아진 음성으로 입을 열었다.

"그래. 어차피 이런 짓 자체가 무의미하지. 평생 머리보다 몸으로 때운 인간들이 무슨 결론을 내리겠냐? 차라리 지금까지 해오던 대로 하자."

"……?"

사람들은 거구의 노인의 말이 무슨 의미인가 두 눈에 의문을 드러냈다.

"뭘 모른다는 눈빛들이야? 규율이든 은혜든 어차피 다 이걸로 해결해야 될 거 아냐?"

거한은 어린아이 머리통만 한 주먹을 들어 올렸다. 이곳저곳 단단하게 굳은살이 눈길을 잡았다.

그러나 누군가 조심스레 입을 열었다.

"하지만 맹주… 상대는 총문인데, 정면으로 그들과 붙어 이길 순 없지 않을까요?"

거한은 소리가 난 곳으로 시선을 돌렸다. 그자는 붉은 얼굴 노인의 바로 곁에 앉은 자였다. 그는 조심스레 옆구리를 문지르는 것이 붉은 얼굴의 노인이 그곳을 찌른 듯했다.

"큭! 무식한 놈 곁엔 무식한 놈만 모인다더니……."

이 한마디에 붉은 머리의 노인과 입을 열었던 자 모두 얼굴이 벌게졌다. 하지만 그들은 속으로 한마디를 했다.

'지가 제일 무식하면서…….'

그러나 이 말은 속에서 맴돌뿐 밖으로 나오지 않았다.

더욱이 거한이 다시 입을 열자 그것조차 속에서 사라졌다.

"우리는 누가 뭐래도 흑도다! 그렇다면 모든 것은 흑도대로 풀어야지. 어차피 우리가 총문을 어떻게 하자는 것도 아닌, 명분을 얻자는 건데 굳이 큰 싸움 만들 필요가 있느냐? 일대일. 그래서 이긴 쪽의 말을 들으면 되는 거 아니냐?"

"하지만 혹시라도 문주나 오대봉공 중 하나가 나서면 어쩌려고 그러십니까? 그러다 괜히 긁어 부스럼 만들면 일만 더 커지는 거 아닙니까?"

이번엔 비쩍 마른 노인이 있는 곳에서 이런 말이 튀어나왔다.

"뭐 묻은 개가 뭐 묻은 개 나무란다고 난 놈이 없지. 난 놈이."

이번엔 비쩍 마른 노인의 얼굴이 붉어졌다. 하나 건너 있어 미처 말리지 못한 자들 대신 매서운 눈으로 쏘아보았다.

"잘 생각해 봐라. 여기 있는 자들 중 문주나 오대봉공 모습 봤다는 사람. 아니, 본 사람이 있단 말 들어본 사람?"

"……."

"없잖아. 우리에게도 모습을 잘 보이지 않는 자들이 과연 이런 일에 나설까? 어차피 나와봐야 용호풍운 사객들이 나올 거야. 그중에서도 제일이란 독안조룡은 우리와 관계 때문에 직접 움직이지 않을 테고, 잘해봐야 그다음인 금비호(金飛虎), 풍가귀(風脚鬼), 하운(花雲) 정도잖아. 그리고 결정적인 거 무공대결 할 필요가 없다는 것이다. 흑도인이면 흑도인다운 싸움을 해야지."

"흑도인다운 싸움이라니……."

사람들은 어떻게 될지 알면서 이렇게 묻고 말았다.

"몰라서 묻느냐? 바로 내 전공을 말함이지."

거구의 노인 말에 누구 하나 나서지 않았다.

찬성하던 자나 반대하던 자 모두 얼굴이 흙빛이 되었다. 그러나 누구 하나 거구의 노인 말에 토를 달지 못했다.

"자, 그럼 결정되었으면 실행해야지. 이렇게 기다릴 필요는 없지, 안 그래?"

"맹주님."

한참 그들이 끔찍한 상상을 할 때, 석전으로 수하 하나가 들어섰다.

"무슨 일이냐?"

붉은 얼굴의 노인이 수하를 향해 입을 열었다.

"지금 외채에서 연락이 왔는데, 독안조룡 사공수가 총문의 중요 인물과 함께 도착했다고 합니다."

"그래?"

반문은 붉은 얼굴의 노인이 아닌 거구의 노인이 받았다. 그는 그 이야기를 듣자 기다렸다는 듯 명을 내렸다.

第三章
살을 주고 뼈를 취한다

동정호의 물빛이 완전 검은색으로 물들자 그 위에 하나둘 별이 떴다. 별의 위치는 곧 동정호에 뜬 배들의 위치와 같은데, 배에서 비추는 유등 빛이 동정호의 검을 물빛과 어울려 밤하늘의 별을 연상시켰다.

그렇게 어둠을 밝히는 빛은 동정호만이 아닌 동정호의 명주라는 군산에도 떴다. 서서히 어둠을 밀어내며 군산 연안을 밝히는 빛들은 군락을 이룬 어촌에서 만들어내는 별빛이었다.

그중 낮에 고경천이 도착한 마을도 하나둘 불빛을 밝혔다. 대부분 어유를 태워 불을 밝히는 등잔에선 작게나마 비린내가 주변으로 퍼졌다.

"저녁도 먹고 배도 부른데, 슬슬 시작해야 하는 거 아니오?"

고경천은 한편에서 홀짝홀짝 차를 즐기는 단우헌을 보고 말을 건넸다.

"너무 서두르지 마시오. 아직 이곳 주인에게서 연락이 오지 않았소."

"어찌 처음과는 조금 다른 거 같소. 문턱을 넘을 때는 제집 같더니 막상 문턱을 넘어오니 갑자기 손님이라도 된 듯하오."

"그건 그 손님이 이 집과 가까운 사이이지 주인은 아니기 때문이오. 그러니 아무리 친한 손님이라도 주인의 대답을 기다리는 것은 당연한 이치 아니오?"

"그러오? 그러면 가깝지 않은 손님은 주인을 만나기 위해 먼저 일어나리다."

고경천은 자리를 털고 일어났다.

"무슨?"

일을 벌일 생각으로 온 단우헌이지만, 고경천이 먼저 나서자 오히려 뜨끔했다.

"무슨은 얼어죽을 무슨이오. 주인이 오질 않으니 주인이 오게 만들러 간다는 것이오. 식사도 했겠다. 잠시 몸을 푸는 것도 나쁘지 않지 않소?"

“고 형!”

“왜 같이 가시려오?”

“아니 주인을 만나러 온 자가 소란을 피우면 어떻게 하겠다는 것이오?”

“말에 어폐가 있소. 형장이 말한 수인을 받는 일. 그게 소란없이 할 수 있는 일이오? 거기다 난 더 이상 형장의 느긋함을 참지 못하겠소.”

“조금만 더 기다려 보시오. 일은 반드시 순리대로 풀린다 했으니, 우리가 순리를 지키면 곧 순리대로 풀릴 것이오.”

“단 형.”

고경천의 목소리가 조금 낮게 가라앉았다.

“왜 그러시오?”

“제가 한가해 보이시오?”

“갑자기 그건 왜?”

그러나 고경천은 대답하지 않고 계속해서 질문을 던졌다.

“아님 그럼 내가 멍청해 보이오?”

“……”

“그것이 아니라면 도대체 순리대로 흐를 거라더니 이번 일은 시작부터 왜 이리 허점이 많소? 주인의 대답을 기다려야 한다. 지금 이 말이 상황에 맞는 말이라 생각하오?”

고경천의 차가운 눈이 단우헌의 얼굴에 꽂혔다.

“……..”

단우헌은 ‘아차’ 하는 마음이 들어 뭐라 말을 할 수 없었다. 고경천을 달랠 생각만 했지 그로 인해 설마 자신이 말실수를 할지 몰랐다.

“도대체 무얼 숨긴 것이오? 그전에 당신 진짜 점쟁이 노인이 보낸 거 맞소?”

결정적인 한마디가 순진하던 단우헌의 표정을 돌처럼 딱딱하게 만들었다.

“신용에 대한 부분은 틀림없는 사실이오. 그건 내 목을 걸고라도 장담할 수 있소. 그건 서찰을 본 당신도 잘 알고 있지 않소? 서찰 안의 내용. 그건 당신과 신용만이 알고 있는 사실 아니오?”

“훗, 좋소. 그럼 그 부분은 내가 믿지. 그러나 그 외에 대해선 믿음이 깨졌소. 아니, 애초에 믿음이 있었는지 모르지만, 지금 남은 것은 오직 불신뿐이오. 그러니 이제부터라도 불신을 믿음으로 쌓아갑시다. 그러기 위해선 자신의 진실한 신분을 밝히는 게 순서라 생각되오만. 싫으면 난 이 자리에서 당장 돌아가겠소. 어차피 점쟁이 노인과의 만남은 내가 원한 것이 아닌 그가 원한 것이니까.”

“……..”

단우헌의 얼굴은 더 이상 굳어질 수 없을 정도로 딱딱하게 굳어졌다. 어딘가 한없이 가볍고 방약무인하다만 여겼는데,

상대는 그가 생각하는 것보다 뛰어난 통찰력을 갖고 있었다. 그저 운 좋게 흡정마공을 얻어 천하에 이름을 날리는 자가 아니었다.

"이야기하기 싫다면 더 이상 이곳에 남아 있을 필요가 없지."

고경천은 차가운 한마디를 남기고, 밖으로 나가려 했다.

단우헌은 선뜻 그런 고경천을 막지 못했다. 지금에 와서 진실 말곤 어떤 것도 고경천의 마음을 돌리지 못할 것이다. 그렇다고 손괴량의 명을 어길 순 없었다. 그는 모든 걸 고경천 본인이 스스로 부딪쳐 알아야 한다 하지 않았는가?

그러나 다행스러움인가?

"사람이 왔습니다."

밖에서 이 집의 주인 되는 촌장이 안을 향해 기별을 넣었다.

"잠깐, 고 형."

고경천은 고개를 돌려 단우헌을 바라보았다.

"이번 한 번만 나를 믿어주시오. 대신 장강수로맹 일이 끝나면, 내 고 형에게 모든 걸 말하고 비로 신운을 만날 수 있게 일을 추진하겠소."

"아직도 알량한 거래 따위를 내세우는군."

"아니오. 이건 거래라고만 할 수 없소. 이번 일로 난 신운과 다른 분들에게 거추장스러운 시험을 없애잔 근거를 제시

하려는 것이오. 그러니 한 번만 날 믿어주시오."

진지한 단우헌의 눈빛이 싸늘한 고경천의 눈에 부딪쳤다.

고경천은 잠시 침묵으로 일관했으나, 곧 승낙의 뜻을 비쳤다.

"난 한 번이라면 어떻게라도 참을 수 있지만, 두 번은 조금도 참을 생각이 없는 사람이오. 그러니 날 실망시켜 그 대가가 어떤지 확인하는 미련함은 범하지 마시오."

"고맙소."

단우헌도 곧 자리를 털고 일어나 고경천과 함께 밖으로 나왔다.

밖에는 촌장과 사공수 외에 다섯 사람이 더 있었다. 그중 넷은 웃통을 벗고 번들거리는 근육을 자랑하는 사 인이고, 한 사람은 그들을 이끄는 듯한 비쩍 마르고 훌쩍 키가 큰 노인이었다.

사공수가 먼저 나서 새로운 사람을 소개했다.

"단 공자, 여기 있는 분이 장강수로맹의 수석호법일세."

비쩍 마른 노인이 단우헌을 향해 꽤 정중하게 인사를 건넸다.

"총문의 중책에 있는 분이란 말을 들었소. 장강수로맹의 배수요."

장강수로맹의 수석호법 고죽옹(古竹翁) 배수(裴瘦)가 제법 공손히 인사를 건네왔다.

"단우헌이오."

"이런… 미처 몰라봤소. 내 그 명성은 익히 들었소."

배수는 놀람을 감추지 못했다. 배경과 정체가 모호하단 단우헌이 총문 사람이고, 거기다 사공수보다도 윗사람이라니. 그러나 그는 놀라고만 있을 수 없어 기대 어린 시선으로 단우헌 옆을 바라보았다.

"그럼, 저 공자는?"

"이쪽은 본인과 동행한 인물이오. 그리고 이름은 아마 말해줘도 모를 것이오."

"흠……."

그럴듯한 분위기에 내심 기대를 했던 배수는 아쉽다는 듯 신음을 흘렸다. 그는 떠나기 앞서 굳은 얼굴로 입을 열었다.

"도착하고 나서 너무 놀라지 마시오."

단우헌은 무슨 일인가 사공수를 바라보았다.

"생각보다 일이 복잡해졌네. 석 맹주가 조건을 걸었네."

"조건이라니. 배수석호법 그 말이 사실이오?"

단우헌의 목소리에 은은한 노기가 감돌았다.

"그건 나로서도 어쩔 수 없었소. 그동안 우리가 총문의 도움을 많이 받아온 것도 사실이지만, 이번의 그 일은 맹의 규율과 전면으로 부딪치오. 그래서 현재 의견이 찬반으로 갈리고, 그 일을 결정짓기 위해 맹주님이 조건을 내걸었소."

"감히……."

순하기만 하던 단우헌의 얼굴이 싹 바뀌었다.

"단 공자, 맹의 입장이라는 것도 있는 법이오. 그러니 너무 나쁘다고만 생각진 말아주시오."

찬성을 표방했던 배수지만, 단우헌의 그 한마디엔 언짢은 기분을 드러냈다.

"단 공자, 석 맹주가 내건 조건이 일대일 대결이네. 어차피 복잡한 것보다 간단한 조건이니 쉽지 않은가?"

그동안 장강수로맹과의 가교 역할을 한 사공수가 중간에서 분위기를 막고 나섰다.

단우헌은 좀처럼 굳은 표정을 풀지 못하다 고경천에게 전음을 보냈다.

[고 형, 이번 일 부탁해도 되겠소?]

[기꺼이.]

약속한 이상, 고경천은 망설이지 않았다.

[고맙소.]

단우헌은 전음을 마치고, 배수에게 말을 꺼냈다.

"그럼 안내하시오."

"알겠소. 세 분은 가마에 오르시오."

고경천은 그때야 배수가 가져온 가마를 살폈다.

사 인이 메는 가마로 전체가 검은색 일색이었다. 전체적으로 특이한 장식도 없는 가마는 창도 없이 한쪽에만 문이 달렸다.

"사 어르신, 고 형. 오릅시다."

단우헌과 고경천, 사공수는 가마꾼이 열어준 문을 통해 안으로 들어갔다.

내부는 겉모양과 달리 꽤 안락하게 꾸며놓았다. 푹신한 양탄자를 깔아놓아 오래 앉아도 편안한 느낌이 들게 했고, 등받이도 솜을 넣어 편안하게 만들었다. 크기도 네 명까진 탈 수 있는지 셋이 타고도 공간이 남아 편하게 자리를 잡을 수 있었다.

"출발한다."

배수의 출발 소리를 끝으로 문이 닫히고, 가마가 위로 번쩍 들렸다. 그 후 배수가 앞장서고, 사 인은 가마를 메고 그 뒤를 쫓아 빠르게 어딘가로 달려갔다.

가마 내의 세 사람은 말을 하지 않았다. 그저 각자의 생각에 잠겼는지 눈을 감고 있었다.

'본채의 위치를 숨기기 위한 눈속임인가?'

고경친은 만약을 대비해 모든 신경을 집중해 주변을 탐색하고 있었다.

가마는 공기구멍 외는 철저히 밀폐가 되었는지, 외부 소리가 잘 들려오지 않았다. 들리는 것이라곤 가마꾼들의 발자국 소리와 느껴지는 것은 오르막과 내리막을 달릴 때 기울어짐이 전부였다. 도대체 군산 일주라도 하려는지 이 상태로 꽤 오랜 시간을 달렸다.

'발걸음 소리가 변했군.'

흙을 밟아대는 발자국 소리가 단단한 돌을 밟는 탁탁 두들기는 소리로 바뀌었다.

'공기도.'

가마 안의 공기가 조금 눅눅해졌다. 변해 버린 발자국 소리와 눅눅해진 공기로 한 가지를 연상시켰다.

'석동이군.'

가마는 석동에 들어오고도 한참을 달렸다. 석동 자체도 미로처럼 만들어놓았는지 꽤 달린 후, 조심스레 가마가 바닥에 내려졌다.

"도착했소."

가마꾼이 문을 열어주고, 배수가 세 사람을 반겼다.

배수와 달리 가마꾼들은 벗어젖힌 상체가 땀으로 범벅이 되었다. 꽤 오랜 시간 달려오느라 표정도 많이 지친 상태였다.

배수는 곧 가마에서 내린 세 사람을 또 다른 곳으로 이끌었다.

"따라오시오."

본래 그들이 도착한 곳은 여러 군데의 동혈이 하나로 연결되는 공간이었다. 그런데 배수는 그중 하나의 동혈을 통해 또 다른 곳으로 그들을 안내했다. 그렇게 몇 번을 비슷한 방법으로 지나치자 그들은 하나의 넓은 석동을 만날 수 있었다.

그곳에는 이미 여러 명의 사람들이 그들을 기다리고 있었다. 상석과 하석으로 나뉜 자들은 상석엔 거구의 노인이, 하석에는 좌우로 수뇌부들인 듯한 자들이 앉아 있었다.

배수는 상석에 앉은 거한에게 고개를 끄덕이고, 그중 상석과 붙은 좌측의 빈자리에 앉았다.

덩그러니 남겨진 세 사람만 그들의 시선을 한 몸에 받았다.

사공수가 대표로 상석에 앉은 자에게 말을 건넸다.

"석 맹주, 일전의 그 일 대단히 감사하오. 갑작스런 부탁임에도 석 맹주가 도와주어 잘 처리할 수 있었소."

"잠시 동안의 장강봉쇄령이야 일도 아니거늘. 용객께선 뭘 그런 걸 마음 쓰나? 한 가족 아닌가? 가족끼리 그 정도도 못해 줘서야 어찌 가족이라고 할 수 있겠나?"

"석 맹주께서는 지금 가족이란 말을 사용하시면서 왜 그 일엔 조건을 다신 것이오?"

둘의 대화에 갑작스레 한 사람이 끼어들었다.

장강수로맹주 발산대왕(拔山大王) 석권철(石拳徹)은 흥미로운 시선으로 말을 꺼낸 자를 바라보았다.

"이 버릇없는 애송이는 누군가?"

미리 사공수와 그 윗사람이 온다는 이야기를 듣고도 석권철은 이렇듯 물었다.

"석 맹주 말이 심……."

사공수가 나섰으나, 단우헌이 제지시키고 직접 자기소개를 했다.

"버릇없다 느꼈다면 죄송하오. 문에서 미력하나마 순찰이란 직책을 맡고 있는 단우헌이라 하오."

"북두칠강!"

"천둔공자 단우헌."

사람들이 앞 다투어 웅성거렸다. 북두칠강이란 의미에 총문의 순찰이란 직책을 더하자 참지 못한 것이다.

"호오. 버릇없는 애송이인 줄 알았는데, 꽤 이름을 날리는 자였군."

석권철의 눈이 무언지 모를 기대로 번들거리기 시작했다.

곁에서 그걸 본 배수는 불안감을 느꼈다. 석권철이 저런 눈빛을 할 땐 꼭 일이 터졌었다.

"칭찬으로 알겠소. 그보다 조건으로 일대일 대결을 내걸었다고 들었는데 맞소?"

"틀림없네. 누가 뭐래도 우린 무인 아닌가?"

"그 말은 맹주께서 나선다는 말로 들리오만."

"하하하. 그렇네. 총문의 순찰께서 나섰는데, 그 정도 대우를 해주는 게 예의 아닌가?"

배수의 얼굴 표정이 흐려졌다. 전공이라 말할 때 예상했지만, 설마 진짜 본인이 나간다고 할 줄 몰랐다. 그가 움직이면 이건 도저히 작은 소란으로 끝날 문제가 아니었다.

"그거면 만족하고, 우리의 뜻에 따른다는 것이오?"

"물론! 흑도인은 한 입으로 두말하지 않아."

"좋소. 그럼 그 조건대로 합시다. 대신 내가 아닌 이분이 맹주를 상대할 것이오."

"대신 상대할 자라니……."

석권철의 말에 그제야 사람들의 시선이 고경천에게 몰려들었다. 지금까진 특별히 눈여겨보지 않았는데, 단우헌이 한 발 물러서자 입지가 갑자기 상승했다.

사람들은 앞 다투어 고경천을 살폈다. 각자 알고 있는 지식을 총동원해 고경천을 파악하려 했다. 그러나 누구 하나 이렇다 할 이야기를 하지 못했다. 그나마 가능성 있는 북두칠강의 한 사람이 아닌가 했지만, 이 자리에 함께할 만한 자는 청부에 움직이는 단혼살막의 사갈독심(蛇蝎毒心) 손옥상(孫玉喪)뿐이다.

"설마 날 죽이려고 데려온 자객은 아닐 테고, 이쯤에서 소개시켜 주는 것이 어떤가?"

석권철도 비슷한 생각을 했는지 꼬집듯 말했다.

단우헌의 입가에 묘한 미소가 심들었다. 거거 비웃는 것 같기도, 아니면 순진하게 웃는 것 같기도 한 헷갈리는 미소였다.

"감히 손옥상 따위가 이분의 발밑에나 다다르겠소? 나조차 이분의 이름에 비하면 새 발의 핀데."

"허. 그 말은 비밀에 쌓인 총문의 문주라도 나섰단 말처럼 들리는데……."

"석 맹주, 말이 심……."

"제대로 보셨소. 이분이 바로 소문의 하오총문주. 공야현이란 분이시오."

"……!"

입이 벌어졌다.

그건 중간에 끼어들어 한마디 하려던 사공수도 다르지 않았다.

석권철도 얼이 반 나간 얼굴을 하고 있었다. 그는 뜸 들이는 단우헌을 골려주려 말을 한 것이건만, 그런 되도 않는 말이 현실이 되어버렸다.

그러나 곧 정신을 추스른 석권철은 분노를 드러냈다.

"지금 장난하자는 것인가? 하오총문주에 대한 소문은 이미 육십 년이 다 되어가는데, 저 젊은이는 잘해봐야 이십대 중반 아닌가?!"

"맞소. 장난하자는 것이오."

단우헌은 굳은 얼굴과 말투로 딱 잘라 버렸다.

이번엔 또 다른 이유로 정적이 찾아들었다.

그러나 곧 사람들은 분노를 느꼈다. 아무리 하오총문이 장강수로맹보다 위에 있다 하지만, 장강수로맹은 엄연히 흑도의 한 축을 담당하는 곳이다. 그런 곳의 수장을 상대로 말장난을 하다니…….

"어린 놈이 건방지구나! 알량한 북두칠강이란 이름을 얻으니, 세상에 두려울 것이 없더냐? 아님 총문을 등에 업어 호랑이 날개라도 단 줄 착각했느냐?"

석권철이 불같이 노하자 석동이 금방이라도 무너질 듯 웅웅거렸다. 그의 분노는 앉아 있던 태사의에도 쏟아져 나머지 한쪽 손잡이도 완전 가루가 되었다.

사공수는 너무 갑작스레 흘러간 일로 아직 정신을 추스르지 못했다. 그렇다고 정신을 놓고 있을 수만은 없었다. 자칫하면 이로 인해 하나가 되어도 모자를 판인 흑도가 싸움을 벌여야 할지 몰랐다.

[단 순찰, 이건 아무리 자네가 문외 일을 총괄하는 자라 해도 용납될 수 없네. 장강수로맹의 일은 지금까지 내 관할이네. 한데, 그걸 지금 엉망으로 만들겠단 뜻인가? 이러려고 나 보고 장강수로맹으로 가자했는가?]

[사 어르신, 이번 일은 절 믿는다 하지 않았습니까? 오늘 일의 모든 책임은 전적으로 제가 지겠습니다. 그러니 잠시만… 잠시만 이해해 주십시오.]

[으…….]

사공수는 분노를 견디기 어려웠지만 참았다. 여기서 집안 싸움해 봐야 더 모양새가 나빠질 뿐 아닌가?

단우헌은 사공수가 더 이상 나설 기미가 없자 계속해서 석권철을 상대했다.

"장난을 먼저 건 것은 석 맹주 쪽이오. 지금까지 총문이 장강수로맹을 어떻게 대해왔소? 그런 총문이 처음으로 고개 숙여 이번 일을 부탁했는데, 겨우 그에 대한 답이 결투로 모든 걸 결정짓자는 것이오? 차라리 거부의 뜻을 확실히 밝혔다면 상황이 여기까지 오진 않았을 것이오."

준열한 질책을 담은 단우헌의 음성도 석권철의 기세 못지 않았다.

그 때문에 그간의 관계를 알고 있는 장강수로맹 수뇌부들도 아무 말 하지 못했다. 결국 불길한 예감이 이렇게 되었다며 속으로 후회하는 감정만 가졌다.

석권철도 그걸 아는지라 당장 분노를 토해내지 않았다. 하오총문과의 대결. 그건 잘해도 본전치기였다.

[일부러 일을 복잡하게 가져가는군.]

지금까지 침묵하던 고경천이 입을 열었다.

[무대는 화려할수록 좋은 것 아니오? 그래야 나도 그분들께 할 말이 생기고 말이오. 이제 이 무대를 화려하게 장식하는 것은 고 형 몫이오. 그러니 부탁하오.]

[그건 내 전공이지.]

고경천의 힘있는 음성이 단우헌의 귓가에 맴돌았다.

단우헌은 곧 침묵에 빠진 좌중에 다시 생명을 불어넣었다.

"그러나 난 이번 일로 장강수로맹과 총문의 관계를 완전히 무너뜨릴 생각은 없소. 그러니 석 맹주의 요구에 따르겠소.

대신 우리 쪽이 승리한다 해도 장강수로맹을 더 이상 가족의
예로써 대하지 않을 것이오. 주종과 수하로서 그렇게 할 것이
오. 그것이 이긴 자가 진 자에게 가질 수 있는 조건 아니오?"
　진다는 이야기는 아예 하지 않았다. 그가 직접 본 고경천의
능력은 북두칠강은 말할 것도 없고, 무림이십팔수, 중원오주
누구도 상대가 안 될 것이다. 있다면 천중삼원인데, 그들은
지금까지 초강자로 대접받은 자들이라 비교 대상이 아니었
다.
　그 한마디에 분노와 후회가 교차되던 석권철의 눈이 기
광에 번들거렸다. 아직 그에겐 한 가지 방법이 있었다. 그
거면 오히려 이 관계를 뒤집어 유리하게 만들 수도 있을 것
이다.
　"좋네. 승패와 상관없이 난 총문과 손을 잡겠네. 대신 내가
이기면, 자네의 그 건방짐에 대한 사과를 받지. 나와 이 본맹
을 업신여긴 그 버르장머리를 말이야."
　"알겠소. 그럼, 대결 후 봅시다."
　단우헌은 한발 물러서며 자연스레 고경천이 앞으로 나서
게 했다.
　고경천은 당당히 걸음을 옮겨 상석과 마주 보는 위치에 섰
다.
　"싸우기 전에 한 가지만 짚고 넘어가겠소."
　"……?"

끝도 없이 튀어나온 말이라 누구 하나 그 말을 받지 않았다.

하지만 그 말을 기다렸던 자가 있었다.

"좋지. 나도 집고 넘어갈 것이 필요했으니까."

석권철이 나섰다.

고경천은 그가 나서자 한발 양보했다.

"그럼. 손님 된 자로 먼저 들어보도록 하겠소. 내가 말을 꺼낸 뒤엔 당신은 입을 열지 못할 테니까."

"여기 하늘 높은 줄 모르는 건방진 놈이 또 있군. 그렇게 나온다면 나도 더 이상 망설일 필요없지. 오늘의 이 싸움. 내공을 전혀 사용하지 않는 흑도식 싸움법이다!"

쾅.

단우헌은 뒤통수를 망치로 강하게 얻어맞는 듯했다.

사공수도 너무 뜻밖이라 지금까지 놀라 지은 표정 중 가장 얼빠진 얼굴이 되었다.

"자……."

발작하듯 나서려던 단우헌을 고경천이 제지시켰다.

"다행이군. 그렇지 않아도 약자를 상대로 너무 쉽다 여겼는데, 이 정도 제약은 있어야지. 그럼 나도 추가로 하나 더 걸겠소. 난 오직 일초! 이초를 쓰면 내가 패한 걸로 하겠소!"

콰강!

폭탄선언의 연속이었다.

이건 둘 다 말로 사람들의 얼을 빼놓기로 작정을 했는지,
하는 말들마다 좌중의 인물들을 뒤흔들어 놓았다.

"고 형, 왜 그런 말을……."

이번엔 단우헌도 완전 얼이 빠져 말조차 제대로 잇지 못했
다.

"이런 방식이 내가 지금까지 지나온 길이오."

"……."

단우헌은 할 말이 없었다. 도대체 왜 일부러 이런 힘든 길
을 택하는가? 스스로 여기까지 무공을 봉인해 어떻게 상대를
이기겠다는 말인가?

그러나 고경천의 얼굴엔 한 점의 흔들림도 없었다.

"크하하하."

갑자기 미친 듯한 대소가 석동을 울렸다.

대소의 주인공은 석권철로 가슴 가득 차오르는 분노를 웃
음으로 토해냈다.

뚝.

분노에 석동을 울리던 석권철의 웃음이 사라졌다.

석권철은 살기에 번들기리는 눈을 빛내며 자리에서 일어
나 숨겨진 덩치 전부를 보여주었다. 고경천의 근 두 배에 달
하는 덩치가 강한 기세를 뿌려대며 고경천에게 한 발 한 발
다가갔다.

"애송아, 지옥을 보여주기 전에 이름이나 들어보자. 난 아

직 그 건방진 이름을 듣지 못했으니까."

"들으면 후회할 텐데."

"끝까지 건방을 떠는구나? 네놈의 이름이 천중삼원이라도 되는 줄 아느냐?"

"그건 아니지. 하지만 곧 그 이름은 천중삼원도 넘어설 것이다."

"그래서 그 잘난 이름이 무엇이냐?"

"고경천."

"……!"

기세 좋게 다가들던 석권철이 석상처럼 굳어졌다.

그건 지옥을 상상하며 긴장하던 장강수로맹의 수하들도 마찬가지였다.

그러나 석권철은 곧 다시 걸음을 옮겼다. 잠깐 망설인 것이 화가 난다는 듯 더한 흉포함을 드러내며 고경천에게 다가갔다.

"그 잘난 흡정마공도 내공을 못 쓴다면 무용지물. 그리고 나에겐 빨아들일 내공도 없으니 하나도 두렵지 않다. 난 이날까지 이 몸뚱이 하나로 살아왔으니까!"

쾅쾅.

어린아이 머리통만 한 주먹이 석권철의 단단한 가슴을 두드려 댔다.

[고 형! 지금이라도 그만두시오. 본시 석 맹주는 외공의 달

인이오. 그런 그에게 이런 식의 싸움은 맹수가 날개까지 얻은 격이오. 만일 이 일로 고 형에게 무슨 일이라도 생기면, 난 도저히 신웅의 얼굴을 뵐 수 없소!]

내공 고수에게 있어 내공의 금제는 단순히 내공을 사용하고 못하고의 문제가 아니다. 몸 자체가 내공에 길들여져 그걸 사용하지 못하면 오히려 범인보다 못한 신체가 된다. 그건 단전이 파괴된 자가 제대로 된 생활을 못하는 걸 보면 충분히 알 수 있었다.

그러나 고경천은 그런 위험을 모르는지 오히려 상대를 자극하는 말을 했다.

"약자들은 꼭 그런 식으로 불안감을 날리려 하지."

우두둑.

말아 쥔 주먹에서 뼈 부딪치는 소리가 요란하게 울렸다.

"크아아악! 이놈!"

석권철의 포효가 석동을 쩌렁쩌렁 울렸다. 석권철은 인내심이 많은 자가 아니다. 지금까지 성질을 죽인 건 상대가 하오총무이라서 그렇지. 이젠 그걸로도 그의 분노를 더 이상 막아낼 수 없었다.

"피해!"

사람들이 놀라 벽으로 물러났다. 이 정도까지 분노한 석권철이라면 눈에 뵈는 것 없이 모든 걸 때려 부술 것이다.

부우웅.

거리가 좁혀지자마자 날린 석권철의 철권이 공기를 강하게 진동시켰다.

쐐애액.

뒤이어 압력을 견디지 못한 공기가 날카로운 비명을 질렀다.

석권철의 주먹은 그 어떤 변화도 무시한 단순한 찌르기였다. 더욱이 커다란 덩치와 어울리지 않는 날렵한 움직임이 더해져 주먹을 뻗자마자 이미 고경천의 복부에 닿아 있었다.

그 때문인지 고경천은 움직이지 않았다. 아니, 내공이 금제된 상태라 피하지 못해 포기한 듯 보였다. 그저 두 눈만 아래로 내려 아랫배 전체를 뒤덮다시피 한 커다란 주먹을 바라보았다.

이미 주먹보다 먼저 날아든 권풍이 아랫배에 묵직한 압력을 가하고 있었다.

'살을 주고 뼈를 취한다!'

고경천은 일단 온몸에서 기운을 빼고, 온 정신을 단전에 집중했다. 의지로 쉽게 다스리기 쉬운 곳이 아니지만, 그에게는 흡정마기가 있었다.

고경천은 흡정마기를 일으켜 아랫배에 자리하게 했다. 본시 흡정마기는 내공처럼 인간에게 인간 이상의 능력을 발휘하게 만드는 힘이 아니었다. 그저 그 힘을 먹어치우는 마물이라 할 수 있었다.

퍼엉!

주먹에 맞는 소리가 아니었다. 성난 들소가 온몸으로 벽이라도 들이받은 듯했다.

'커헉!'

상상을 넘어선 일격에 일순 고경천은 머리가 하얗게 변하는 걸 느꼈다. 이건 고통을 느끼기 전에 혼을 날려 버릴 듯한 통증이었다. 그러나 문제는 고경천의 정신은 그 어떤 고통 속에서도 늘 한 가닥의 이성은 꼭 남겨놓았다. 그건 천년화리의 기운을 받을 때도 그랬고, 흡정마기를 얻을 때도 그랬다.

'빌어먹을!'

어금니를 강하게 깨물며 고경천은 특유의 오기를 발동시켰다. 혼이 반쯤 나간 육신은 접어두고, 외부의 충격에 반발하려는 단전의 내공만, 의지 하나로 흡정마기를 이용해 내리눌렀다.

"쿨럭!"

빠져나가지 못한 반발력이 육신을 좀 먹었다. 그 결과 역류된 혈맥이 입을 통해 튀어나왔다.

"이번엔 그 건방신 내사디다!"

석권철은 그 틈을 노려 허공에 몸이 반쯤 뜬 고경천의 관자놀이를 향해 나머지 한 손을 날렸다.

"고 형! 무공을 사용하시오!"

단우헌은 더 이상 참지 못하고, 석권철을 말리려 장내에 뛰어들려고 했다.

꽉.

곁에 있던 사공수가 그런 단우헌의 팔을 잡았다.

"자네가 벌인 일. 결과가 나올 때까지 무조건 기다려야 되네."

"사 어르신, 지금 이 순간 그런 게 무슨 소용입니까? 이대로 있다간 고 형이 목숨을 잃어 총수가 명한 일을 망칠 수도 있습니다."

그러나 사공수의 손은 더욱 강하게 단우헌의 팔을 잡았다.

"어쩌면 일이 이렇게 될 걸 총수께서 알고 있었을지도 모르지. 그래서 자네를 보낸 거 아니겠나?"

"……."

단우헌은 대답할 수 없었다.

"어디까지나 그 아이에게 주어진 시련은 스스로가 이겨내야 할 터, 너는 그 아이가 장강을 건널 수 있을 때까지만 도와주면 된다. 그 후, 그 아이에게 갈 방향만 가르쳐 주고 넌 돌아오도록 하거라."

'설마 총수의 그 말씀이 이걸 예상해서 한 말씀이란 말인가?

떠나오는 날 들려줬던 이 한마디가 다시금 단우헌의 머릿속에 떠올랐다. 그는 한 번의 실수가 어떤 결과를 만드는지 너무나 처절하게 깨달아야 했다.

그리고 그사이 석권철의 철권은 금방이라도 허연 뇌수를 뿌리려는 듯, 잔인하게 고경천의 관자놀이를 향해 거리를 좁히고 있었다.

그러나 마지막까지 포기하지 않는 자가 있었다.

'난… 내뱉은 말은 지킨다!'

이 순간도 날뛰던 내공을 달래던 고경천은 따갑게 관자놀이를 자극하는 기운에 오히려 정신을 차리고, 늘어져 있던 팔에 억지로 힘을 불어 넣어 아랫배에 박혀 있는 석권철의 팔소매를 잡아당겼다.

서컥!

고경천의 머리가 있던 자리를 폭풍 같은 설철권의 주먹이 지나갔다.

가까스로 팔뚝에 머리를 붙인 고경천은 뒤통수가 권풍에 찢긴 고통도 무시하고, 석권철의 성난 눈빛에 한줄기 미소를 만들어주었다.

"미안하지만 착각한 것이 있다."

"……?"

말을 하는 고경천의 얼굴에 지금까진 없던 검은 선이 그려졌다. 요동치듯 꿈틀거리는 검은 선은 곧 고경천의 손등마저 완전히 뒤덮었다.

“흡정마공은 내공이 아니야.”

석권철의 두 눈이 크게 뜨였다. 잡힌 팔을 통해 무언가 이질적인 기운이 파고들어 오고 있었다.

우둑.

뚜둑.

외공으로 다져진 강철 육체가 맨 처음 주인의 의지를 배신했다.

“이건… 이건… 사… 크아아악!”

우둑. 뚜두두둑.

석권철의 비명 소리와 근육과 뼈마디가 뒤틀리는 소리가 요란하게 퍼졌다.

“으아아악!!”

석권철은 체통도 잊고 미친 듯 비명만 질러댔다. 너무도 처절한 비명은 듣고 있던 자들의 등골마저 오싹하게 만들었다.

그러나 누구 하나 나서지 못했다. 도대체 너무 뜻밖이라 이 현실을 어떻게 받아들여야 할지 감조차 오지 않았다. 왜 승리를 눈앞에 둔 석권철이 비명을 지르는가?

그건 고경천과 같은 편에 있는 단우헌도 벌린 입을 다물지 못하는 걸로 의문을 대신했다.

“크아아. 아으. 으으……!”

끝나지 않을 것 같던 오싹한 비명도 시간이 지남에 따라 점점 작은 신음으로 바뀌어갔다. 벼락이 떨어져도 흔들리지 않을 강철 육체는 바람도 없는데 갈대처럼 앞뒤로 흔들렸다. 결국 모든 것은 정적 속에 하나둘 잠기며 석권철의 육신은 통나무처럼 앞으로 넘어갔다.

털썩.

한 몸처럼 붙어 있던 두 사람의 신형이 그제야 떨어졌다.

고경천도 석권철도 모두 정신을 잃었는지 바닥에 쓰러진 채 누구 하나 일어나지 못했다.

"……."

대결의 여파는 컸다. 누구 하나 반쯤 나간 혼을 찾지 못하고, 그저 멍하니 쓰러진 두 사람만 바라보았다.

"이… 이건 사기다!"

마치 석권철의 마지막 비명을 대신이라도 하듯, 누군가 분노에 휩싸여 소리쳤다.

사람들은 그제야 나간 혼을 불러들이고 소리친 자를 향해 고개를 돌렸다.

붉게, 아니, 그보다 짙은 검붉은 얼굴을 한 자가 분노에 씩씩거리고 있었다.

"아니 이건 저놈의 패배다!"

그의 손가락은 정확히 고경천을 향해 있었다.

아무리 생각해도 이번 대결의 승자는 석권철이라고 해도 과언이 아니었다. 그런데 아무것도 하지 않고, 팔에 매달려 있던 고경천이 도대체 무얼 했단 말인가?

단우헌은 재차 승부를 확정 짓는 노해의 말에 정신을 차리고 두 사람이 쓰러진 자리를 바라보았다.

'분명 비명은 누구도 부정할 수 없는 석권철의 것이다. 하지만……'

단우헌은 결정적인 무얼 찾으려 눈을 빛냈으나, 쓰러진 자들은 아무런 해답도 가르쳐 주지 않았다. 그러다 무얼 봤는지 한 차례 크게 눈을 빛내며 말을 꺼냈다.

"아니 노대장로의 말은 틀렸소. 누가 뭐래도 이번 비무의 승자는 고 형이오!"

단우헌은 상대의 외양에서 그의 정체를 알 수 있었다. 그는 장강수로맹에서 맹주 다음으로 성질이 불같은 대장로 적면비괴(赤面肥怪) 노해(駑海)였다.

"뭣이?"

노해의 불같은 시선이 단우헌에게 향했다. 그는 단우헌이 어디 사람이란 것도 잊은 듯 당장이라도 덤벼들 기세였다.

그러나 단우헌은 아랑곳하지 않고 계속해서 자기 이야기를 해나갔다.

"여러분도 분명히 들었을 것이오. 이번 대결. 과연 비명을 지른 자가 누구요?"

"그건……"

사람들은 선뜻 대답하지 않았다. 몰라서가 아닌 그들의 입장이 그걸 막았다.

그래선지 그들 대신 단우헌이 바로 답을 내려주었다.

"석 맹주의 비명이었소."

"……."

장강수로맹 사람들의 얼굴이 급격히 어두워졌다. 그건 이 자리에 있는 누구도 부인 못할 증거였다.

"그렇지만 그건 승패의 이유가 되지 않소. 저놈은 분명 싸움의 규율을 어겼소."

"규율을 어겼다니, 본인은 무슨 말을 하는지 모르겠소."

단우헌은 정말 모르겠다는 듯 고개를 갸우뚱거렸다.

"정말 몰라서 묻소?"

"난 정말 모르겠소."

"흥! 소문이 잘못돼도 한참 잘못되었군. 천둔공자의 지혜는 하늘까지 속일 수 있다고 하더니, 지금 보니 천둔이 그 천둔(天遁)이 아니고, 이 천둔(天鈍)이었군."

노해는 단우헌을 향해 빈정거리듯 본래의 천둔(天遁)을 하늘이 인정한 둔함이라는 천둔(天鈍)으로 바꾸어 말했다.

그러나 단우헌은 그 말에 조금도 화를 내지 않고, 오히려 한술 더 떴다.

"대장로는 무언가 오해를 단단히 하고 있소. 내가 아무리 그런 뜻의 별호를 갖고 있지만, 없는 일까지 만들어 당신을 속이진 않소. 어디 대장로가 왜 그런 생각을 하는지 속 시원히 들어봅시다.”

“좋아! 그럼 내가 가르쳐 주지. 이번 싸움은 시작하기 전에 분명히 규율을 정했소. 대결을 함에 있어 절대 내공을 사용하지 않는다.”

“그건 본인도 알고 있소.”

“그런데 저놈은 규율을 어기고 내공을 사용했소. 그건 싸움의 승패와 상관없이 무조건 패하는 거 아니오? 그러니 당연히 저놈의 패배이오.”

“내공이라… 도대체 무슨 근거로 그런 말을 하는 것이오?”

말은 단우헌이 했으나, 이 부분은 모든 이들이 다 갖는 의문이었다. 그래서 노해는 점점 상대는 여유를 부리고, 자신은 조급해진다는 걸 미처 깨닫지 못했다.

“그래. 그렇게 나오겠다면 확실한 증거를 대주지.”

“경청하겠소.”

“무림에 내가중수법이란 수법이 있소.”

“확실히 그런 수법이 있소. 내공을 이용해 겉은 멀쩡하나 대상의 내부는 철저히 파괴하는 수법을 말하는 것 아니오?”

“흥!”

너무나도 막힘없는 대답이라 오히려 말을 꺼낸 노해가 성질을 부렸다.

단우헌은 이번엔 아무 말 없이 그냥 미소만 지었다.

　노해는 단우헌의 유들거림에 분기가 더 치솟았지만, 아직
은 그 분노를 풀 때가 아니기에 계속해서 말을 이어갔다.
　"단 순찰도 알다시피 내가중수법은 겉으로 아무런 표식이
없소. 바로… 맹주의 상태처럼 말일세!"
　"아……."
　곳곳에서 탄성이 터졌다. 그거라면 지금 상황에 대해 가장
근접한 답이 될 것이다.
　그건 단우헌과 같은 편인 사공수도 그렇게 납득하는 듯 보
였다.
　노해는 주변에서 보이는 긍정적인 반응에 조금이나마 여
유를 찾아갔다. 그러나 그의 시선이 흔들림 없는 단우헌의 모
습을 확인하자 다시금 본래대로 돌아가 버렸다.
　그런데 거기서 끝나는 것이 아닌 단우헌은 얄밉게도 분노
를 일으킬 묘한 미소마저 짓기까지 했다.
　"뭔가! 내 말이 틀렸다는 것인가?!"
　"아니오. 노대장로의 말은 틀린 곳이 없소. 지금 상황에서
유추해 볼 가장 가까운 답은 바로 그걸 것이오."
　"흥!"
　상대가 인정하자 노해의 얼굴에 득의의 기운이 스쳤다.
　"하지만 노대장로는 한 가지를 간과했소."
　단우헌은 계속해서 상대를 천당에서 지옥으로 떨어뜨리는
말을 덧붙였다.

“무… 뭐!”

노해가 놀라 소리칠 때, 단우헌은 시선을 그가 아닌 다른 자들에게 돌렸다.

“이번에는 노대장로가 아닌 다른 분께 질문을 하겠소. 저기 누워 있는 고 형이 정확히 어디를 공격당했소? 한번 말씀해 보도록 하시지요.”

“아랫배 아니오?”

“맞소. 복부! 복부에 제대로 한 방 맞았지.”

“아마 그 한 방이면 즉사하지 않았다 해도 중심이 흔들려 사지를 쓰기 힘들 것이오.”

사람들도 이번에는 빼지 않고 입을 열었다. 이 부분은 석권철이 비명을 질렀다는 것처럼 누구나 확실히 알고 있는 부분이다.

“잘들 알고 계시오. 그럼 또 질문을 던지겠소. 그렇다면 과연 아랫배엔 무엇이 있소?”

단우헌은 그들의 호응 때문인지 계속해서 질문을 던졌다.

“그거야 아랫배엔 거시기가 달렸지.”

“조금 올라가면 배꼽도 있고…….”

사람들이 이렇게 떠들 때 한 사람이 단우헌의 의도와 맞아떨어지는 대답을 했다.

“이런 멍청한 작자들. 도대체 무공을 배웠다는 자들이… 아랫배하면 단전 아닌가? 단전!”

"맞소. 내가 듣고 싶은 답이오. 그럼 또 묻겠소. 단전이란 무엇이오?"

단우헌은 이번엔 그를 잡고 계속해서 질문을 던졌다.

"단전이야 간단하게 말하면 내공을 담아두는 그릇 아니오?"

"역시… 그럼 마지막 질문이라 할 수 있는 질문을 드리겠소. 만일 이 내공을 담은 그릇에 외부에서 강한 충격이 가해지면 어떻게 되겠소?"

"그거야……."

막 또 한 번 대답하려던 자의 입이 닫혔다. 그의 시선은 자신보다 위에 있는 노해의 얼굴에 머물렀다.

"이번엔 모르겠소? 흠. 그렇다면 다시 노대장로에게 드려야 할 것 같소. 내가중수법을 알아본 안목이라면, 이 정도의 간단한 대답은 알고 있을 것 아니오?"

"……."

노해는 대답을 할 수 없었다. 대답을 하게 되면 그가 내세운 주장이 한순간에 물거품이 되기 때문이었다.

"좋소. 이번 질문이 너무 쉬워 대답을 안 하는 듯하니 내가 대신 말하겠소. 여러분도 잘 알다시피 단전은 외부의 힘에 대해선 하나의 용수철과 같소. 받으면 처음엔 움츠러 들지만, 그 후엔 더 강한 힘으로 반발하는 걸 말이오. 물론 너무나 강한 일격이라면 그 벽까지 부수겠지만 말이오. 결국 반발하든

부서지든 그 효과가 고스란히 석 맹주에게 와야 하오. 반발했으면 석 맹주는 튀어나갔을 것이고, 부서졌으면 석 맹주가 내 가중수법에 당해 비명을 지르진 않았을 것이오.”

“으… 으…….”

마지막 말은 노해의 얼굴을 향했기에 그는 말을 하지 못하고 앓는 신음 소리만 내었다.

그러나 이대로 당할 수만은 없어 노해는 크게 소리쳤다.

“그럼 이 싸움은 무승부요. 둘 다 일어서지 못하니 누가 이기고 졌다 말을 할 수 없소!”

“아니, 노대장로는 이번에도 틀렸소. 둘 다가 아닌 한 사람이오. 정확히는 석 맹주를 지칭하는 것이겠지만.”

“……!”

사람들의 시선이 재빠르게 쓰러져 있는 두 사람에게 향했다.

“이런…….”

“맹주가… 맹주가…….”

“크흑!”

모든 이들의 시선을 받으며 고경천이 신형을 일으키고 있었다. 그는 신형을 반쯤 일으켜 입가에 묻은 선혈을 석권철의 손바닥에 묻혔다. 그리고 품속에서 주작이 그려진 백지를 하나 꺼내 석권철의 수인을 찍었다.

꾸욱!

"챙길 건 챙겨야지."

고경천은 잊지 않았다. 이곳이 본래 목적지가 맞든 틀리든 손괴량을 만나기 위해 그는 상대방의 수인을 받아야 했다.

그러나 다른 자들에겐 고경천의 그런 행동이 마치 승자가 패자에게 복종을 받아내는 의식처럼 비춰졌다. 해서 장강수로맹 사람들은 모두 침울한 얼굴이 되었다. 이로서 그들은 하오총문의 형제가 아닌 수하가 되어버린 것이다.

"이건 정말… 이건… 이……."

노해는 말을 하면 할수록 할 말이 없었다. 어쩌다 일이 여기까지 왔는가? 차라리 애초에 반대를 하지 않았다면, 제대로 된 대접을 받을 수 있었거늘. 지금은 모든 게 끝이 났다.

"퇫!"

고경천은 입가에 고여 있던 피를 다시 한 번 바닥에 뱉어냈다.

'무모했지만, 결과만큼 확실하군.'

고경천은 자신을 바라보는 단우헌의 눈빛에서 강한 떨림을 확인했다. 이로서 상대는 자신의 요구를 흔들리지 않고 들어줄 것이다.

그러나 지금은 그 무엇보다 몸이 문제였다. 어떻게든 일어나긴 했는데, 움직이려니 도무지 발이 떨어지지 않았다. 천하의 고경천 오기도 이 순간만은 말을 들어주지 않았다.

단우헌은 그런 고경천을 위함인지 재빠르게 곁에 와 고경천을 부축해 주었다.

"수고했소. 덕분에 기대 이상의 결과를 얻었소."

"나는 내 몫을 확실히 했으니, 나머진 당신 몫이오. 만일 말과 다르다면, 다음 비명의 주인공은 석권철이 아닌 당신이 될 것이오."

"걱정 마시오. 만일 잘 안되면 내 목이라도 내놓겠소."

툭 하면 목이라도 내놓는다는 말에 고경천은 피식 웃음을 흘렸다.

"그보다 갑시다. 지금 나에겐 일각이 여삼추요."

단우헌은 설마 고경천이 아무렇지 않은가 다시 한 번 살펴보았다.

입가에 묻은 피하며 흔들리는 다리. 당장은 그가 천하를 떨어 울리는 흡정마공의 주인이라도 휴식이 절실해 보였다. 그런데도 고경천은 휴식보다 출발을 원하고 있었다.

"휴, 알겠소. 갑시다."

단우헌은 이제 고경천이 어떤 사람이란 것을 깨달아 반대하지 않았다.

"사 어르신, 뒤를 부탁드리겠습니다."

"음……."

사공수는 아직까지 어떻게 된 것인지 이해를 못하는 얼굴이었다. 그러나 누군가 남아 이 사태를 해결할 필요가 있기에 묵묵히 고개를 끄덕였다.

"배는 제가 몰고 가도록 하겠습니다."

"알아서 하게. 그보다 이번 일……."

사공수는 무언가 말을 하려다 그만두었다. 끝난 일이다. 과정에 대해선 차후에 이야기를 해도 되었다.

"그럼."

"조심하게."

그렇게 그들이 이별을 하고 움직이려 할 때,

"멈추시오!!"

커다란 호통과 함께 허공을 날아온 자가 둘의 앞길을 막아 섰다.

"노대장로께서는 더 하고 싶은 말이 있소?"

단우헌은 앞을 막아선 노해를 보며 두 눈에 노기를 드러냈다.

그러나 노해는 단우헌은 바라보지 않고 고경천의 얼굴만 뚫어지게 바라보았다. 오랜 시간 흑도를 전전한 노고수답게 그의 두 눈은 진실을 파헤치려 뜨겁게 타오르고 있었다.

"하나만 묻겠소. 거짓없이 대답해 주기 바라오."

"말하시오."

고경천은 너무 진지한 상대의 눈빛에 묵묵히 고개를 끄덕여 주었다.

"정말 내공을 사용하지 않았소?"

이 상황까지 와서도 그는 포기하지 않았다. 마지막까지 당사자를 통해 무언가를 알아내려 두 눈을 강하게 빛냈다.

고경천은 그런 눈빛 앞에서도 한 점 흔들림이 없었다.

"하지 않는다면 모를까? 하겠단 일에 난 후회를 남기지 않소."

"좋소! 네 그 말을 믿겠소. 흑도도 바로 후회없이 살아가는 사내들의 모임이니까."

노해는 이 말을 끝으로 석권철이 쓰러진 곳을 향해 걸어갔다.

"맹주님!"

그제야 다른 자들도 노해를 따라 석권철에게 달려들었다.

"내가 데려왔으니, 내가 안내하겠소."

어느샌가 배수가 나서 떠나려는 고경천과 단우헌을 안내했다.

"갑시다, 고 형."

단우헌은 고경천을 부축해 배수의 뒤를 따랐다.

고경천은 떠나가는 와중에 한 가지 생각이 머릿속에 남는 것은 어쩌지 못했다.

'후회는 없지만 미련이 남은 것인가?

분명 흡정마공이 내공은 아니지만, 그렇다고 미련까지 떨쳐 낼 정도로 깔끔한 승리는 아니었다.

'하나… 난 한시 빨리 친인들에게 돌아가야 한다.'

그는 분명 무당 일이 끝나면, 교를 위해 모든 걸 바치겠다

고 맹세했다. 그렇다면 이제 이 정도의 미련은 가슴에 품고
산다 해도 어쩔 수 없었다. 마지막으로 고경천은 강하게 터는
고갯짓에 모든 미련을 날려 버렸다.
　배수의 안내로 밖으로 나온 고경천과 단우헌은 한밤중인
데도 나룻배에 올랐다. 배를 띄우기엔 밤이 깊었는데도 둘은
유일한 동정호의 별이 되어 유유히 어둠 속으로 사라져 갔다.

第四章

　오늘 밤은 가까스로 반달을 유지하는 달마저 구름에 가려졌다.

　그로 인해 어둠에 웅크린 거대한 건물의 웅자는 다른 때보다 더욱 숨 막힐 듯한 존재감이 느껴졌다. 그 존재의 유일한 빛이 있는 정문엔 주변의 횃불만큼 강한 안광을 뿜어내는 위사 둘이 서 있었다. 그늘은 소금의 미동 없이 석상처럼 오직 어둠 저편만 주시하고 있었다.

　따각. 따가닥.

　구르르.

　위사가 있는 곳으로 말발굽 소리와 마차 바퀴 구르는 소리가 가까워져 왔다. 두 위사는 늦은 밤 이곳을 향하는 소리에 긴장감을 높였다.

그러나 그 소리에 앞서 먼저 도착한 말 한 필로 인해 곧 경계를 풀었다.

그들의 전방엔 하얀 무복의 가슴에 태양을 수놓은 자가 말 위에서 그들을 향해 명을 내렸다.

천양검대.

그는 다름 아닌 삼양궁의 세 개 무력대 중 가장 뛰어난 능력을 발휘한다는 천양검대 소속의 무인이었다.

"소궁주를 모시고 왔다. 안에 기별을 넣어라."

"예!"

한 위사가 대답과 함께 문 안으로 사라졌다.

도착을 알린 천양검대 무인은 곧 마차로 돌아가 나머지 인물들과 마차를 이끌었다.

삼양궁의 거대한 정문이 열리고, 천양검대의 호위를 받으며 마차가 안으로 들어섰다. 마차는 들어서기 전, 정문 주위를 밝히는 횃불에 상부에 꽂힌 삼양이 새겨진 깃발이 드러났다. 삼양궁의 중요 인물이 타고 있음을 알리는 마차 안에는 분명 사람이 있을 터인데, 여정의 피로 때문인지 집에 도착했음에도 아무런 말소리도 새어 나오지 않았다.

마차 안.

세 사람이나 있었건만 누구 하나 입을 열지 않았다.

한 사람은 북두칠강 중 첫 손가락을 다투는 삼양궁의 소궁주 성철현. 한 사람은 청룡칠수 중 멸악사태를 사부로 두고 삼양궁주 성효명을 조부로 둔 성월여. 한 사람은 천하에서 가장 현명한 사람인 무림일현 사해조수를 조부로 둔 옥감영이었다.

그들은 그들이 갖고 있는 배경만으로도 언제나 당당할 수 있는 존재들이었다. 아니, 그걸 떠나서 자신들의 능력만으로도 충분히 당당할 수 있었다.

그러나 그들의 당당함은 모두 연기처럼 사라진 듯했다. 특히 집으로 돌아오고 나서 더욱 그런 기운이 두드러진 성철현은 다른 사람이 아닌가 의심이 갈 정도였다.

"이번……."

갑자기 한 사람이 무겁게 가라앉은 침묵을 깼다.

"이번 연수는 분명 우리가 그 사람에게 확실히 복수할 수 있는 기회가 될 거예요."

"패배자들의 연수인가?"

왠지 냉소적인 한마디가 맘을 꺼낸 옥감영의 말을 눌러 버렸다.

옥감영은 잠시 완전 다른 사람처럼 변해 버린 성철현을 바라보았다.

그동안 겪은 몇 번의 패배가 당당히 살아온 그를 이렇게 만들어놓았다. 북두칠강의 일인으로 차세대 무림을 짊어질 거란 젊은 용이 여의주라도 잃은 듯 분노와 무기력감에 빠져 있었다. 만일 상대가 그보다 월등히 나이가 많거나 배경이 좋았어도 이렇게 되진 않았을 것이다. 상대는 나이도 어리고, 가진 배경도 나약했다. 그는 오직 자신의 능력으로 이 자리까지 온 자였다. 이는 무공을 떠나 인생마저 패배한 것이나 다름없었다.

"설마, 성 공자는 이제 와서 다른 말을 하려는 것인가요?"

"아니, 난 분명히 약속을 지킬 것이오. 그러나 놈의 가슴에 검을 꽂는 자는 육파일방이 아닌 삼양궁이 될 것이오."

그나마 남은 것은 이런 끝 모를 분노뿐이다.

"그건 알아서 하세요. 어차피 그 사람은 사천이 아닌, 강남에 있으니까요."

둘은 그 뒤로 입을 열지 않았다. 이곳까지 오면서 모든 이야기는 다 끝났다.

이번 일은 사해조수 옥정곽의 머리에서 나왔다. 그는 이번에 육파일방과 삼양궁의 밑바닥에 깔린 앙금을 털어버리고 둘의 연수를 계획했다. 그에 따른 보상은 육파일방 장문인들을 설득해 최대한 제공할 것이다. 그래서 삼양궁에게 후방을 방비시키고, 육파일방은 전력을 다해 사천에 자리한 북신마교를 상대한다. 그 후 빈 중앙을 마염성이 쳐들어오면, 삼양궁과 육파일방이 동시에 안과 밖에서 그들의 배후를 친다. 이

것이 옥정곽의 궁극적으로 세워놓은 계획이었다.

옥감영은 무조건 이번 일의 성사를 확신했다. 보상이 아니라도 삼양궁은 이미 고경천과 북신마교의 적대적인 관계였다. 지금은 녹림으로 인해 쉽게 움직일 수 없지만, 먼저 북신마교를 처리하고 뒤에 녹림을 함께 몰아치겠다면, 삼양궁으로서는 절대 나쁠 게 없는 아니, 오히려 이득만 남는 장사였다.

잘하면 둘의 연수가 녹림은 물론 마염성까지 한꺼번에 처리할 수 있는 계기가 될 수도 있었다.

그래서 옥감영은 더 이상 그 문제는 생각하지 않았다. 오히려 자신의 옆에 있는 한 사람. 성월여의 문제로 마음이 무거워졌다.

"정말 그동안 지긋지긋한 일을 많이 겪었어. 이 천하의 성월여가 말이야?"

"그 자식 만나면 죽여 버릴 거야!"

"그때는 영매가 지혜를 빌려줘. 그래서 그놈을 옴짝달싹 못하게 만들어……."

"그런데 그놈이 흡정마공을 익혔다니…… ."

"과연 내 손에 잡히기 전에 살아남을 수 있을까?"

오랜만에 무당파에서 만난 성월여는 회포를 푸는 통에 이런 이야기를 한 적이 있었다. 그 덕에 옥감영은 고경천에게 호감을 느끼고 그를 도우려 자청해서 인질까지 된 것이다. 그러나 실상 그 밑바탕에는 성월여의 이런 마음을 아는 부분도 작용했다.

하지만 이 모든 것이 이젠 돌이킬 수 없게 되어버렸다.

이젠 성월여만의 문제가 아니었다. 아니, 애초에 그녀만의 문제도 아니었지만, 이젠 삼양궁의 진짜 자존심이 걸렸다. 다음 세대를 짊어질 소궁주의 자존심이 걸린 이상, 더 이상의 망설임은 없을 것이다.

성월여는 마치 혼이라도 나간 사람 같았다. 집에 도착했다는 사실도 모르는지 그저 멍한 시선을 전방에 주고 있었다.

그래선지 그날 마지막에 들었던 한마디가 옥감영의 가슴 더 깊숙한 곳까지 울렸다.

"영매, 사랑이 뭘까?"

*　　　*　　　*

장강수로맹을 떠난 나룻배는 길을 밝히는 등롱 불빛을 따라 무거운 침묵 속에 호반을 가로질렀다.

삐걱. 삐걱.

단우헌의 노 젓는 소리만이 그런 침묵 속에 작은 소란스러움을 만들어냈다. 그의 손은 노를 젓는데 열중했고, 시선은 뱃전에서 검은 하늘을 올려다보는 고경천에게 향해 있었다.

"헌아, 아무리 어려운 시련이라도 이겨내지 못할 것은 없다. 애초에 그건 하늘이 복을 내리기 앞서 행하는 시험이기 때문이니 시련을 두려워해선 절대 하늘의 복을 바랄 수 없다. 그러니 더 큰 복을 원한다면 더 큰 시련을 받아들여라. 그게 바로 운명에서 자유로울 수 있는 가장 큰 지름길이다."

단우헌은 침묵 속에 어렸을 적 손괴량이 들려준 이 말의 의미를 곱씹고 있었다.

그 당시는 그저 어린 자신에게 어려움을 대하고도 쉽게 포기하지 말라는 충고 정도로만 여겼었다. 하나, 지금에 와선 그 생각을 완전 수정했다.

말 그대로의 의미. 단우헌은 장강수로맹에서 고경천의 행동을 보며 그말의 진의를 깨우칠 수 있었다.

본래 흑도는 무공의 강함보다 순수한 강함을 신봉해 왔다. 그게 타고난 신체적 능력이든 소위 말하는 끈덕진 오기든. 흑도에선 이런 오기를 깡이라 불렀다.

신체적 능력과 깡.

이 두 가지가 강한 자는 인정하지만, 아무리 무공이 강하다해도 이 부분이 약하다면 그들은 강함을 인정하지 않았다. 그래서 그들이 그런 말도 안 되는 싸움을 원한 것이다.

　결과적으로 이기긴 했지만, 단우헌은 오히려 고경천이 무공을 사용하길 바랐다. 오랜 세월 전설로 내려오는 흡정마공. 이 흡정마공이라면 초월된 힘으로 모든 걸 이겨낼 수 있다 여겼다.

　그런데 고경천은 쉽게 갈 수 있는 길을 더 어렵게 갔다. 상대가 제시한 내공 없는 싸움. 거기에 일초 승부란 말도 안 되는 결과를 창출했다. 그 덕에 단우헌은 자신이 원했던 것보다 큰 수확을 얻었다. 이로서 장강수로맹은 뼛속까지 자신들의 진짜 패배를 인정해 총문의 결정에 무조건 순응할 것이다.

　단우헌은 바로 이런 결과가 손괴량이 말한 시련의 진정한 의미가 아닌가 했다.

　"다음 목적지는 어디요?"

　갑작스레 들리는 고경천의 한마디에 단우헌은 더 이상 생각을 이어나갈 수 없었다. 그는 쓸쓸한 미소를 잠시 짓다가 이내 지우고, 뱃전에 등을 기대고 있는 고경천을 바라보았다.

　"일단 악양에 잠시 머물렀다 갈 것이오."

　"설마 내 몸 상태를 걱정해 하는 짓이라면 괜한 짓이오. 뭍에 닿을 때면 충분히 몸 상태를 추스를 테니 바로 이동합시다."

　단우헌은 고개를 좌우로 흔들었다. 정말 무식할 정도로 앞만 보고 달리는 자였다.

　그러나 고경천은 지금 본능적으로 느끼고 있는 것이다. 한시 빨리 교로 복귀해야 된다는 생각. 그런 일말엔 손괴량을 반드시 만나야 한다는 생각. 이 두 가지로 그는 이렇게 서두르는 것이다.

과거 손괴량의 점괘는 두 사람의 운명을 바꿔놓았다. 한 사람은 추일학, 한 사람은 바로 자신. 그리고 그 둘을 손괴량은 하나의 운명으로 묶어놓았다. 그걸 알기에 고경천은 당장 돌아서지 않는 것이다. 한번 보기 어렵다는 손괴량이 사람을 보내 만나기를 요구하고 있었다. 이는 자신과 추일학에 관련된 중요한 이유가 이 속에 들어 있을지도 모른다.

"걱정하는 것이 아니오. 일을 빠르게 추진하려면 잠시 한 곳에 머무를 필요가 있소."

"머무른다?"

"그렇소. 신옹 어르신을 만나려면 총문의 힘을 이용해 그분의 행적을 알아봐야 하오. 그 후 이번 일에 대해 신옹과 다른 분들께 보고를 하고 답변을 기다려야 하오."

"기한은?"

"짧으면 삼 일. 길면 일주일."

"음."

고경천의 미간이 찌푸려졌다. 생각보다 시간이 많이 걸렸다.

"본래 예정된 기한은 한 달이 넘소. 고 형이 수인을 받아야 할 분들은 강남 전역에 퍼져 있소."

"좋소, 맡기기로 한 이상 기다리겠소."

"고맙소."

"그보다 언제까지 신용이란 타인 부르는 듯한 호칭을 사용할 것이오. 내 이미 당신이 하오총문 사람이란 걸 알고 있는데, 그렇다면 신용도 같은 소속 사람 아니오?"

단우헌은 잠시 어떻게 해야 하나 고민했지만, 이미 장강수로맹에서 어느 정도 알려진 것도 사실이었다. 그런 부분을 더 이상 숨길 필요도 없었다. 그리고 일이 끝나고 스스로 모든 걸 밝힌다고 하지 않았는가?

"정식으로 인사하겠소. 하오총문에서 암찰(暗察) 직을 받고 있는 단우헌이오. 암찰은 순찰이라고 생각하면 편할 것이오."

"그럼 신용의 직책은 어느 정도요?"

"실질적인 일인자라고 보시면 되오. 그분은 총수란 직책으로 문주가 없는 하오문을 이끌고 있으니 말이오."

"문주가 없다니. 그럼 천중삼원 중 천시명왕이라 불리는 공야현이란 자는 누구요? 어떻게 존재하지 않는 자가 그렇게 될 수 있소?"

고경천은 놀랐다. 비밀이 많은 하오총문이란 건 알았지만, 설마 그 문주마저 이런 엄청난 비밀을 갖고 있는 줄 몰랐다.

"그건 나도 자세히는 알지 못하오. 총수께선 때가 되면 그 빈자리는 진정한 주인으로 자연히 채워질 거란 말씀만 하셨소. 그래서 지금은 때가 되지 않아 비어 있는 것이라고. 내가 아는 건 그 정도요. 그 외는 과거 총수가 사분오열되어 있는 하오총문을 하나로 묶고, 각각의 축을 맡고 있는 수뇌들을 주작칠수란 이름으로 묶었다는 사실뿐이오."

고경천은 문득 드는 생각이 있었다.

"그럼 주작칠수의 나머지가?"

"맞소. 천하에 알져진 하오총문의 오대봉공들이오."

"그런데 그래도 한 사람이 비오."

"그 부분도 역시 본문의 비밀 중 하나요. 총수께서는 주작칠수의 한 분은 모종의 일로 신분을 숨기고 있다고 했소."

"음."

고경천은 점점 머릿속이 복잡해졌다. 도대체 중요한 부분은 곳곳에 비밀로 철저히 가려져 있었다. 그러나 하나는 이 순간 확실히 깨달았다.

손괴량이 어째서 그렇게 하늘과 땅에 밝았는가? 하늘에 밝은 건 점쟁이어서라 쳐도 땅에 밝은 것은 하오총문의 능력이 크게 작용했던 것이다.

이제야 소금이나마 손괴량이란 존재에 대해 알 수 있었다.

"자세한 건 총수를 만나서 들어보시오. 그분은 늘 입버릇처럼 이런 말을 하셨소. 앞으로 천하는 한순간 모든 것이 무로 돌아갈 엄청난 저주를 맞을 것이다. 하나, 그 길이 없는 것도 아니다. 북극성이 가진 어둠을 밝히는 길잡이의 운명을 타고난 그 아이라면, 하늘이 내린 시련을 깨닫고 어둠뿐인 미래에 유일한 등불이 될 것이다.”

단우헌은 고경천을 보며 미소 지었다.

“그 미소는 내가 그 사람이란 것이오?”

“내가 아는 건 당신이 북극성의 운명을 타고났다는 것과 총수가 당신을 애타게 만나길 기다린다는 것뿐이오. 그 외는 아직 총수만큼 세상을 꿰뚫어 볼 수 없기에 거기까지는 모르겠소.”

맞다 틀리다 보다 더 무서운 말이었다.

“자겠소. 도착하면 깨우시오.”

고경천은 더 이상 이야기하기 싫다는 듯 눈을 감아버렸다.

단우헌은 그런 고경천을 보며 밝은 미소를 지었다. 그리고 말없이 지금처럼 묵묵히 악양으로 노만 저어갔다.

'빌어먹을. 무슨 얼어죽을 등불이야 등불은. 난 하늘과 연관된 것이라면, 절세 미녀가 들러붙는다 해도 딱 질색인 사람인데.'

고경천은 하늘을 향해 내심 툴툴거렸다.

불행히도 후에 저주의 정체로 더 크게 욕할 것이란 것도 모르고, 한밤이 주는 나른함에 서서히 몸을 맡겨갔다.

*　　　*　　　*

끼아악.

푸른 바다를 가르던 흰 수리가 저 멀리 하나의 섬이 눈에 들어오자 긴 울음을 토해냈다. 흰 수리는 지금보다 더 힘찬 날갯짓으로 해안가를 지나 푸른색을 자랑하는 산 정상으로 올라갔다.

데엥. 데엥.

수리를 반겨주기 위함인가? 사찰에서 시작된 범종 소리가 산 전체로 퍼져 나갔다.

흰 수리는 그 소리에 더 힘찬 울음소리를 토해냈다. 익숙한 날갯짓으로 산사의 여러 전각들을 지나 천수전(千手殿)이란 현판이 달린 창가에 몸을 쉬었다.

끼익. 끽.

수리는 자신의 방문을 알리려 낮게 울어댔다. 그러자 안에서 맑은 불호가 터지며 한 사람이 창가로 다가왔다.

"나무관세음."

창가에 모습을 드러낸 자는 환갑은 넘었을 법한 늙은 비구니였다. 젊었을 적 미가 어떻고 이런 것을 떠나 그녀의 두 눈은 자애의 표상처럼 부드럽게 휘어져 있었다.

꺄악.

수리는 늙은 비구니가 머리를 쓰다듬어 주자 기쁜 울음소리를 냈다.

늙은 비구니는 다시 한 번 흰 수리의 머리를 쓰다듬으며 다

리에 매달린 전통에서 하나의 서신을 꺼내 차분히 읽어 나갔
다.

  장문인께.

  드디어 이십 년 전에 쌓인 업보를 풀 기회가 왔습니다. 모든
것이 그 흡정마공이란 저주받은 마물로 시작된 바, 이제 그 마물
을 없애 무림의 정의를 세움은 물론, 사문에 지어진 업보를 풀어
청정도량의 위신을 되찾을 때입니다.

  지금도 천하는 그 마물을 익힌 마인이 벌이는 일로 나날이 혼
란의 극을 향해 달려가고 있습니다. 그러니 한 시의 지체가 억겁
의 후회를 남김을 아시고, 부디 보타문의 검을 뽑아 들어 더 이
상 마인에게 중생들이 고통받지 않게 해주십시오.

  저는 이 시간 마인을 추종하는 마의 무리들을 처단하려 사천
의 청성산으로 향하고 있으니, 장문인께선 무당파와 손을 잡고
마인의 일에 미련이 없게 해주십시오.

  그럼 저는 멀리서나마 좋은 소식을 기다리며 이만 서신을 마
치겠습니다.

단정 배상.

  "음……."

  늙은 비구니는 잠시 침음을 흘렸다.
  그녀는 서찰을 보낸 단정, 무림인들에게 멸악사태로 알려

진 사람의 사저였다.

법명은 만정(萬情).

그녀는 별호대로 세상 모든 정들을 감싸 안을 만큼 넓은 자애를 지니고 있었다. 그건 별호가 아니라도 그녀를 알고 있는 모든 자들은 그녀의 자비가 얼마나 넓고 깊은지 잘 알고 있었다. 그녀는 무림 신비문 보타문의 장문인이며 별호는 대비신니(大悲神尼)였다.

만정은 서찰을 든 채로 잠시 생각에 잠겼다.

보타문의 검.

이는 무림육대절학 중 천년검학을 완성한 자를 말한다. 그러나 지금까지 이를 극성까지 연마해 보타문의 검이라 불린 사람은 하나도 없었다. 그저 완성되지 않은 위력만으로도 천년검학은 당당히 육대절학의 한자리를 차지했던 것이다.

잠시 어떻게 할까 고민하던 만정은 곧 결정을 내리듯 고개를 끄덕였다.

"인과의 업보는 오직 그 당사자의 몫이다. 이는 내가 결정할 것이 아닌 그 아이가 결정할 일. 그저 난 관세음보살께 자비를 구할 뿐이다."

만정은 곧 자신이 머무는 천수전을 떠나 보타문의 검이 있는 곳으로 발길을 옮겼다.

보타문의 구성원은 주로 여승들로, 계를 받지 않는 자들은

무기명 제자가 되어 보타문의 진산절학을 이어받을 수 없었
다. 그중 유일하게 성월여만 진산절학이라 할 수 있는 항마모
니검을 익혔는데, 여기엔 이십 년 전 혈사가 연관되어 나온
결과였다.

이십 년 전의 그 일은 전 무림을 정, 사가 없는 혼란으로 몰
아세웠고, 그동안 좋은 관계를 유지해 온 삼양궁과 정파무림
의 사이를 엉망으로 만들어놓았다. 그 결과 정파를 대표하는
자들 중 청룡칠수의 한 사람인 단정이 성월여를 제자로 받고,
진산절학을 전수하면서 어느 정도 해소되었다. 그리고 틀어
진 육파일방과 삼양궁과의 거리를 이 정도까지 돌려놓게 된
것이다.

그런데 보타문엔 성월여처럼 계를 받지 않고 진산절학을
익힌 사람이 있었다. 그녀는 진산절학 중에서도 최고인 천년
검학을 이었는데, 이는 보타문에서도 최고 배분인 정자배들
만 알고 있는 사실이었다. 더욱 놀라운 것은 그녀는 머리를
밀지 않았는데, 엄연히 무정(無情)이란 정자배 법명을 갖고
있다는 사실이었다.

만정은 천수전을 떠나 보타문의 심처에 자리한 한곳으로
향했다. 그곳은 소림사의 참회동과 무당의 극마동처럼 죄를
지은 자들이 면벽수련을 하는 곳이다.

하지만 이곳의 주인은 별다른 죄도 짓지 않고, 갓난아기
때부터 면벽수련을 해왔다. 올해로 그 수련한 기간이 이십

일 년.

만정은 오늘 그 면벽수련에 종지부를 찍으려 했다.

탈오동(脫誤洞).

보타문에서는 이곳을 탈오동이라 불렀다. 과오를 벗어나란 의미의 이곳은 아무리 무공을 익힌 자들이라 해도 여인 혼자서 지내기엔 너무나 황량한 모습을 보였다.

만정은 잠시 오랜 시간 풍화되고, 이끼가 낀 그 글자를 보다 안으로 발걸음을 옮겼다.

탈오동 내부는 점점 폭염의 마지막을 자랑하는 바깥의 여름 날씨와 달리 들어갈수록 오한이 느껴졌다. 점점 강해지는 한기는 탈오동의 끝이라 부를 만한 곳에 다다르자 천장에 밖의 날씨를 무시해 버릴 고드름까지 매달아놓았다.

"나무관세음."

만정은 그 고드름 아래에서 결가부좌를 틀고 있는 한 사람을 바라보았다.

여인은 전혀 추위를 느끼지 못하는지 실오라기 하나 걸치지 않았다. 대신 오랜 시간 자르지 않은 긴 머리로 여인의 중요 부위가 감춰져 있었다. 여인은 지금 투명한 돌 위에 앉아 있었는데, 돌의 크기는 그녀가 앉고도 앞에 한 사람이 더 앉아도 될만치 여유있는 크기를 자랑했다. 지금 그 공간은 사람 대신 한 자루의 검이 놓여 있었다.

"후우우."

얼음 미녀상 같던 여인의 입에서 긴 한숨이 나왔다.

우우우웅.

그녀의 한숨 소리와 함께 바닥에 가만히 있던 검이 조금씩 몸을 떨며 검명을 토해냈다.

"출(出)!"

여인의 일갈이 터지자 누가 잡아 뽑기라도 한 듯 검이 검집을 떠났다.

챙.

검은 빠져나오자 여인의 앞쪽 허공에 둥둥 떠 있었다.

여인은 희고 긴 손가락을 들어 검을 가리키다 치워 버리듯 한쪽을 가리켰다.

째애애액.

검은 무시무시한 속도로 한곳의 거대한 고드름을 향해 날아갔다.

"행(行)!"

여인의 일갈이 다시 터지고, 무섭게 폭사되어 곧이라도 고드름을 날려 버릴 것 같던 검이 거짓말처럼 방향을 틀어 고드름을 피해갔다. 그 뒤로도 검은 전혀 속도를 늦추지 않은 채, 여인의 손가락에 의해 이리저리 고드름 사이를 날아다녔다.

"귀(歸)!"

다시 여인의 일갈이 터지고, 검은 말 잘 듣는 아이처럼 재

빨리 본래의 검집으로 돌아가 버렸다.

탁.

남은 것은 검병과 검집이 부딪치는 소리뿐, 여인은 그제야 자리에서 일어나며 전방의 만정을 향해 인사를 올렸다.

"나무관세음. 무정이 장문인을 뵙습니다."

무정의 음색은 말 그대로 무정이었다. 눈앞의 있는 사람이 보타문의 최고위인 장문인임에도 말투에 조금의 공경도 없었다. 그저 얼음 동상이 인사를 하듯 무감각했다.

만정은 그런 인사를 받고도 답례로 상대를 칭찬하는 말을 던졌다.

"너의 검이 그동안 묻혀 있던 보타문의 천년 지업을 끊었구나. 그동안 아무도 대성 못한 천년검학의 대성을 진심으로 축하한다."

"예."

작은 겸양도 없이 간단한 말로 화답했다. 그리고 무정은 투명한 돌에서 내려와 한쪽에 곱게 개어진 승복을 입기 시작했다. 그녀는 일반 여염집 규수처럼 그 안에 속옷을 대 입는 것이 아닌 그저 대충 승포 지라만 걸쳤다.

만정은 고개를 내저었다.

이미 무정은 인간의 칠정과는 단절이 된 뒤라 부끄러움 같은 것이 남아 있을 수 없었다. 어렸을 때부터 철저히 격리되어 인간이라면 가질 수 있는 칠정을 경험하지 못했다. 그저 최면처럼 각인되는…….

"어미의 업은 네 손으로 풀어라. 그래야 네 어미는 지옥의 유황불에서 부처님의 광영이 미치는 서방정토로 갈 수 있을 것이다."

이 말만 들어오며 검만 수련했다. 애초부터 어머니의 존재가 어떤지 모르는 그녀에겐 그 의미가 중요한 것이 아니라 단지 각인되어 행할 일일뿐이었다.

그러나 그 말이 현실로 다가왔을 때는 무정조차 승복의 옷고름을 묶던 손을 멈칫거려야 했다.

"무정아, 이제 때가 되었구나."

"……."

무정은 잠시 멈췄던 손끝으로 마지막 미무리를 했다. 그리고 조금의 감정도 섞이지 않은 목소리로 입을 열었다.

"예."

"나무관세음."

오히려 만정이 무정의 그런 반응에 어두운 얼굴을 보였다. 그녀가 특별히 이렇게 되기를 부추긴 것은 아니지만, 이렇게 얼음덩이를 보는 것처럼 만든 것은 그녀의 책임이 없다곤 할 수 없었다.

"명을 내리십시오."

무정은 어떤 명이 떨어지더라도 흔들리지 않을 시선으로 만정의 두 눈을 바라보았다.

만정은 잠시 속을 알 수 없는 그녀의 눈을 보며 말을 이어 나갔다.

"넌 하나의 일을 마무리 지으면 된다. 이십 년 전의 혈겁의 주범이며 너에게 이런 업보를 남긴 흡정마공. 이번 기회에 무림에 나가 그 업보의 근원을 말끔히 소멸시키도록 하거라. 그럼 너의 머리를 깎고 정식으로 계를 내리겠다."

감정이 없던 무정의 눈에 처음으로 감정의 빛 비슷한 것이 나타났다. 그러나 빛을 느낄 새도 없이 흔적도 없이 사라졌다.

"예."

단 한 마디의 말이지만, 말에 힘이라도 들었던 것일까? 만정은 그녀의 음성이 흥분에 들떠 있다 느꼈다. 그러나 그런 생각은 곧 지우고, 무정을 데리고 떠날 준비를 시켰다.

오랜 시간 천년검학이란 전설 같은 이름만 남겼던 보타문의 절학이 세상으로 나가려 했다. 얽힌 업보의 사슬을 끊는 보검은 그녀와 한줄기 인연이 닿은 고경천이 목을 향해 이 순간 예기를 뿌리려 하고 있었다.

*   *   *

호화롭게 꾸며진 내실.

족자나 도자기, 한편에 자리한 침상까지 모든 것이 최상이 아닌 것이 없었다. 그리고 침상 옆에 놓인 흑색의 장삼은 수 놓은 자의 능력이 얼마나 뛰어난지 흑룡이 금방이라도 뚫고 나올 듯했다. 이렇듯 사방 천지가 눈을 즐겁게 만드는 것투성인데, 정작 그것들의 주인은 조그만 관심조차 주지 않았다.

고경천은 관심은커녕 더럽혀진 의복조차 갈아입으려 하지 않았다.

지난밤. 악양에 도착해 단우헌은 최고의 기루를 찾아 가장 호화로운 방을 고경천의 쉴 곳으로 제공했다. 하오총문의 손길이 닿아 있어 모든 것이 부족한 것이 없었다.

그런데 고경천은 푹신한 침상에 몸을 눕히기는커녕 의자에 앉아 긴 밤을 홀따 지새웠다.

이미 창밖은 물론 안으로 들어오는 양광에 진한 열기가 담긴 것이 정오도 지난 듯했다.

고경천은 지금 심중에 이는 여러 가지 일들을 정리하느라 머릿속이 복잡했다. 지금까지 절대 빌어먹을 하늘이 원하는 대로 하지 않겠다 다짐해 왔는데, 그런 것이 아닌 듯했다.

그동안 우연이라 여겼는데, 이번 일을 보면 그 일도 우연이 아니란 생각이 강하게 들었다. 또 밤새도록 생각하니 그런 생각은 더더욱 확신으로 바뀌었다.

십년공부 도로 아미타불 될 시점에 회계산 근처의 한 주막에 자리하던 손괴량. 거기다 현무칠수를 만나게 되는 계기라할 수 있는 성월여의 존재. 어떻게 그리 공교롭게 그가 출관하는 날 이뤄질 수 있단 말인가?

성월여야 본시 사문이 보타문이라 보타산에서 삼양궁으로가려면 회계산 인근을 지날 수 있었다.

하지만 손괴량은 그 행적이 정해진 곳이 없고, 신복의 도움이 필요한 차는 귀신같이 알고 나타난다고 하지 않는가? 만일고경천이 그를 만나지 않았다면, 그는 지금까지 남자도 여자도 아닌 괴물 같은 신세로 살아오고 있을지 몰랐다.

그런데 손괴량은 그 신비한 백안으로 맨 처음 자신을 옭아매고, 생전 처음 보는 성월여를 무조건 붙잡으란 말을 했다. 그러나 지금 와서 생각해 보면, 만일 성월여를 쫓지 않았으면절대 현무칠수를 만나지 못했을 것이다. 그럼 흡정마공도 얻지 못하고, 지금까지 미친 듯 무림을 헤매고 다닐지 몰랐다.

'한데……'

고경천의 표정이 일그러졌다. 도대체 이런 거짓말 같은 일이 날이 뇌난 밀이다. 민일 긴찌 필언이라면, 손괴량은 타고난 천운이 어쩌고, 시련이 어쩌고 한 말은 결국 그가 밀어 넣었다는 말이 아닌가?

"젠장!"

고경천은 생각하기 싫은 결론에 애꿎은 자신의 머리만 쥐

어뜰었다. 정말 지금까지 신념대로 모든 것을 해왔다고 생각했는데, 이렇다면 신념이고 나발이고 하늘을 안다는 한 사람 손에 놀아난 것이 아니고 무엇이란 말인가?

똑똑.

다행이 머리카락이 뽑힐 운명은 아닌지 문 두드리는 소리가 들렸다.

"들어오시오."

고경천은 머릿속에 박힌 손을 빼냈다.

문이 열리고 한 사람이 실내로 들어섰다. 고경천은 내심 단우헌이겠거니 했건만, 들어온 사람은 그가 아닌 한 명의 아리따운 여인이었다.

"단 공자께서 아직 일이 남아 고 공자 먼저 점심을 드시라고 이렇게 소녀를 보냈습니다. 소녀가 식사하는 동안 시중을 들 테니 부족하더라도 어여삐 봐주시옵소서."

날아갈 듯 대례를 올리는 여인은 이곳 호가루(湖歌樓)에서 일하는 여인인 듯했다. 나이는 대략 이십 초반. 드러난 미색이 지금껏 보아온 어떤 여인보다 못하지 않는 것이 이곳 최고의 기녀가 아닐까란 생각이 들었다.

그러나 고경천은 이런 일에 익숙하지 않았다. 지금까지 몇몇 여인을 만나왔지만, 특별히 여인으로서 가까이 대해 본 사람이라면 당아영이 유일하다. 그것도 본인의 의지로서가 아닌 다분히 정략적인 차원에서 시작한 인연이었지만. 그래서 그는 여인의 시중이 익숙지 않았다. 아무리 미인이 곁에서 수발을 들더라도 차라리 혼자가 편했다.

"괜찮소. 내 누구의 시중을 받는 것에 익숙지 않으니 낭자는 돌아가시오. 그리고 괜찮다면 언제쯤이나 일이 끝나는지 그것이나 알아봐 주시오."

이야기하는 동안 시비들이 음식을 날랐다.

하나같이 모두 고경천이 접해보지 못한 것들이다. 그러고 보면 자신은 출관을 하고 나서 지금까지 심신의 편안함을 위해서 지내본 적이 없다. 늘 무엇에 쫓기듯 계속해서 험지로 돌아다니다 보니 웬만한 기루에서 접할 수 있는 이런 요리들이 낯설기만 했다.

"그럴 순 없사옵니다. 소녀 비록 기루에서 일하는 몸이오나 이날까지 시중을 들지 못하고 물러난 적은 없습니다. 정제 시중이 귀찮으시다면, 그저 빈 잔에 술이나 채울 수 있게 해주십시오."

대충 상대를 살폈던 고경천은 여인을 다시 바라보았다.

그러고 보니 이 여인. 코끝과 눈꼬리, 입매가 살짝 올라간 것이 굉장히 도도한 인상을 풍겼다. 과거 설월여를 만났을 때 느꼈던 도도함과는 다른 이 여인은 특별히 뭘 하지 않아도 그런 느낌이 강하게 들었다.

여인은 고경천의 시선에 흐드러진 미소를 지었다.

"공자, 소녀 얼굴에 무엇이 묻었습니까? 그렇게 뚫어져라 바라보니 견디기 어렵습니다."

그러나 말과 달리 여인은 고경천을 더 빤히 바라보았다. 빨아 당길 듯한 시선으로 조금도 물러남이 없었다.

오히려 고경천이 무안함을 느꼈다. 차라리 살기를 띠고 바라보는 적들의 시선이 편했지. 여자에게 이런 시선을 받는 것은 처음이라 어색했다. 이런 눈빛은 당아영조차 보내지 않았기 때문에 더욱 그런 느낌이 들었다.

"마음대로 하시오."

마침 배가 고팠던지라 고경천은 자연스레 시선을 돌려 탁자의 음식에 손을 가져갔다.

보기 좋은 떡이 먹기 좋다는 말을 실감하듯 음식들은 하나같이 놀랄 만한 맛을 자랑했다.

쪼르륵.

기루의 여인답게 눈치 빠르게 고경천의 잔에 술을 따라주었다.

술은 마치 황금을 마시는 착각을 불러일으킨다는 금존청. 일반 주루에선 맛보기 어려운 명주가 하얀 사기 잔을 가득 채웠다.

"독한 맛은 부족하지만, 부드럽게 음식을 넘기는 데는 이만한 것이 없어요."

나긋나긋한 음성으로 술을 권하니, 고경천도 별말없이 따라준 술을 마셨다. 그러다 문득 생각난다는 듯 한마디를 꺼냈다.

"그러고 보니 이름을 묻지 않았소. 이름이……."

"기녀에겐 이름이 없죠. 있는 것이라곤 기명. 적주(赤蛛)…
소녀의 기명이 적주예요."

"적주?"

왠지 기녀에겐 어울리지 않는 기명이었다. 붉은 거미라
니… 거미란 곤충은 함정을 파고, 그것에 걸린 벌레들의 체액
을 빨아먹는다. 그래서 거미에 걸리면 결국 빈 껍데기만 남게
된다.

"왠지 무시무시한 이름이군."

"호호. 설마 제가 공자의 피골이라도 빨아먹을 것 같은가
요? 하나 걱정 마세요. 공자는 아직 제 거미줄에 걸린 것이 아
니니까요."

입꼬리와 눈꼬리가 동시에 내려가며 지어지는 웃음. 너무
진하게 그려지는 웃음이라 오히려 서늘한 기분이 들었다.

그러나 고경천은 더 이상 말을 하지 않았다. 어차피 한번
스치고 지나갈 기루의 여인. 그녀가 적주면 어떻고 적호면 어
떤가?

그 뒤론 두 사람은 별 대화를 나누지 않았다.

적주란 여인도 별말을 하지 않고, 조용히 고경천의 빈 잔에
술을 따라주었다. 그리고 식사가 다 끝나갈 무렵. 일을 본다
고 나갔던 단우헌이 돌아왔다.

그는 잘 어울리는 한 쌍의 청춘남녀가 그림처럼 식사하는 모습에 혼잣말을 했다.

"루주 보고 호가루(湖佳樓) 최고의 미인을 보내달라고 했더니, 확실히 대단한 미인이군."

때마침 고경천의 식사도 끝이 난지라 적주는 자리를 털고 일어났다.

"그럼 소녀는 이만 물러가도록 하겠습니다."

그러나 고경천은 아무런 대답도 하지 않고, 단우헌에게 본론부터 물었다.

"갔던 일은 잘되었소?"

거두절미하고 묻는 그 한마디에 단우헌은 고소를 지었다. 고경천은 방금까지 같이 있던 그녀가 문밖을 나서도 눈길 한 번 주지 않았다.

"고 형은 정말 여러모로 대단하오. 저런 미인을 대하고도 관심은 여전히 다른 데니……."

"단 형은 그러면 여인의 미모에 쉽게 혹하오?"

"그건……."

단우헌은 더 이상 말을 하지 못했다.

그사이 먼저 나간 적주의 말이 있었던지 시비들이 들어와 식탁을 깨끗이 비워나갔다. 그리고 두 사람이 마실 수 있게 뜨거운 김이 모락모락 나는 찻주전자를 빈자리 대신 두었다.

단우헌은 고경천의 맞은편에 앉아 빈 잔에 뜨거운 차를 채

왔다. 그리고 갔던 일이 잘되었는지 밝은 얼굴로 입을 열었다.

"굉장히 운이 좋았소. 다행이 총수께서 호남성에 계셔 쉽게 연락을 할 수 있었소. 또 내 독단적으로 벌인 일에 허락까지 해 바로 만나 준다 하시었소."

"장소가 어디오?"

"형산. 총수께서 오대봉공과 함께 그곳에서 기다린다 하셨소."

"형산… 주작칠수……."

고경천은 신경 쓰지 않으려 해도 신경이 쓰였다.

현 무림에 정도, 사도, 중도를 포함해 총 스물여덟 명의 명숙들이 무림이십팔수라 불렀다. 이들도 본래 이렇게 불리지 않았지만, 한 가지 이유로 그렇게 불리게 되었다. 묘하게 그들은 일곱 명씩 짝을 이루었다. 그 덕에 각기 활동하는 지역에 따라 청룡칠수, 백호칠수, 현무칠수, 주작칠수란 명호를 얻으며 무림이십팔수를 만들어냈다.

용은 예로부터 신성한 짐승으로 여겨졌다. 그러니 그중 하늘을 닮은 청룡을 사방신의 한곳으로 삼는 것은 당연한 이야기였다.

호랑이는 맹수의 왕이라 용만큼 외경함을 받아왔다. 특히 백호는 산신의 변호된 모습이란 말로 인해 청룡처럼 신성시되었다.

그러나 주작이나 현무는 조금 달랐다.

현무는 거북이와 뱀이라는 두 개의 머리를 가진 만큼 지혜의 상징으로 통했다. 현무는 장수의 상징인 거북이를 통해 오랜 시간 지혜를 축적하고 교활한 뱀의 머리로 그 지혜를 사용한다고 한다.

주작은 천하가 사기에 뒤덮이는 순간, 자신의 몸을 덮은 성스러운 불꽃으로 모든 사악한 기운을 태워 버린다는 전설을 갖고 있었다. 그래서 사기가 창궐하지 않은 이상 언제나 불꽃 속에서 몸을 드러내지 않은 채 힘을 비축한다고 한다.

이렇듯 네 개의 신수는 현 무림의 이십팔수하고도 비슷한 면을 갖고 있었다.

청룡칠수는 명망 있는 정도명숙답게 오랫동안 무림인들에게 외경시 되어 왔다. 백호칠수는 그 강력함으로 인해 뭇 짐승의 왕이란 호랑이 못지않았고, 현무칠수는 어찌 보면 조금 교활한 지혜로움으로 그 위치를 얻어냈다.

주작칠수야 언제나 근심이 있는 곳에 나타나는 천기신옹으로 인해 자연스레 그렇게 되었다. 그 때문인지 얼굴도 비추지 않은 나머지 여섯도 자연스레 주작칠수가 되었다. 오직 존재 여부는 손괴량의 입을 통한 것뿐인데도 무림인 어느 누구도 의심하지 않았다.

그런데 이중 청룡을 제외한 백호, 현무, 주작이 고경천과 관련되었다.

"고 형도 그런 표정을 짓는구려. 하지만 너무 기대는 마시오. 만나면… 말하지 않아도 내 말뜻을 잘 알게 될 것이오."

단우헌은 묘한 의미가 담긴 말로 더 이상 언급을 하지 않았다.

그 말은 고경천의 눈에 잠깐 의문을 떠오르게 만들었으나 곧 지워졌다. 그에게 중요한 것은 주작칠수가 어떤 사람이냐가 아니다. 중요한 것은 한시 빨리 손괴량을 만나고 돌아간다는 것. 그거 하나만 생각하면 되는 것이다.

'별일 아니기만 해봐라. 그동안 이자까지 쳐서 제대로 받아내고 말 것이니까.'

현실이 되자 눌러놓았던 손괴량에 대한 분노를 다시금 쳐드는 고경천이었다.

고경천의 방을 벗어난 적주는 빠르게 회랑을 지나 자신의 거처로 가고 있었다.

그런데 그녀는 얼만 전엔 볼 수 없던 그런 표정을 짓고 있었다. 마치 맛있는 먹잇감을 발견한 암고양이 같은 얼굴이 되어 기쁨을 감주지 못했다.

그녀의 거처는 회랑에 연결된 하나의 운교를 지나야 했다. 그 밑은 인공으로 만든 맑은 개울이 흐르고 운교 건너편에 지어진 소축이 그녀의 거처였다.

소축은 후원에 자리 잡은 장소답게 굉장히 조용했다. 본시 그녀의 성품이 조용한 것을 즐기는지 주변엔 사람의 기척조차 느껴지지 않았다.

적주는 조용히 소축의 문을 열고 들어갔다.

안에 들어가자 그녀는 더 진한 표정에 없던 요기마저 풍겨 댔다.

"호호. 하고많은 곳 중에 내가 있는 곳에 나타나다니… 역시 내 거미줄엔 언제나 먹음직스런 먹잇감이 걸린단 말이야."

그녀는 침실에 들어서자 걸치고 있던 옷을 찢듯이 벗었다. 안엔 몸에 착 달라붙는 무복을 입어 알몸을 드러내지 않았다. 그러나 지금 자체만으로도 충분히 유혹덩어리였다.

적주는 벗은 옷가지를 침상에 아무렇게 던졌다.

그곳엔 알맹이는 어디로 사라지고 껍데기만 남은 듯한 여인이 누워 있었다. 이미 숨이 끊어진 지 오래된 듯 조금의 생기도 없었다.

"호호. 네년 덕분에 좋은 먹잇감을 발견했다. 그동안 장강 이후로 종적을 놓쳐 걱정했는데, 과연 네년으로 지내다 보니 알아서 진짜를 보내오는구나."

껍데기의 정체는 다름 아닌 호가루 최고 기녀라는 향접(香蝶)이었다. 그러나 이제 그 이름은 다시는 볼 수 없는 이름이었다. 적주가 그녀로 환신하면서 그녀는 모든 생기를 빨렸다.

적주가 쓰는 역용술은 대상의 생기를 빨아들여 그걸로 자신의 몸을 변화시키는 좌도방문계열의 술법인 사요역천환(邪

妖逆天幻)이란 술법이다. 이는 역용술의 달인이라는 현무칠수 허표의 공공무진환(空空無眞幻)과 자웅을 겨룰 정도로 완벽했다. 단지 허표는 대상의 모습만 있으면 되지만, 적주는 대상 그 자체가 있어야 한다는 것이다.

그 덕에 그녀에겐 붉은 거미라는 별호가 붙었다. 유난히 피를 즐기는 성격과 껍데기만 남기는 특이한 술법이 그녀에게 그런 별호를 붙게 만든 것이다.

"호호. 이제 이 지겨운 짓거리도 끝이군."

적주의 몸에서 묘한 기운이 새어 나오자 그녀는 다른 사람으로 변했다. 분명 아름다운 얼굴이지만, 요기가 충만된 사이한 아름다움이었다. 단지 눈꼬리와 입꼬리는 본래의 특징인 듯 바뀐 얼굴에서도 여전히 남아 있었다.

"이제야말로 단혼살막이 본격적인 사냥을 할 계절이 온 것이야. 협상만 끝나면… 놈의 목은 단혼살막 최고의 단혼객! 적주 손사향(孫死香)의 몫이다!"

말이 끝나기 무섭게 손사향은 한 줌의 연기로 변했다.

동영의 인자술이라는 화연요술(化煙妖術). 그녀는 놀랍게도 한 몸에 두 곳의 살법을 갖고 있었다 그것도 최고 중의 최고를 말이다.

第五章
주작칠수 아니, 주작육괴

형산(衡山).

중원 오악 중 남악(南嶽).

남에서는 회안(回雁)에서 시작하여 북으로는 악록(嶽麓)까지 걸치는 팔백 리에 이르는 대산맥이다. 거기에 산맥 밑으로 꿈틀거리는 상강(湘江)의 흐름까지 더해지니, 형산의 절경이 오악으로 자리 잡는 것도 당연하다.

형산은 칠십이 개의 봉우리를 그 긴 산맥에 품고 있었다.

축융(祝融), 자개(紫蓋), 천주(天柱), 연화봉(蓮花峰)이 그것이며 또 가장 유명한 봉우리였다.

이 넷 중에서 제일봉은 바로 축융봉이다. 축융봉의 축융은 불의 신 축융의 이름에서 따왔다.

그 옛날 하늘의 명을 받고, 불 외에 여름과 남쪽 바다까지 맡아 다스리게 된 축융은 남쪽에 신이 머물 만한 영산을 찾아 돌아다녔다. 그러다 남악 형산을 발견하고, 그중에서 제일 높은 한 봉우리에 터를 잡았다. 그 봉우리가 바로 축융봉으로 자연스레 그 이름이 되어 지금까지 전해져 왔다고 한다.

그런 이유 때문인가?

사방신 중에서도 불과 관련된 한 신의 명호를 받은 자들이 이곳을 회합 장소로 삼았다. 그들도 이름만 남겨진 축융처럼 무림에서 그 모습을 찾을 수 없는 존재들이다. 그래서 신의 존재가 거짓말로 느껴지는 것처럼 그들의 존재도 거짓말은 아닌가 하는 말들이 많았다.

그들의 명호는 바로 주작칠수.

무림이십팔수 중에서도 사문을 알 수 없다던 현무칠수보다 그 정체가 더 모호한 사람들이 바로 그들이었다.

축융봉 정상에 유일하게 자리한 커다란 바위 하나. 그 형상은 등받이가 높이 솟은 태사의를 닮았다. 오직 이곳의 주인이었다던 축융이나 사용했을 법한 거대한 크기. 그 바위의 등받이가 되는 바위 상층부에 한 사람이 서서 산봉우리의 바람을 맨몸으로 받고 있었다.

후줄근한 복색에 세월을 알 수 없이 노쇠한 얼굴. 거기다

두 눈은 장님의 그것처럼 백안이었다. 그러나 자세히 보면 백안 속에 숨겨진 조금 더 짙은 새하얀 눈동자를 보게 될 것이다. 노인의 그런 눈은 지금 어둠에 잠긴 밤하늘을 바라보고 있었다.

산 정상이어서 그런지 더 선명하게 보석처럼 반짝이는 별들을 볼 수 있었다.

그중에서도 노인의 시선을 잡은 별 하나. 천극에 자리 해 뭇 별들보다 강렬한 광채를 발휘하는 북극성이었다.

"하늘은 이겨낼 수 없는 시련을 주진 않지만, 인간은 그 시련 앞에 맥없이 무너지기도 한다. 과연 그 아이는 마지막 시련을 이겨내 어둠을 밝힐 진한 광휘를 발할 수 있을 것인가?"

손괴량의 걱정처럼 북극성의 광휘를 막아서듯 한줄기 구름이 그 위를 덮었다.

그런데 그의 걱정스런 음성과는 상관없이 아래쪽에선 신나 하는 자들이 있었다.

"클클. 거 재미없는 시련 타령 그만 하고 이리 와서 개고기나 좀 드시지요. 훔쳐 온 놈이라 그런지 맛이 더 일품입니다."

"영감탱이, 그 무슨 해괴한 소리야? 그딴 부정한 것 드시고, 총수의 영안(靈眼)이 흐려지면 어쩌라고."

노인의 음성을 따라 노파의 카랑카랑한 목소리가 튀어나왔다.

"쯧쯧. 또 만났군. 또 만났어. 어떻게 된 게 둘은 부부도 아니면서 만날 때마다 부부싸움인가?"

"닥쳐! 이 사기꾼 늙은이야. 또 어따 대고 되도 않은 사기로 하나로 묶어 묶긴!"

"클클. 말 잘했다. 쭈구렁탱이 할망구. 암, 안 되지. 내가 미쳤다고 괴팍한 임자와 부부가 돼? 안 되지 안 돼."

"뭐야? 이 비루먹다 버려진 도둑 늙은이가 말이면 다인줄 알아?"

노파의 화살은 다시 먼저 말을 꺼낸 늙은이에게 돌아갔다.

"조용히 해라. 안 그러면 죄다 반으로 갈라 버릴 테니."

살기 짙은 음성이 일순간에 주변 공기를 얼려 버렸다.

그러나 그 정도론 노인들의 입을 막을 수 없는지 곳곳에서 불만이 터져 나왔다.

"저 더러운 성질은 우리 중 최고지!"

"맞아. 저 더러운 성질로 어떻게 참을성 많은 살수 짓을 했는지 몰라."

"네놈들이 진정 무덤에 들고 싶구나."

챙.

검이 칼집을 뽑는 소리가 요란하게 울렸다.

"이봐! 미쳤어? 칼 안 치워!"

"아이구. 살수 놈이 사람 잡는구나."

아래는 점점 난장판으로 변해갔다.

"미친 것들. 늙어도 곱게 늙지. 돈도 안 되는 짓거리나 해

대고. 그러니 평생 지지리 궁상에서 못 벗어나는 거 아냐.”

또 새로운 사람이 난장판에 끼어들었다.

“수전노, 네놈도 반으로 갈리고 싶으냐?”

살수라 불린 노인이 이번엔 수전노란 노인에게 살기를 드러냈다.

“그래, 갈라 봐! 하나, 내가 하루에 벌어들이는 돈이 얼만 줄 알지? 그거 십 년치 낼 돈 있으면 당장 갈라!”

다른 자들과 달리 수전노는 더 크게 소리쳤다.

그 때문인지 살수 노인은 잠시 아무 말도 하지 않았다. 대신 노파가 나서 난리를 부렸다.

“이 뒈져도 입만 남을 영감탱이들아. 좀 조용히 해. 총수께서 지금 천기를 보시잖아!”

“할망구, 지 목소리가 제일 크면서…….”

“뭐야?! 이 망할 영감탱이야! 지금 나보고 닥치라고 한 거야?”

퍽!

“어이구, 미친 할망구가 말귀도 못 알아듣고 사람을 친다.”

“거기서!”

“사람 살려!”

이젠 말뿐이 아닌지 손괴량이 있는 곳으로 툭탁거리는 소음도 들려왔다.

“휴우.”

결국 무시하려던 손괴량도 더 이상은 어쩔 수 없었다. 세상에 누가 있어 저들을 말리랴.

"도대체 누가 저들을 보고 신비로 점철된 주작칠수라 부르랴."

손괴량도 할 수 없이 그 난장판으로 몸을 날렸다.

*   *   *

하오총문(下午總門).

총인원 알 수 없음. 단지 가장 문도수가 많다는 개방보다 더 많을 것으로 사료됨. 하나, 그 진실된 무력은 개방보다도 못할 것이란 것이 일반적인 견해임.

알려지다시피 하오총문은 흑도에 속한 곳으로 지금까지 흑도의 어느 누구도 정, 사를 뛰어넘는 고수를 배출하지 못했음. 유일한 존재는 하오총문의 문주로…(중략)…….

문주인 천시명왕 공야현은 알려지기만 했을 뿐, 그 실체에 대해선 드러난 것이 전혀 없음. 대신 총수(總帥)란 인물이 그를 대신해 전면에서 이끌고 있다고 함. 그러나 그도 존재 여부만 알려졌을 뿐, 그의 정체에 대해선 문주인 공야현처럼 알려진 것이 없음.

그 외 암찰이라 불리는 순찰령과 오대봉공(五大奉公)이라 불리는 자들이 있지만, 이들도 앞선 자들처럼 정체에 대해 드러난 것이 없음. 또 그 하부 조직은 철저한 점조직이라 정체가 들어날 만하면 꼬리를 잘라 버려 현재까지 전혀 이렇다 할 확실한 정보가 없음.

그들의 소속은 무공을 아는 무인부터 일반 범인까지 대부분 남들이 천시하는 도둑, 살수, 고리대금업자, 도적, 사기꾼…….

그다음에 이어지는 직업군만 해도 보고서의 반을 차지할 정도로 다양했다.

소철상은 그 부분에서 읽는 것을 멈췄다. 어떻게 된 보고서가 근 육십 년이 흘러도 조금도 나아진 것이 없었다. 그나마 나아진 것이라곤 총수, 암찰과 오대봉공에 대한 존재. 그것이 육십 년 동안에 이뤄놓은 유일한 결실이었다.

"다른 건 몰라도 한 가진 빼어나군."

확실히 하오총문은 그 존재를 숨기는 능력과 암중에서 뿜어내는 존재감은 누가 뭐라 해도 최고였다. 그러니 자신도 본격적인 행보에 앞서 다시 한 번 그 존재에 대해서 생각해 보고 있는 것 아닌가?

문득 생각났다는 듯 소철상이 입을 열었다.

"선생은 하오총문에 대해서 어떻게 생각하시오?"

"그야……."

이렇게 시작한 상대의 말은 곧 유수처럼 흘러나왔다.

"고슴도치 같은 존재지요. 건들지 않으면 별문제없지만,

건들면 말 그대로 날카로운 가시로 상처를 입힐 수 있는 존재."

"그렇다면 만일 잡으려는 토끼가 고슴도치 근처에 갔다면 어떻게 하는 것이 좋을 것 같소?"

소철상도 같은 생각을 갖고 있었다. 어차피 그를 부른 것도 이 문제로 고민하다 부른 것이고.

"일단 두는 게 상책이지요. 고슴도치가 토끼를 어떻게 하나 지켜보던가 그렇지 않다 해도 고슴도치와 떨어진 다음에 하는 게 좋지요."

"음……."

소철상은 잠시 미간을 모았다. 이해가 되지 않는 것은 아니지만, 이대로 기다릴 수만은 없었다. 이 문제가 육파일방의 연계 조건이 아니라 해도 놈을 그냥 둘 수는 없었다. 하나뿐인 아들을 반병신으로 만든 놈. 전에는 운 좋게 하오총문 관할인 호남으로 도망쳐 깊이 쫓지 않았지만, 이번도 그렇게 둘 수는 없었다.

"그러나 한번 놓친 사냥감은 다시 잡기 힘들고, 부궁주께서 놈을 토끼라 했지만, 놈은 절대 토끼가 아닙니다. 과연 놈이 다시 제 무리로 돌아갔을 때, 지금처럼 좋은 기회가 또 있을까요?"

"곡 선생은 그럼 묘수가 있단 말이오?"

앞만 보고 있던 소철상의 시선이 처음으로 왼편으로 옮겨졌다.

그곳엔 한 사나이가 앉아 조용히 차를 즐기고 있었다. 침착한 표정을 짓고 있지만, 두 눈에 흐르는 교활한 기운과 미간에 서린 검은 기운. 이로 인해 교활함이 한층 더 돋보이는 사나이. 다름 아닌 복수를 다짐하며 청성산을 떠났던 청성파 장문인 곡장음이었다.

그런데 그는 빈 껍데기만 된 신세인데도 당당히 삼양궁 부궁주 소철상의 집무실에 앉아 있었다. 또 그를 바라보는 소철상의 시선도 그렇게 나쁘지 않았다. 오히려 무언가 기대를 품고 있는 느낌도 들었다.

"묘수라고 할 수도 없지요. 부궁주께서는 전에도 한번 그 방법을 사용하지 않으셨습니까?"

"전이라면… 아!"

소철상은 금방 그 뜻을 알 수 있었다.

사실 지금 곡장음이 이 자리에 앉아 있는 것도 바로 그런 이유 때문 아닌가?

얼마 선 곡장음은 삼양궁을 찾아와 신분을 밝히지 않고 소철상을 만나길 바랐다. 처음엔 이상한 인간이 그를 찾나 해서 무시해 버렸는데, 웬걸 그는 그 뒤부터 정기적으로 삼양궁에 찾아와 자신을 만나기를 요청했다. 자신의 신분을 밝혔으면 진즉에 만날 수도 있었거늘. 그는 그런 내색 없이 계속해서 만남을 요청했고, 궁 밖으로 나가야 하는 그로선 결국 정문에서 곡장음을 만나게 되었다.

그때 곡장음은 삼양궁 누구에게도 밝히지 않은 자신의 정체를 밝혔다. 물론 전음을 사용한 그의 소개에는 삼양궁의 비밀인 흑양전에 대한 이야기도 섞여 있었다. 비록 흑양전이란 직접적인 이름은 언급되진 않았지만…….

그 뒤 소철상은 곡장음과 독대를 가졌다.

일단 상대가 몰락했다 해도 한 문파의 수장이었고, 목적을 위해 기다릴 줄도, 숨길 줄도 아는 곡장음이 과연 무슨 말을 할까여서였다. 만일 실없는 말을 해대면 살인멸구 차원에서 죽이면 그만. 몰락 문파 장문인 정도야 쥐도 새로 모르게 객사시킬 수 있는 능력은 충분하고도 남았다.

그러나 곡장음은 죽지 않고 이렇게 살아 있었다. 그것도 당당히 삼양궁 부궁주에게 조언할 수 있는 자로서 말이다.

곡장음의 신분은 현재 장문인이 아니다. 외부로 알려진 그의 신분은 부궁주를 돕는 책사. 그래서 삼양궁도들은 그를 곡선생이란 새로운 이름으로 불렀다.

"하지만 지금은 조금 방법을 바꾸도록 하지요. 듣자 하니 얼마 전부터 단혼살막이 연락을 취하고 있다 하지 않았습니까?"

"그렇소. 놈들은 전에 청부한 그 일을 자기 멋대로 취소하고, 다시 새로운 조건으로 계약을 하자고 하오. 그것도 그 당시의 몇 배가 되는 조건으로 말이오."

"아마 그건 그들이 놈을 처음 상대한 순간 그렇게 정했을 것입니다. 돈에 대해선 걸신들린 자라는 그들이 과연 돈줄이 될 그의 존재를 몰랐겠습니까? 다른 건 몰라도 돈을 위해서라면 난세를 조성한다 하는 그들의 능력은 결과적으로 전혀 틀리지 않습니다. 그러니 이번 일은 당연한 수순입니다. 그들에게 청부를 하십시오. 그들이 부른 것보다 몇 배를 더 올려서 말입니다."

"몇 배를 더 올려서?"

소철상은 미간을 찌푸렸다.

"단 한 가지, 조건을 다는 것입니다. 일을 실패했을 시 내건 돈의 두 배로 배상해라."

"그것만 달기엔 그들에게 너무 유리한 조건이지 않소?"

"아닙니다. 그들은 반드시 실패할 것입니다. 놈은 이미 천하 오패 중 삼패인 삼양궁, 마염성, 육파일방을 골탕 먹이고도 살아남은 몸. 그런 놈의 목을 일개 살수집단이 어쩔 수 있다는 것은 말이 되지 않습니다. 혹시 그들에게 그럴 능력이 있다 해도 굳이 성공하게 둘 필요는 없지요. 단독으로 움직이면 또 모르지만, 그런 혼란 속에 움직인다면 확실한 존재들이 있지 않습니까?"

"그럼 흑양전을 이용하잔 말이오?"

"그렇지요. 제가 과거를 이야기한 것은 차도살인뿐이 아닌 흑양전의 힘도 사용하자는 것이었습니다. 전처럼 놈의 존재를 잘 모르는 적의 틈에 섞일 때와 달리 상대는 악착같이 덤벼들 살수 무리. 그 속에서라면 그들이 더욱 능력을 발휘하지 않겠습니까?"

곡장음의 입가에 자신감 있는 미소가 그려졌다.

그 미소는 소철상에게로 전해져 찌푸려져 있던 미간마저 풀게 만들었다.

"하오총문을 직접적으로 자극하지 않고 목적을 취한다. 거기다 우릴 골탕 먹인 단혼살막 무리에게 그 보답을 받아내고, 그 후에 육파일방을 통해 몇 가지 보상마저 따라온다. 과연! 역시 곡 선생이오. 내가 그날 선생을 받아들인 건 내 일생 최고의 선택이었소."

소철상은 만족한 음성을 내뱉었다.

"그거야 다 서로 필요에 의해 행해진 것 아니겠습니까? 훗날 부궁주께서 청성파의 재건을 도와주신다니, 그저 복수를 원하는 저에겐 큰 은혜이지요."

"아니오. 지금까지 삼양궁에 있어 가장 부족한 것은 다름 아닌 책사였소. 그러기에 큰 힘을 가지고도 제대로 사용하지 못했소. 그렇지 않았다면 애초에 그놈들에게 그렇게 당하기야 했겠소?"

"그 부분이라면 부궁주 자재 분의 능력도 저 못지않습니다."

곡장음의 말에 소철상의 얼굴에 어둠이 내렸다.

"아니오. 그 아이가 뛰어나다 하지만 아직 혈기부터 앞세우는 아이오. 그래서 지금 그 몰골이 되었고, 그보다 중요한 것은 그날 이후로 너무 많이 의기소침해져 있소. 곡 선생과 달리 상대의 능력을 본래보다 더 크게 받아들여 자신의 능력을 죽이기까지 하오. 또 그 아이는 아직 어리기에 암수의 무서움을 잘 모르오. 그러기에 많은 부분이 부족하오."

"그 말은 저의 교활함이 무척 높다는 말처럼 들립니다."

"이런, 그렇게 들렸다면 미안하오. 난 단지 사도제일뇌라는 마염성의 모사에 필적할 만한 곡 선생의 능력을 그저 칭찬해 주고 싶었을 뿐이오."

"과찬이십니다. 제 능력이 어찌 정도제일현과 쌍벽을 이루는 그와 비교가 되겠습니까? 그저 제 말을 따라준 부궁주에게 감사할 뿐이지요."

"겸손이오, 겸손."

둘은 몇 번 겸양의 말을 하더니, 곧 몸이 안 좋다는 이유로 곡장음이 먼저 물러섰다.

혼자 남겨진 소철상은 다시 한 번 곡장음과 독대하던 그 순간을 떠올렸다.

"쓸모없는 존재가 되었다는 걸 안 순간, 나는 내 손으로 청성파를 재건한다는 생각은 잊었소. 이제 나에게 남은 것은 오직 복수!

피를 흘리며 죽어간 제자들에 대한 복수뿐이오. 그래서 난 내 모든 능력을 발휘해 삼양궁의 힘을 이용할 것이오. 그럼 난 존재하는 그날까지 부궁주의 힘이 되어주겠소."

지금이야 과거지사가 되었지만, 얼마 전까지 명문으로 통한 당문과 육파일방의 한 축인 아미파까지 궁지로 몰았던 자였다. 목적을 위해 무엇이든 이용한다. 그건 자신을 이용하려한 흑양전을 역으로 이용한 그의 능력을 보면 알 수 있었다.

만일 북신마교가 중간에 끼지 않았다면, 분명 사천은 곡장음의 영향력 아래 들어갔을 것이다. 그 후 더 시간이 흘러 그 능력이 커지면, 그는 당당히 무림에 새로운 힘이 되었을 것이다.

"그런데 그는 왜 스스로를 쓸모없는 인간이 되었다고 하지? 또 미간에 서린 검은 기운. 중독이라도 되었단 말인가? 그보다 도대체 어떤 일을 당하면 사람이 저렇게 변할 수 있단 말인가? 지금 자신을 한없이 숙이는 저 모습에 과연 사천을 위협하던 청성파 장문인을 떠올릴 수 있단 말인가?"

소철상은 아직도 많은 부분이 이해가 가지 않았다. 그저 청성파를 멸문시킨 고경천에 대한 복수 때문이라고 생각하지만, 곡장음에겐 그 이상의 증오가 있었다.

그러나 그건 자신과 상관없는 부분이다. 어디까지나 둘의 관계는 신뢰로 연결된 관계가 아닌, 고경천이란 공동의 적을 없애야 하는 목적을 가진 관계. 둘의 관계는 그것이면 충분했다.

"그런데 과거 흑양전을 역으로 이용했다던 말만 듣고 곁에 두었거늘. 지금 보니 그는 말뿐이 아닌 진짜 그 이상이다. 어쩌면 책사가 부족한 삼양궁의 단점을 채워줄 수 있을지도. 이로서 난 마음 놓고 녹림을 상대할 수 있게 되었다."

소철상은 두 눈에 강한 신광을 내뿜었다. 이로서 그는 고경천과 북신마교에 대한 일은 신경을 떼고, 본격적으로 녹림을 상대로 한판 벌일 수 있게 되었다.

＊　　　＊　　　＊

형산의 어둠이 하나둘 걷혀 나가는 새벽.

산을 감싼 상수로 인해 이른 아침 형산 주위는 안개에 덮여 있었다. 모든 걸 모호함 속에 담은 안개. 그 안개에 가려져 형산의 윗자락 빼곤 모두 뿌연 세계에 파묻혔다.

그런데 지금 그 안개 속에 사람들의 말소리가 들렸다.

이런 짙은 안개가 낀 새벽에 뭐가 그리 바쁜지, 걷는 것조차 편치 않은 길을 경신술을 사용해 달려가고 있었다.

"정말 난 고 형에게 두 손 두 발 다 들었소. 어떻게 된 것이 멀쩡한 나보다 더 생생하오? 도대체 누가 지금의 고 형의 모습을 보고, 얼마 전 맨몸으로 장강수로맹주의 주먹을 받았다 하겠소?"

단우헌은 앓는 소리를 해댔다.

손괴량의 위치를 안 순간, 고경천은 미친 사람처럼 길을 재촉했다. 이미 기별까지 넣어두어 그들이 올 때까진 거처가 없다는 손괴량도 그곳에서 기다릴 것이다.

그런데 고경천은 그가 금방 떠나기라도 할까 봐 미친 사람처럼 길을 재촉했다. 말을 이용해도 쉽지 않은 길을 경신술을 이용해 나는 듯 달려왔다.

단우헌은 지금까지 무공을 배우고, 이렇게까지 경신술을 사용해 본 적이 없었다.

그러나 고경천이 어떤 자인지 깨달았기에 뭐라 말도 하지 못했다. 지금이라도 수틀리면 당장에라도 돌아갈 자가 고경천이다. 만일 그가 이대로 돌아가면, 애써 자신을 보내 고경천을 데려오려던 손괴량의 계획이 틀어지게 된다. 애초에 찾아가도 될 일을 이런 방법을 쓴 것은 천하의 시선이 사천과 고경천에게 너무 몰려서 아닌가?

그런데 그로 인해 단우헌만 죽을 맛이었다.

"급한 건 내가 아니고, 단 형 아니오? 그러니 말할 시간에 더 속도를 내시오."

지금도 고경천은 단우헌과 발을 맞추느라 제 속도를 다 내지 않았다. 그렇지 않았으면 그는 벌써 약속 장소인 축융봉에 도착했을 것이다.

하지만 그렇다고 단우헌의 맘이 고경천 같지는 않았다.

"아… 그래도 안 되겠소. 잠깐만 천천히 갑시다. 내 고 형에게 미리 할 말도 있고, 더 이상 갔다간 내 심장이 터져 그대로 비명횡사하겠소."

아마 이 모습을 하오총문의 사람들이 봤으면, 놀라도 한참은 더 놀랐을 것이다. 하오총문의 암찰 위치에 있는 단우헌은 늘 흔들림이 없는 사람이다. 그래서 젊은 나이에도 중책인 암찰의 일을 해내고 있었고, 또 그만한 능력도 있었다.

하지만 이 능력도 고경천이란 한 인간을 만나며 점점 바닥을 드러냈다. 천둔공자라 불릴 정도로 뛰어난 머리는 고경천의 막무가내에 제대로 써볼 수도 없고, 북두칠강에 들어갈 정도의 무력 갖곤 흡정마공을 익힌 고경천에겐 못 미쳐도 한참 못 미쳤다.

그래서인지 단우헌의 말속에 애타는 심정이 절절히 녹아 있어 고경천도 그를 따라 속도를 늦추었다.

"헉헉!"

단우헌은 멀써부터 숨을 급바하게 몰아쉬고 있었다. 그 모습이 타고난 둔한 외모와 어울리자 더 절실하게 가슴에 와 닿았다.

고경천도 할 수 없이 한마디를 했다.

"쉬는 것은 할 수 없소. 그러니 걸으면서 이야기합시다. 그동안 숨이 고르면 다시 갈 것이오.”

“……”

단우헌은 순간 울컥할 뻔했다. 정말 평소 심신 수양을 잘 닦아놓지 않았으면 화를 냈을 수도 있었다.

“좋소. 걸읍시다. 걸어! 설마 진짜 심장이 터져 죽기야 하겠소? 그러나 내가 고 형에게 긴히 할 이야기가 있으니, 이야기가 끝나기 전엔 절대 서두르란 말은 마시오.”

이번에는 어쩔 수 없는지라 고경천도 고개를 끄덕였다.

단우헌은 고경천이 동의하자 숨을 고르며 안개 속을 걸어갔다.

고경천도 그와 어깨를 나란히 해 걸음을 맞추었다.

둘은 본격적으로 양광을 뿌리는 태양으로 인해 조금씩 옅어지는 안개 속을 걸었다.

“음……”

쉽지 않은 이야긴지 단우헌은 쉽게 입을 열지 않았다. 일단 짧은 신음으로 시작한 단우헌의 이야기는 이렇게 시작되었다.

“총수께선 늘 이런 말씀을 하셨소. 앞으로 무림은 커다란 난세에 빠질 것이다. 그 난세는 무림사 최악이란 이십 년 전의 마경쟁탈전과는 비교되지 않을 정도로 최악의 결과를 초래할 것이다.”

“그 이야기는 전에 잠깐 언급하지 않았소? 앞으로 닥쳐올 저주는 세상을 온통 무로 만든다.”

“잊지 않았구려. 하지만 그 저주는 단순히 말로만 끝낼 수 있는 것이 아니오.”

“그래서 나를 찾은 것이오? 그렇지 않으면, 굳이 이 시기에 왜 나를 찾겠소? 설사 아니래도 분명 그 난세가 나와 연관이 있기에 나를 찾은 것이 아니오?”

고경천은 이제야 손괴량이 자신을 찾은 이유를 제대로 알 수 있었다.

“고 형은 생각보다 눈치가 빠른 거 같소.”

단우헌은 이미 모든 걸 파악한 고경천으로 인해 조금 심술을 부렸다.

“칭찬으로 들리지 않소만.”

“정말 고 형은 매사에 너무 부정적인 것이 아니오? 특히 총수와 연관된 일은 눈에 띄게 싫어하는 거 같은데. 왜 천하가 이인이라 존경하는 그분을 그렇게까지 싫어하는 것이오? 내 전에 듣기로 총수께서 과거 절망에 빠진 한 젊은이를 만나 길을 가르쳐 주었나 했소. 그런데도 왜 그분을 그렇게 싫어하는지 난 이해가 안 가오.”

단우헌이 말한 젊은이는 물론 고경천이다.

“길을 가르쳐 주었다고 했소? 그 망할 점쟁이 늙은이가 그리 말하오?”

고경천은 웬만하면 참으려 했으나 이 부분만은 어려웠다.

"그거야 사실이 그런 거 아니오? 내가 알기로 고 형은 무공을 잘못 익힌 후유증으로 주화입마에 빠졌었다 들었소. 그러다 총수를 만나 그 주화입마를 풀고, 더욱이 흡정마공이란 절대기학을 얻어 지금의 위치에 오르지 않았소?"

'빌어먹을!'

내심 욕설이 튀어나오려는 걸 억지로 눌렀다. 다시 생각해도 이것만큼은 도저히 참을 수 없었다.

"좋소. 당신은 나름 똑똑한 머리를 가졌으니 어떤 말이 옳은지 듣고 판단하시오. 분명 그 노인은 길을 가르쳐 주었소. 그런데 가르쳐 준 길을 가니, 곳곳에 산적과 맹수들이 기다렸다 물어뜯으려 덤벼들더구려. 자! 이런 경우라면 어떻게 해야 하겠소? 가르쳐 준 사람에게 고마워해야 하오? 아님, 그딴 길을 가르쳐 줬냐며 따져야 하겠소?"

"그거야……."

단우헌은 바보가 아니다. 그는 고경천이 한 말의 의미를 모르지 않았다.

"그게 바로 내 현재 기분이오. 그러니 나에게 왜냐고 묻지 마시오. 천하는 어떨지 몰라도 나에게 있어 그 노인은 존경하는 이인도 뭣도 아닌 엉뚱한 길을 가르쳐 준 망할 늙은이일 뿐이오. 도대체 천기도 집는다는 점쟁이가 왜 그 길에 맹수와 산적들이 우글거리는 건 모른단 말이오? 아니, 알고 있을 수도 있겠지. 요즘 들어 느끼는 것인데, 그 늙은이는 알면서 나를 떠민 것 같으니까.”

고경천은 손괴량이 눈앞에 있기라도 하는 듯 단우헌을 향해 열불을 토해냈다.

“흠흠.”

단우헌은 딱히 할 말이 없어 헛기침을 했다. 그가 손괴량도 아니고, 이건 상식적으로도 말이 안 되는 이야기였다. 도대체 천기가 무슨 잘 써진 안내서도 아니고.

천기는 말 그대로 천기.

그건 읽는 사람의 느낌에 따라 천차만별의 뜻이 나올 수 있었다. 그러니 정확히 이거다 저거다 정의를 내릴 수 없었다. 그저 동으로 가라, 가면 귀인을 만난다. 이 정도가 한계였다.

그렇다고 지금 분위기엔 대놓고 따질 수도 없어 더 이상 이야기를 하지 않았다.

“알겠소. 그건 넘어갑시다. 하나, 이거 하나만 알아두시오. 그분은 정말 존경을 받아 마땅한 분이오. 그렇지 않으면 괜히 정, 사를 떠나 천하 모든 무림인이 천하제일이인이라 부르며 그분을 경외하겠소?”

단우헌은 아쉬움에 말을 꺼냈지만, 다음에 이어지는 고성천의 말은 그것도 소용없게 만들었다.

“내 말을 한 적이 있는지 모르지만, 난 정도도 사도도 아닌 마도요. 그러니 나에게까지 존경받을 거란 생각은 꿈에도 하지 마시오.”

잠시지만 둘 사이에 어쩔 수 없는 침묵의 강이 흘렀다.

그러나 본래 목적은 이것이 아니기에 내심 불편한 마음을 누르고 단우헌은 다시 말을 꺼냈다.

“여하튼 내가 말하려던 것은 앞으로 다가올 난세요. 그 난세는 지금까지 있던 그 어떤 난세도 비교조차 안 되는 대흉사란 사실이오.”

이렇게 서두를 꺼낸 단우헌은 도대체 어떤 엄청난 이야기를 하려는지 표정이 변했다. 그건 손괴량에 대한 나쁜 이야기를 들을 때의 표정보다 더 어두웠다.

“지금까지 무림엔 수도 없이 많은 난세가 있었소. 가까운 시일 내엔 무림사 최고란 마경쟁탈전이 있었고, 예전엔 강남무림의 패자를 놓고 싸운 삼양궁과 삼음교의 충돌도 있었소. 그러나 앞으로 닥쳐올 난세는 지금까지의 혈사는 어린아이 수준으로 떨어뜨린다는 것이오. 난세의 정체는 바로 허무의 저주! 앞으로 다가올 난세를 총수는 허무의 저주라 불렀소.”

이젠 얼굴은 물론 말투까지 굳어 있었다.

“허무(虛無)?”

고경천의 얼굴이 한순간에 달라졌다.

잊으려야 잊을 수 없는 문구. 이 문구는 과거 흡정마공을 익힐 당시 환청이 그에게 경고처럼 남겨준 말이 아닌가? 환청이라 무시했어도 왠지 그 단어는 고경천의 뇌리에서 사라지지 않았었다.

"왜 그러시오? 들어본 적이 있소?"

"아니오. 계속하시오."

고경천은 이야기를 제대로 들어볼 필요가 있다고 느껴 단우헌을 재촉했다.

단우헌은 무언가 이상함을 느꼈지만 아직 할 말이 남았기에 일단 계속해서 이야기를 이어 나갔다.

"나도 자세한 이야기는 듣지 못했지만, 일단 허무의 저주가 나타나는 데는 징조가 있다 했소. 그것이 바로 혼돈! 혼란과는 다른 의미의 혼돈이 허무에 앞서 나타난다 했소. 여기서 짚고 넘어가야 할 것이 있소. 그건 혼돈은 혼란과 다르단 것이오. 혼란은 모든 것이 뒤죽박죽 섞여버린 것이지만, 혼돈은 그 섞임 속에서도 각각이 특징이 존재하는 걸 말하오. 마치 현재 정, 사가 함께 어우러져 난세로 흘러가지만 그 방향이 같은 곳을……."

단우헌은 계속해서 이야기를 하고 있었지만, 고경천은 그 말을 듣지 못했다.

"혼돈이 나타났을 때는 반드시 허무가 나타난다."

이 말이 과거 환청이 사라지며 마지막으로 남겨준 말이

다. 그때와 다른 것은 혼돈이 주가 아닌 허무가 주란 정도였
다.

어차피 그 말이 그 말이지만, 의미는 조금 달라질 수 있었
다.

"고 형! 고 형!"

"……?"

"말을 듣고 있소?"

단우헌은 고경천이 다른 생각에 빠진 거 같아 잠시 말을 멈
추었다.

"듣고 있소."

"내 아까도 느꼈지만, 고 형은 무언가 알고 있는 거 같소.
그렇지 않으면, 이런 이야기에 이런 식의 반응은 나타날 수
없소. 나도 이 이야기를 처음 들있을 때는 총수의 말이라도
황당함을 먼저 맛보았소. 그런데 고 형은 황당함이 아니라 심
각함을 먼저 느끼는 거 같소."

"아니오."

고경천은 여전히 한 마디로 잘라 말했다. 어디까지나 환청
은 환청, 환청이 말해줬다 이야기할 수는 없었다.

그러나 단우헌은 눈치가 없는 사람이 아니다. 그는 고경천
의 표정에서 확신에 가까운 무언가를 느꼈다. 그 표정은 마치
손괴량이 고경천을 선택한 이유라고 알려주는 듯했다. 그래
서 그 부분은 더 이상 언급하지 않았다. 대신 자기가 했던 말

을 다시 한 번 반복해서 들려주었다.

"그럼 다시 한 번 말해주겠소. 현재 무림에 퍼져 가는 난세는 혼란이 아닌 혼돈이라 할 수 있소. 그 이유는 전 무림이 엉망으로 얽혀 있는 듯하지만, 그 방향이 한곳으로 흐르기 때문이오. 바로 고 형! 현재의 혼란은 모두 고 형에게로 향하고 있소."

단우헌의 손이 고경천을 가리켰다.

"음."

"비록 그들이 하나로 손을 잡지 않았다 해도 고 형이 사라지지 않는 한, 천하의 모든 화살은 고 형과 북신마교로 향할 것이오. 그 뒤에 오는 것은……."

"남겨진 그들의 싸움을 통해 모든 것이 무로 돌아간다는 것이오?"

"후후. 그렇게 생각할 수 있지만, 그건 아니오. 내 지금까시 소문으로 듣고, 직접 눈으로 느낀 고 형은 웬만한 시련으로는 어쩔 수 없는 사람이란 걸 알았소. 거기다 내 언급했다시피 그들은 웬만해서 손을 잡시는 앓을 것이오. 결국 다수 대 하나로 싸워도 싸우는 것은 돌아가면서 싸우는 차륜전이나 마찬가지오. 그것도 상대에게 득을 주지 않으려 눈치보는 차륜전 말이오. 그러면 결국 누가 더 끈질기냐의 문제인데, 내가 볼 때, 고 형과 북신마교는 그렇게 호락호락하지 않소. 그럼 나머지 문파들의 싸움은 생각처럼 쉽게 벌어지지 않을 것이오."

"그 말은 제삼의 세력을 염두에 둔다는 말이오?"

"그건 내가 말할 부분이 아니오. 어디까지나 진실에 가장 근접한 사람은 총수시고, 총수만이 모든 걸 알고 있다 해도 과언이 아니오. 내가 추가로 말해줄 수 있는 것은 혼돈은 단지 무림의 혼돈만이 아니란 사실이오. 여기서 혼돈은 혼돈을 뜻하는 무학. 바로 흡정마공과도 관계가 있다 할 수 있소."

"흡정마공? 그럼 흡정마공의 또 다른 의미인 초유의 파괴자가 그런 뜻이오?"

고경천의 머릿속에 과거 추일학이 언급한 그 의미가 떠올랐다.

"하하하. 그건 더더욱 아니오. 여기엔 무림의 숨겨진 하나의 비사가 더해지는데, 내가 지금까지 한 이야기도 그걸 위한 것이오. 본래 흡정마공은 혼돈신공이란 본래 이름 하나뿐이오. 그것이 세월이 흘러 흡정마공이란 듣기 싫은 이름으로 변했지만, 고 형도 잘 알고 있지 않소? 흡정마공은 마공과 거리가 멀다는 걸. 분명 기존 무공의 천적이라 할 수 있다 해도 마공이 갖는 특징인 시전자를 마인으로 만들지 않소. 그렇게 되었다면, 이미 고 형은 이성을 잃고 무림을 쑥대밭으로 만드는 한 명의 광인이 되어 있을 거 아니오? 그런데 지금 어떻소? 고 형은 살인에 미친 광인이오? 그렇소?"

“......”

처음이었다. 흡정마공을 이런 식으로 말해주는 사람은 단연코 지금까지 단우헌이 처음이었다. 고경천으로선 그 말에 기쁨을 느껴야 했다. 누구나 그를 마왕이라도 되는 것처럼 말했지만, 그는 지금까지 신념에 의거해 이성적으로 모든 것을 해오지 않았는가?

“당신 도대체 정체가 뭐요? 아니, 이 모든 걸 알고 있다는 천기신옹은 도대체 어떤 자이오?”

고경천은 음성이 딱딱하게 굳어 있었다.

“하하하. 이제야 총수의 능력을 인정하는구려. 그렇게 망할 늙은이라 하더니 이제야 그분이 왜 천하제일이인이라 불리는지 깨달았소?”

웃으며 말했지만, 그 음성엔 비웃음은 담겨 있지 않았다. 오히려 이제라도 깨달았다는 사실이 단우헌은 정말 기쁘다는 투였다.

“그건 조금 후면 알게 될 것이오. 그리고 신공이 왜 마공으로 바뀌게 되었는지, 그 진짜 이유를 알게 될 것이오. 원래 내가 말해주려 했는데, 고 형의 표정을 보니 그 몫은 총수께 넘겨야 하겠소. 그래야 고 형이 신옹의 대단함을 알지 않겠소? 그럼 먼저 가리다.”

단우헌은 고경천이 계속해 물어볼까 언제 헐떡거렸냐는 듯 잽싸게 형산을 향해 몸을 날렸다.

이미 안개는 두 사람이 이야기하는 동안 쏟아져 내리는 양광에 다 스러졌다. 이젠 형산이 바로 코앞에 있는 것처럼 그 거대한 모습을 당당히 드러냈다. 남악이라 칭해지며, 오악 중 가장 긴 산세를 자랑하는 형산은 웅장함을 유감없이 자랑했다.

고경천은 단우헌의 신형을 포근히 감싸는 형산의 모습을 지켜보았다. 정말 저 거대한 산에 오르는 인간처럼 아직 그의 존재는 작기만 했다.

'잘난 척했어도 결국 또 그 늙은이에게 기대야 하는가?

자신의 운명은 스스로 개척한다 큰소리 쳤는데, 결국 손오공 부처님 손바닥 안이나 마찬가지였다.

'아니다. 사부님은 운명의 족쇄는 인간의 마음이 만드는 것이라 하지 않았는가? 내 스스로 먼저 채울 필요는 없다. 난 단지 모를 뿐이고, 그는 나보다 더 알 뿐이다. 이제 나도 그걸 알 수 있다면, 지금보다 더욱 당당히 운명에 맞설 수 있다.'

고경천은 흔들리는 마음을 다 잡고, 길게 심호흡을 들이켰다.

"우우우우."

심호흡은 곧 기다란 창룡의 장소성이 되었다. 그의 모습도 곧 단우헌을 따라 형산의 거대한 그림자로 사라졌다.

"우우우우."

"이제야 나타나는군."

손괴량은 형산을 울리는 기다란 메아리를 들었다.

나머지 노인들도 그 메아리를 듣고, 하나둘 누운 자리에서 몸을 일으켰다.

그들은 각기 오색 채의에 용두괴장을 짚은 노파와 염소수염을 기른 허리가 구불고 팔이 긴 노인, 검은색 무복에 날카로운 예기를 뿌리는 노인. 다 해진 마의에 저울을 들고 생김새는 염소수염 노인보다 더 볼품없는 노인. 마지막으로 이 중에서 제일 모양새가 그럴듯한 청색 유삼을 걸친 모습이었다.

"아이구, 뼈마디 삭신이야. 망할 놈들. 빨리 올 것이지. 늙은이를 이런 산속에 처박아도 되는 거야?"

염소수염의 노인이 앓는 소리를 했다.

"이 영감탱아, 말은 똑바로 해. 처박히긴 누가 처박혀. 우리가 그 아이를 이곳으로 부른 거잖아."

"거참, 성격 이상한 할망구네. 난 혼잣말도 못하나?"

"뭐, 뭐 성격이 이상해? 이 망할 영감탱아. 성격은 네놈이 더 이상하잖아."

"뭐, 뭐야?"

염소수염 노인도 더 이상 참을 수 없다는 듯, 이번만큼은 채의노파에게 성질을 부렸다.

"어쭈 노려보지. 내 저 눈깔을 그냥!"

채의노파는 들고 있는 용두괴장으로 당장 염소수염의 노인에게 무식하게 휘두를 참이었다.

"쯧쯧. 저 둘은 언제 철들꼬?"

청의 유삼노인이 그런 둘을 보며 혀를 찼다.

"저 둘이 철을 들어? 차라리 내가 돈방석을 버리는 게 더 빠르겠다."

"이번만큼은 수전노가 처음으로 말 되는 소리를 하는구나."

저울을 들고 있는 노인의 말에 흑색무복의 노인이 맞장구를 쳤다.

그리고 그들의 그런 말은 툭탁거리는 두 사람이 다 들었다는듯, 둘의 시선이 동시에 세 명에게로 향했다.

"이것들이 먼저 죽고 잡구나?"

우둑. 우두둑.

"이번 기회에 내 밉살 맞은 저 세 영감탱이부터 족친다."

붕붕.

염소수염 노인과 채의노파는 각기 손과 용두괴장을 휘두르며 당장이라도 세 명에게 덤빌 기세였다.

"그만!"

손괴량이 그 둘의 발작을 미리 막았다. 그의 백안엔 평소와 달리 더 무거운 기운이 깔렸다.

"우리가 그동안 그렇게 막으려 노력한 초유의 난세가 목전

일세. 그걸 막으려 우리는 근 일 갑자를 고생하며 살아오지 않았는가? 그런데도 아직 이러면 어쩌자는 것인가? 자네들은 지금 이 순간도 위험에 있을 그를 잊었는가? 그는 지금……."

뒷말은 다 이어지지 않았다. 그러나 그러했기에 그 의미는 더욱 나머지 노인들의 가슴 깊이 파고들었다.

"죄송합니다."

염소수염 노인이 먼저 잘못을 시인했다.

"죄송해요, 총수."

채의노파도 얌전한 새색시처럼 기세가 누그러졌다.

"총수, 저희는 한 번도 그 뜻을 잊지 않았습니다. 사실 저들이 저러는 것도 그 사실을 더 잘 알기에 일부러 저러는 거 아니겠습니까? 천하 대의를 위해 스스로 굴욕의 길을 걷는 그의 심정을 잘 알기에 이렇듯 편안한 생활을 즐기는 스스로를 용서할 수 없는 것입니다."

"나는 총수의 그 큰 뜻을 알고부터 지금까지 악착같이 돈을 모으고 있습니다. 모두들 삼류라 무시하는 우리를 위해 애쓴 총수를 위해 내 일 갑자 동안 모은 돈을 전부 사용해서라도 큰 힘이 될 것입니다."

"제 검도 그날을 위해 아직 피를 묻히지 않고 있습니다."

나머지 세 노인도 두 노인을 따라 입을 열었다.

손괴량은 백안으로 나머지 다섯 노인을 바라보았다. 일 갑자를 함께 한 친구들이며 동료들. 하나, 시간의 흐름 속에 그들은 호호백발이 되어 있었다.

"그 마음이면 되었네. 우리가 음지에서 몸을 드러내지 않은 이유. 그 이유만 잊지 않으면 되는 걸세. 이미 천기는 예정대로 흐르고 있네. 난세를 위한 난세는 펼쳐졌고, 그 난세의 열쇠가 되는 아이는 지금 이곳으로 오고 있네. 그 후에 남은 것은 혼돈을 이은 그 아이와 허무를 받은 자. 이 둘이 부딪칠 무대만 만들어주면 되네. 물론 우리는 북신의 정기를 받은 아이가 이기게 하기 위해 노력해야 하고. 내 말뜻을 알겠는가?"

"예."

더 이상 노인들에게 흐트러진 모습은 남아 있지 않았다. 그들이 짊어진 큰 뜻에 맞는 강한 기운을 전신에서 뿜어댔다.

"이제 곧 일세. 그 아이는 우리 앞에 당당히 모습을 보일 걸세."

손괴량의 백안이 태사의를 닮은 바위의 전방을 바라보았다.

모두의 시선도 자연스레 그곳을 향했다.

얼마 있지 않아 지면을 박차는 발자국 소리가 노인들의 귀에도 들렸다. 힘있게 지면을 박차고 날아오는 발자국 소리는 순식간에 그들의 시야를 가린 나무 지척까지 다가왔다.

촤악.

무성한 나뭇잎을 뚫고 한 인영이 허공으로 솟구쳤다.

고경천은 단우헌을 따라잡아 제일 먼저 축융봉 정상에 몸을 띄웠다. 목적지가 지척임을 알고는 그는 더 이상 단우헌을 신경 쓰지 않았다.

허공에서 고경천은 아래를 내려다보았다. 제일 먼저 눈에 들어오는 사람은 그에게 있어 빛과 어둠을 동시에 보여준 일인. 여전히 신비한 백안에 추레한 몰골을 하고 있는 손괴량이었다.

'천기신옹 손괴량.'

고경천은 그 이름을 떠올리는 순간, 허공에서 몸을 틀어 가볍게 땅에 내려섰다.

한 명의 젊은이와 세수 백세를 넘기거나 바라보는 여섯 명의 노인.

천하는 그들에게 북신마왕과 주작칠수란 명호를 주었다.

"솔직히 반갑지만은 않은 얼굴이오."

인사치곤 굉장히 건방진 인사가 고경천의 입에서 튀어나왔다.

그 한마디에 노인들의 얼굴이 금방이라도 터질 듯 붉게 물들었다.

그러나 손괴량은 오히려 그 한마디에 너털웃음을 터뜨렸다.

"허허허. 확실히 달라졌군. 달라졌어. 그 당시엔 금방 하늘이라도 무너질까 울상인 얼굴이 이제는 그 하늘을 당당히 마

주 볼 얼굴로 변했으니, 그래 내 점괘대로 하니까 빛이 보이
던가?"

으득.

고경천은 자신도 모르게 어금니를 깨물었다.

'빛은 무슨 얼어죽을 빛. 졸지에 비명횡사할 뻔한 적이 몇
번인데.'

이 한마디가 목구멍에서 튀어나가려 발버둥쳤다. 하나, 지
금 이 자리는 자신에게도 필요한 자리라 억지로 다시 밑바닥
으로 돌려보냈다.

"난 옛이야기나 나누러 이곳에 온 것이 아니오. 날 이곳까
지 부른 이유! 그걸 듣기 위해 왔소. 그러니 피차 사설은 빼고
본론으로 들어갑시다. 알다시피 난 도처에서 날 죽이려 덤비
는 자들로 인해 이렇게 한가히 시간을 보낼 수 없소."

"정말 듣자 듣자 하니까 건방이 하늘을 찌르는구나. 도대
체 네놈은 경로 우대, 아니, 까마득한 선배에 대한 예의도 모
르느냐?"

카랑카랑한 노파의 목소리가 산정을 울렸다.

그제야 고경천은 손괴량 이외의 자들을 바라볼 수 있었다.

'저들이 주작칠수인가?'

고경천의 눈엔 그들이 다 금방이라도 무덤에 들어갈 노인
이니 마니 이런 것은 관심 밖이었다.

일곱에서 하나 빠진 여섯. 비밀 업무를 하고 있단 하나를

제외한 나머지가 이 자리에 모여 있는 것이다.

"예의라 하면 나야말로 할 이야기가 많소. 사람을 부르는데 시험을 하니 마니 하는 것은 도대체 어느 나라 예의요? 지금의 난 그 일에 대해 언급하지 않은 것도 예의거늘. 나에게 예의없다 하시오? 그리고 아직 우리의 사이는 적이 될지 동지가 될지 규정되지 않았소. 이 상황에 경로우대를 따지시오?"

"뭐… 뭐야?!"

쾅!

채의노파의 용두괴장이 반이나 땅속으로 박혀 들었다. 바닥이 주로 암석인 것을 봤을 때 나이에 비해 대단한 능력이었다.

"그것이 나를 부른 이유라 생각해도 좋소? 싸움이 나를 부른 이유라면, 난 피할 생각이 없소. 천하가 적인 지금, 주작칠수가 거기 포함된다고 해도 상관없소!"

고경천의 두 눈과 전신에서 강한 기운이 일었다. 이젠 내공의 수발이 거의 마음먹은 대로 되었다. 그동안의 싸움이 그의 내공을 완전히 자기 것으로 만드는 기회를 만들어주었다.

기운은 빠르게 주변을 잠식하며 거미줄치럼 정상에 자리한 여섯 노인의 온몸을 조여갔다. 지금 고경천의 능력은 무당산에서 청룡칠수의 다섯을 상대할 때보다도 더 일취월장한 상태다. 흡정수로 수백 명의 공격을 받아내다 보니, 그러며 쌓인 내공도 만만치 않았다. 하지만 사람의 기도는 경험을 통해 더욱 갈고닦여지는 것이다. 고경천은 잘 모르지만, 수많은 시련을 통해 그는 점점 거대하게 변해가고 있었다.

지금 주작칠수의 얼굴을 굳게 만든 것도 그런 부분이다. 그들은 도무지 어린아이라 볼 수 없는 고경천의 기세에 자신도 모르게 눌린 것이다.

"그동안 흡정을 통해 확실히 많은 내공을 모았나 보군. 결국 남의 것을 도둑질한 기운으로 늙은이들을 핍박하겠다는 것인가?"

손괴량의 음성은 크지 않았다. 그러나 그의 말은 고경천의 귀에 비수처럼 강하게 박혀 들었다.

"음."

고경천이 빠르게 기세를 거둬들이자 노인들은 그제야 무거운 신음을 토해냈다. 잠시라 해도 상대의 기세에 옴짝달싹 하지 못한 것이 마음을 무섭게 만들었다.

"이… 이런 우라질 경우가."

채의노파는 발작과 같은 한마디를 신음에 보탰다. 그래도 더 이상 싸울 마음이 없는지 고경천을 향해 덤벼들지 않았다.

이로서 그들은 고경천의 존재에 대해 확실히 알 수 있었다. 현 무림을 시끄럽게 하는 흡정마공의 주인. 그는 그들의 예상을 뛰어넘는 능력을 갖고 있었다.

"허허. 말귀를 금방 알아듣는 걸 보니, 정신까지 흡정마공의 마성에 빠져들지 않았군."

손괴량은 계속해서 이어지는 한마디를 던졌다.

"흡정마공에 마성 따윈 없소."

상대의 한마디에 흔들려서인가? 고경천의 음성이 더욱 차게 가라앉았다.

"정말 없다고 생각하나?"

"그건 점쟁이 노인장이 더 잘 알고 있지 않소?"

"그래. 그건 누구보다 이 늙은 점쟁이가 잘 알고 있지. 하지만 그건 눈에 보이는 마성에 대한 부분이고, 누가 뭐래도 흡정마공엔 보이지 않는 마성이 있네. 그게 무엇인지 아는가?"

손괴량의 음성은 처음 고경천에게 점괘를 알려줬을 때처럼 신비하게 변해 있었다.

"같은 말 하게 하는데, 흡정마공에 마성 따위는 애초부터 없소. 만일 있었다면 이미 노인장은 산 사람이 아닐 것이오."

"허허허. 이 점쟁이야 거의 죽을 날만 보고 있으니 산 사람이 아니지. 그보다 자넨 무의식중에 그걸 조절했는지 모르지만, 흡정마공엔 보이지 않는 마성이 엄연히 존재하네. 바로 욕망! 인간이 가진 가장 추악한 심성인 욕망이란 놈이 흡정마공의 보이지 않는 마성으로 자리 잡고 있는 것이네."

"……."

전처럼 고경천의 마음을 옭아매는 음성에 다른 말을 할 수 없었다.

“자네 지금까지 몇 명의 내공을 빨아들였냐? 수십, 수백, 아님 수천?”

“난 지금까지 함부로 흡정마공을 사용하지 않았소. 오직 내 신념에 의해 또는 목숨이 달린 극악한 상황이 아니면, 난 함부로 흡정마공을 사용하지 않소.”

“그래. 그게 바로 무의식적으로 마성에 대항하게 만든 힘일세. 알다시피 흡정마공은 막을 수 있는 무공이 없다할 정도로 모든 무공의 천적일세. 그러기에 시전자가 어떤 마음을 먹냐에 따라 그 결과가 천차만별이네. 예를 들어 쉽게 강해질 수 있다는 욕망에 사로잡힌다면, 그자는 과연 흡정마공을 어떤 식으로 이용하겠는가?”

그제야 고경천은 손괴량의 말을 확실히 깨달을 수 있었다.

흡정마공엔 능히 한순간에 강해질 수 있는 비결이 담겨 있었다. 그건 자신이 어떻게 강해졌나를 반추해 보면, 그 답은 금방 나온다. 함부로 사용하지 않았다 해도 흡정마공을 사용한 것은 엄연한 사실. 그로 인해 자신의 몸속엔 어느 정도의 내공이 잠재되어 있는지 알 수 없었다. 한 사람의 인간이 평생 좌선으로도 얻을 수 없는 능력을 그는 몇 달 만에 이뤄냈다. 물론 단전이 갖고 있는 한계란 것이 있지만, 평생 좌선을 해야 하는 일에 비하면 그건 일도 아니었다.

“이제라도 그 의미를 알게 되었으면 되었네. 어디까지나 보이지 않는 마성은 인간의 본성이라 오욕칠정을 벗을 수 없는 인간의 굴레로선 어쩔 수 없네. 단지 함부로 하지 않는 그 마음만 있다면, 흡정마공은 반드시 본래 갖고 있는 신공으로 바뀔 걸세. 물론 그 일은 자네에게 달린 것이고.”

손괴량이 이렇게 이야기를 마무리 지을 때, 그제야 축융봉 정상에 새로운 사람이 나타났다.

빠르게 장내에 나타난 사람은 나타나기 무섭게 공경의 예를 취했다.

“암찰 단우헌이 하오총사와 오대봉공께 인사 올립니다. 제가 조금 늦어 데려오기로 한 사람이 먼저 출발…….”

단우헌은 여기서 말을 멈추었다. 무거운 얼굴을 하고 있는 오대봉공과 말이 없는 고경천. 신비로운 미소를 짓고 있는 손괴량을 보니 벌써 무슨 일이 벌어지고, 그 일까지 마무리된 듯 보였다.

“그래. 저 아이를 예까지 데려오느라 네가 애를 많이 썼겠구나. 수고했느니라.”

“저는 그저 할 일을…….”

왠지 손괴량의 그 한마디에 단우헌은 가슴이 북받쳐 올랐다. 고경천과 함께한 며칠은 그에게 있어 절대 잊을 수 없는 나날이다. 그런 그를 결국 손괴량과 만나게 했으니, 그로선 나름 뿌듯함을 느꼈다.

“그보다 잠시 자리를 비켜주겠나? 내 긴히 이 아이와 할 이야기가 있으니, 나머지 이야기는 그 후에 하세나.”

손괴량은 나머지 인물들에게 이런 말을 꺼냈다.

"알겠습니다. 백문이 불여일견이라고. 저흰 이미 마음의 결정을 내렸습니다. 그러니 나머지는 대형의 뜻대로 하십시오."

"흘흘. 그럼 난 주안상이라도 준비해야겠군."

"그보다, 이놈아. 저런 건방진 놈을 예까지 데려오느라 정말 고생이 많았겠구나."

"말하자면 깁니다."

"클클. 그래 우리는 그동안 그 이야기나 듣자꾸나."

노인들은 한마디씩 하며 축융봉 아래로 내려가기 시작했다.

단우헌은 그 뒤를 따르기 전, 잠시 남겨진 두 사람을 바라보았다. 올라오자마자 내려가는 것이 그럴 만도 하겠지만, 그의 발걸음을 잡는 것은 과연 저들이 무슨 이야기를 하는가였다.

"하늘을 아는 자와 하늘마저 어쩔 수 없는 자라. 과연 이 둘의 만남이 앞으로 무림에 어떻게 작용할 것인가?"

예상이 되지 않는 것은 아니지만, 그 예상이 맞다고도 할 수 없었다. 그건 그가 둘을 보며 이미 충분히 깨달은 것이고, 자신은 향후 행해질 일에 최선을 다하면 되었다.

단우헌마저 떠나가자 장내엔 사람이 없는 듯 무거운 침묵에 빠졌다.

第六章

뒤바뀐 마공과 신공

질문을 가진 자와 답을 가진 자. 둘은 상대가 먼저 이야기를 꺼내길 기다리는지 쉽게 입을 열지 않았다.

그러나 언제나 그렇듯 늘 참기 힘든 것은 질문을 가진 자였다.

"내 오는 내내 든 생각이지만, 도대체 어디까지 내 운명에 대해 알고 있는 것이오. 아니, 그 운명이란 것을 당신이 조종한 것이오?"

"허허허."

손괴량은 웃었다. 이렇게 생각할 줄은 몰랐다는 듯 즐거운 웃음을 터뜨렸다.

"난 심각하오!"

"그렇지 사람들은 늘 자신의 운명에 관계된 것이라 하면 심각하게 변하곤 하지. 하나, 어차피 알 수 없는 게 운명 아닌가? 그런 것에 심각해 봐야 무슨 도움이 된다고 그러는가?"

"그거야 몰랐을 때 이야기고, 당신은 내 운명을 알기에 날 그 길로 인도한 것 아니오?"

"일단 앉아서 이야기하세. 단 몇 마디 말로 할 수 있는 이야기가 아니니까."

손괴량은 그렇게 말하며 널찍한 바위로 걸음을 옮겼다. 그 바위는 태사의의 평평한 면에 해당하는 부분으로 손괴량은 거기에 자리 잡자 품에서 하나의 잔과 술병, 점쟁이의 필수 도구인 산통을 꺼냈다.

고경천은 옛날 일이 떠올라 잠시 미간을 찌푸렸다. 그때처럼 술 한잔과 산통을 꺼내놓는 손괴량이 자신을 부르고 있었다. 고경천은 일단 그 앞에 앉았다.

"자, 난 한 잔이면 족하니 나머지는 자네가 마시게."

손괴량은 나머지 술병을 고경천에게 내밀었다.

고경천은 가슴이 활활 타올라 거칠게 술을 들이켰다.

벌컥. 벌컥.

"허허. 내 전에도 말했지만, 술은 그렇게 마시는 게 아니래두 그러는구만. 술은 심신이 즐거워지려 마시는 걸세. 울적해지려면 뭐 하러 마시려는가? 육신이 어지러우면 의원을 찾으면 되고, 마음의 혼란함은 시간이 알아서 해결해 준다고 하지 않았는가?"

탁.

고경천은 마시던 술병을 바닥에 내려놓았다.

"이제 그 말은 내게 안 먹히오. 내 그랬다 노인장의 말에 혹해 이날 이때까지 어떤 고생을 한 줄 아시오? 특히 성월여 그 망할 계집을 만나 평생 잊지 못할 끔찍한 추억까지 안게 되었소. 도대체 왜 그때 성월여를 쫓아가라 한 것이오? 그 덕에 두 눈 멀쩡히 뜨고 칼까지 맞을 뻔했는데."

다시 옛일이 떠올라 술을 벌컥벌컥 들이켰다.

"허허허. 그 덕에 그 계집 같은 몸에서 벗어나지 않았는가? 본시 운이 약한 자는 운이 강한 자를 곁에 두어 그 운을 보충한다고 하네. 물론 그 아이가 자네와 인연의 실이 이어진 것은 맞으나, 그 아이 자체만으로도 자네에게 강할 운을 줄 관상이었어."

"운? 지금 운이라고 했소? 도대체 그 계집을 만나 내가 얼마나 불운한 길을 걸었는지 아시오? 팔자에도 없는 색마 딱지까지 붙어 그 계십의 사부라는 미친 비구니는 나만 보면 잡아먹지 못해 안달이오. 뭐 지금에야 그 이유 아니라도 잡아먹을 이유는 많지만, 여하튼 그 계집은 내 인생에 가장 커다란 불운이오."

"허허허. 여하튼 그 아이에게 잘해주게. 그 아이는 자네를 만나 만월에서 신월로 운명이 바뀌었네. 그래서 본 팔자에 없는 원치 않는 시련에 많이 봉착할 것일세. 그때는 운을 받은 자네가 그 아이를 잘 돌봐주게."

"일없소. 난 앞으로 그 계집의 면상도 보지 않을 생각이오."

"그건 시간이 알려줄 테니 알아서 하게. 연(緣)은 반드시 인(因)에서 시작되고, 인간사 인과의 율에서 벗어날 수 없는 것이네. 그건 마공에서 다시 신공으로 돌아가야 하는 흡정마공도 마찬가지일세."

손괴량이 본격적인 이야기를 꺼내는 듯하자 고경천은 더 이상 다른 생각을 하지 않았다. 다음에 이어질 말을 기다리며 손괴량을 얼굴을 묵묵히 바라보았다.

손괴량은 일단 버릇처럼 한 잔의 술로 입술을 조금 적셨다. 그리고 그 맛을 음미하듯 눈을 감으며 말을 이어 나갔다.

"본시 흡정마공은 그 이름이 아닌 다른 이름으로 불렸네. 그 이름은 바로 혼돈신공. 하지만 그에 필적하는 하나의 마공이 태어나며 신공은 마공으로 바뀌게 되고, 마공은 모습을 감추었네. 그 마공의 이름은 흡혈마공. 그 마공은……"

혼돈의 마공 흡정마공. 실은 그 무공의 본래 이름은 흡정마공이 아닌 혼돈신공(混沌神功)이었다. 그 이름이 중간에 본래의 위력만 크게 부풀려져 흡정마공으로 바뀌었다.

진짜 마공은 역사 속에 모습을 감춰 버린 흡혈마공(吸血

魔功).

　이 흡혈마공이야말로 진짜 저주받은 무공이라 불려야 마땅했다. 그런데 이 흡혈마공도 흡정마공처럼 다른 이름을 갖고 있었다. 그 이름은 허무마공(虛無魔功). 이 이름이 흡혈마공의 본래 이름이었다.

　허무마공은 혼돈신공처럼 대상의 모든 것을 빨아들인다는 비슷한 위력을 갖고 있었다. 단지 다른 것은 혼돈신공은 상대의 정기만 빨아들이지만, 허무마공은 정기는 물론, 정혈까지 빨아들여 껍데기만 남겨놓는다는 것이다.

　그런데 이 두 무공은 각각 다른 특징도 있었다.

　"혼돈신공은 말 그대로 혼돈의 무학이라 갖고 있는 내공의 종류에 따라 어떤 무학으로도 시전이 가능하네. 그 위력은 사공을 얻으면 사공이 되고, 정공을 얻으면 정공이 되네. 심지어 독공을 얻으면 독공이 되기까지 다양한 무학으로 태어날 수 있다는 것일세. 그와 반대로 허무마공은 그런 변화는 없네. 있는 것이라곤 시전자를 불사의 존재로 만들어 버린다는 위력과 허무마공에 당한 자를 꼭두각시로 만든다는 것일세."

　"꼭두각시?"

　"그렇네. 허무마공의 저주란 것이 사실 이 부분일세. 이는 상대의 능력을 뺏는 것은 물론, 그 사람의 인생까지 빼앗아 버리는 결과를 낳게 되네. 생각해 보게. 꼭두각시로 태어난 자가 마인이라면 상관없지만, 협사라면 어떻게 되겠는가? 하루아침에 협사에서 마인이 된 그를 보며 사람들이 그의 과거를 기억하겠는가? 아닐세. 그는 육신은 물론 정신까지 유린되어 결국 남는 것은 허무밖에 없네. 그래서 이 마공이 허무마공이라 불리는 것일세."

여기까지 말하던 손괴량은 점점 변해가는 고경천의 표정으로 인해 잠시 말을 멈추었다.

고경천은 지금은 미간을 찌푸리고 있었다. 그는 들으면 들을수록 황당함을 느끼고 있었다. 도대체 이런 거짓말 같은 이야기를 누가 믿겠는가? 그건 흡정마공을 익히고 있는 고경천도 쉽게 믿을 수 없었다.

하지만 고경천이니 이 정도였지 만일 다른 자였다면 손괴량을 보고 노망났다 한 소리를 해댔을 것이다.

"허허허. 믿기지 않은가?"

"물론이오. 도대체 이런 황당한 이야기를 누가 믿겠소?"

"자넨 그중에서 하나인 혼돈신공을 익히고 있지 않은가?"

"헷갈리니 혼돈신공이라 하지 말고, 흡정마공이라 하시오. 거기다 분명 흡정마공 자체도 말이 안 되는 부분이 있소. 애당초 나는 흡정마공을 책이 아닌 이상한 귀면상을 통해 얻었으니까. 그렇다 해도 너무 황당하지 않소?"

"그럼. 하나 더 이야기해 주지. 본래 흡정마공에겐 전설 같은 이야기가 따라붙네. 그건 그 옛날 한 선인이 등선에 앞서 한 마귀를 석상에 봉인하면서 시작되네. 그러면서 그 봉인물로 흡정마공을 남겨두고."

"그 이야긴……."

"들어본 적이 있는가?"

"있소. 과거 추 서생이 흡정마공을 이야기하며 그런 이야기를 들려주었소."

"그래. 그라면 알 만하지. 그의 사문의 과거를 거스르면 응당 그 선인과 연이 닿아 있으니 말일세."

"뭐요? 추 서생의 사문이 그 선인이란 말이오?"

"그의 사문은 물론, 삼양궁의 뿌리도 거슬러 오르면 그 선인 밑에 하나로 모이네. 본시 삼양과 삼음은 육합을 이루는 구성원. 그 뜻을 쫓는 삼양궁과 삼음교라면 그 옛날 육합선인이라 불리던 한 선인과 연결되지 않겠는가? 육합선인은……."

그러며 현재에 와선 그 누구도 기억하지 않는 옛날이야기를 들려주었다.

육합선인이란 선인이 활동했던 때는 지금에 와선 언제인지 알 수 없있다. 그저 까마득한 태고적, 육합선인이란 선인은 육합의 도리를 쫓으며 등선을 이루려 했다.

그런데 그가 육합의 도를 거의 깨달아 등선을 앞두기 전, 지옥에서 거슬러 온 한 마귀가 인세를 어지럽히고 있었다. 그 마귀는 인간의 생혈을 주식으로 삼으며 생혈이 빨린 인간들을 꼭두각시로 삼았다. 인세는 점점 걷잡을 수 없는 지옥으로 바뀌어갔다.

결국 육합선인은 등선을 미루고, 마귀를 잡으려 몸소 움직였다. 그리고 치열한 사투 끝에 마귀를 한 옥상에 봉인시켰지만, 육합선인은 그 결과 모든 도력을 잃어 등선을 못하게 되었다.

"그래서 육합선인은 자신이 깨달은 것을 제자를 구해 전수하게 되었네. 그저 봉인만 하게 된 마귀가 그가 사라지고 봉인을 풀고 나와 다시 인세를 어지럽힐까 그 대비책을 세운 것이라 할 수 있지. 하나, 아쉽게도 육합선인처럼 그의 제자들은 육합의 도를 한 몸에 담지 못했네. 그나마 삼양과 삼음으로 나뉘어져 전승된 그 능력은 현재에 와서 삼양궁과 삼음교에 이어진 것일세."

"……."

고경천은 잠시 할 말을 잃었다. 아니, 기가 막혀서 말을 할 수가 없었다. 만일 상대가 손괴량이 아니었으면, 그는 벌써 성질을 부려도 한참 부렸을 것이다.

"믿어지지 않는가?"

"지금 나보고 그 말을 믿으라는 것이오?"

"아니, 믿고 안 믿고는 중요하지 않네. 그저 그런 이야기가 있다는 것을 알고 있으란 말일세. 그래야 다음에 이어지는 이야기를 받아들일 수 있으니."

"일단 마저 들어보겠소."

듣기로 한 마당에 고경천은 꾹 참고 듣기로 했다.

"육합선인은 그래서 죽는 순간까지 어떻게 하면, 이 문제를 풀어나갈까 고민을 했네. 그러다 그는 알게 되었네. 이 세상이 태어나기 전의 혼돈. 그 혼돈의 기운을 다스릴 수 있으면, 육합은 물론, 다른 수많은 기운도 한 몸에 담을 수 있지 않을까? 그러며 그는 혼돈지기를 만들기 위해 마지막 생의 불꽃을 피웠네. 그러며 알게 된 것이 바로 인간. 인간은 예부터 선과 악이 공존된 혼돈의 피조물이라 하지 않는가? 그래서 육합진인은 껍데기인 육신을 불사르고, 가장 기본이 되는 원신 상태가 되어 스스로를 옥상에 봉인했네. 죽어 윤회할 수 있는 기회조차 버리고, 인간을 위해 등선을 포기했던 선인은 마지막까지 그 안배를 남겨둔 것일세."

여기엔 손괴량도 모르는 이야기가 있었다.

육합선인은 제자들에게 혼돈신공이 봉인된 장소를 가리킨 비도를 남겼다. 그게 과거 추일학들이 찾으려는 그 비도였고, 비도를 찾아 삼양과 삼음의 힘을 합해야 비밀을 풀고 혼돈신공을 얻을 수 있었다.

그러던 것이 삼양궁과 삼음교가 싸움을 벌이고, 비도는 삼양궁의 손으로 들어갔다. 그로 인해 흡정마공에 대한 이야기가 자연스레 세상에 흘러 나가고, 이십 년 전에는 어떻게 된 것이 가짜 흡정마공이 등장하면서 무림을 혼란으로 만들었다. 그 와중에 성효명은 비도의 비밀을 풀고자 육십 년의 세월을 첩거한 것이다. 그는 아들이 그 일로 죽임을 당했어도 복수보다 그 비밀을 풀기 위해 심력을 기울였다. 이십 년 후, 비밀은 풀리고 성효명이 해남의 한 섬에서 흡정마공이 봉인된 흑옥상을 얻을 수 있게 되었다.

그 후는 현무칠수가 마차를 습격하고, 그 물건이 고경천의 손까지 전해지게 된 것이다.

그러나 이 일은 마차를 턴 당사자도 모르는 문제였다. 그와 관계된 여러 사람이 하나로 입을 모으지 않으면, 이 이야기는 절대 세상에 드러나지 않을 것이다.

이걸 떠나 고경천의 머릿속엔 점점 황당함만 가득 찼다. 이 야기만 들어선 육합선인은 진정한 협이며 의인이었다. 그리고 그가 남겨준 흡정마공, 아니, 혼돈신공 자체가 마공이라 불리는 것은 말이 안 되었다.

그러나 원신은 곧 인간의 혼을 뜻하는 말이기도 한다. 그런 원신을 스스로 만들고, 또 그것을 옥상에 봉해 후대로 전해지게 한다?

고경천은 여기까지 생각을 하다 한 가지 중요한 사실을 깨달았다. 정작 모든 것에 앞서 이 부분이 풀어져야 되는 것이 순서였다. 그걸 깨달았기에 고경천은 얼굴에서 황당함을 싹 지웠다. 그 후 그는 심각하게 굳은 얼굴로 손괴량에에 말을 했다.

"노인장은 도대체 이 사실을 어떻게 알았소?"

고경천은 거기에 추가로 몇 마디를 더 보탰다.

"내 지금까지 황당함에 정작 중요한 것을 놓쳤는데. 노인장은 이 사실을 도대체 어찌 알았느냐는 것이오? 분명 천기에 이런 세세한 내용까지 적혀 있지 않을 터. 삼음교의 후예라는 추 서생도 모르는 일을 노인장이 안다는 것이 말이 안 되지 않소?"

"허허. 내 말하지 않았나? 시간이 모든 걸 치료해 준다고. 실상 이 이야기는 계속해서 황당무계한 이야기로 남았으면 문제가 되진 않았을 것일세. 그러나 황당함도 절실히 믿는 자가 생긴다면 그건 황당함에서 문젯거리로 발전하게 되네."

여기까지 말한 손괴량은 안 좋은 기억을 꺼냈는지 좀처럼 드러내지 않은 어두운 표정을 지었다. 그리고 마치 옛 추억을 더듬는 듯한 얼굴이 그의 가슴에 꼭꼭 묻어둔 자신의 이야기를 꺼내기 시작했다.

"특기라곤 그저 남들보다 하늘의 뜻을 더 잘 읽어내는 통천문(通天門)이란 점쟁이 집단이 있었네. 이들은 그 덕에 함부로 세상에 나갈 수 없단 천형을 짊어지고 살았지. 혹시나 있을 천기누설. 이를 막고자 조내조시는 제자들의 무림행에 엄격한 제한을 두었네. 천하를 뒤흔들 흉사가 있기 전엔 절대 벗어날 수 없게 말일세. 그런데 어느 날. 통천문의 한 제자가 비밀이 많은 통천문내에서도 절대비라 할 수 있는 한 가지 금서를 몰래 훔쳐 본 사건이 벌어지네. 금서의 이름은 통천신서(通天神書)! 하늘과 통했다는 이 책엔 오직 하늘만이 알고 있다는 알려지지 않은 비밀들이 수록되어 있네. 그중 한 가지가 자네에게 들려준 육합선인에 대한 것. 통천문의 제자는 여러 이야기 중에서도 유독 현재까지 그 명맥이 남아 있는 이 이야기에 굉장한 호기심을 느꼈네. 그리곤 사문의 명도 어기고 무림으로 뛰쳐나갔지. 그의 이름은 강백천(姜百天). 훗날 삼음교의 마지막 교주가 되는 자가 바로 그일세!"

고경천의 눈이 크게 부릅떠졌다.

*　　　　*　　　　*

쿠르릉, 쾅. 쾅.

쏴아아.

뇌성을 동반한 벼락이 하늘에 백색 섬광을 터뜨렸다. 그에 질세라 쏟아지는 빗줄기도 더 기세를 올리며 대지를 두드렸다. 마치 하늘의 분노를 땅에 쏟아내려는 듯 광란의 서막은 이렇게 시작되었다.

"아직도 정신을 차리지 못했는가?"

쏟아지는 빗줄기를 족족 증기로 만드는 중년인이 입을 열었다. 그의 검은 지금까지의 격전을 말해주 듯, 달궈진 몸을 식히려 연식 치익거리는 소리를 토해냈다.

"흐흐흐. 자신의 욕심을 위해 동문을 친 놈이 잘도 말하는구나."

말을 받는 자는 앞으로 쓰러질 듯 몸을 후들거렸다.

둘 다 격전을 치른 듯 의복 이곳저곳이 갈라졌지만, 말을
받은 자의 상태가 더 안 좋아 보였다. 그는 한 손을 들어 복부
를 감싸고 있었다. 복부에 깊은 상처라도 입었는지 감싼 손을
뚫고 피가 계속해서 흘러나왔다.

"욕심이라… 지금까지 지켜온 밀약을 먼저 배반한 놈이 누
구이던가?"

"그렇다고 동문을 향해 가차없이 검을 드느냐?"

"동문이라… 하지만 그건 뿌리가 같은 것일 뿐, 결국 두 곳
은 다른 길을 걸어왔다. 음과 양이 하나로 합칠 수 없듯이 그
저 공존 속에서만 함께할 수 있는 것이다. 그런데 그걸 먼저
어긴 네가 그런 말을 할 자격이 있더냐?"

"웃기지 마라. 내가 네놈의 속셈을 모를 줄 아느냐? 말은
그렇게 하지만, 연합 형태의 삼양궁을 힘으로 통합한 자가 누
구더냐? 그런 네놈의 다음 수순은 어린아이라도 알 것이다.
같은 강남에 위치한 본교. 네 말대로 허울 좋은 동문 관계인
본교가 네놈의 다음 목표가 아니있더냐? 네 눈에 서린 야망의
기운이 그걸 여실히 말해주는데, 그래도 아니라 하느냐? 어차
피 밀약도 하나의 핑계거리. 내가 순순히 비도(秘圖)를 넘겨
줬어도 과연… 네놈이 본교를 가만두었을까?"

산발한 사내의 눈엔 진한 분노의 기운이 담겼다.

중년인은 그런 사내를 무심한 눈빛으로 쳐다보며 한마디를 꺼냈다.

"여기까지 온 이상 모든 것은 다 쓸데없는 핑계 거리. 그건 스스로 생각해 보도록 해라."

"그래. 네 말대로 더 이상 말할 필요없지. 어차피 난 패자고, 넌 승자. 승자야말로 모든 걸 가질 자격이 있지."

산발사내는 남은 한 손을 품속으로 집어넣었다 꺼냈다. 손에 딸려온 것은 한 장의 낡은 양피지. 그는 피 묻은 손을 앞으로 뻗어 중년인이 잘 보이게 만들었다.

무심하던 중년인의 눈이 거세게 떨렸다. 아니라 했지만, 비도의 비밀을 아는 자는 결코 이 순간 평정을 유지할 수 없을 것이다.

"두 눈에 욕망의 기운이 넘실대는구나. 그러나 나 또한 아니라곤 할 수 없었으니, 패자이기에 이걸 너에게 주겠다."

산발사내는 말은 이렇게 했지만, 말과는 반대로 점점 뒤로 걸음을 옮기고 있었다.

중년인은 그제야 정신을 차리고, 검을 앞세워 그대로 산발사내를 향해 달려들려고 했다.

"그러나 쉽게 줄 수 없지."

파앗.

산발사내는 그대로 뒤로 몸을 날렸다.

"멈춰!"

중년인은 크게 소리쳤다.

산발사내의 뒤는 만길 낭떠러지. 그 아랜 살아 있는 것은 뼈조차 남기지 않을 듯한 격류가 흐르고 있었다. 그는 재빨리 가지고 있던 검에 천일진기(天日眞氣)를 주입했다.

치이익.

뜨거운 양강지기를 받은 검이 주황색 광채를 뿜어냈다.

"강백천!"

중년인은 산발사내의 이름을 부르며 그대로 검을 위에서 아래로 내리그었다.

슈아아악.

강력한 주홍빛 검기가 빗줄기를 가르며 절벽 아래로 몸을 날리는 강백천에게 날아들었다.

강백천도 그대로 당하기만은 싫은지 초승달을 닮은 검은색 강기를 마주 주황색 강기에 부딪쳐 왔다.

결과는…….

서격.

현월강은 주황색 검강에 반으로 갈리며 정확히 그대로 강백천의 몸을 덮쳤다.

"크악! 성효명, 이걸 위해 사형마저 배신한 나이거늘… 내 죽어서도 네놈이 혼돈신공을 얻지 못하게 저주할 것이다!"

충돌의 여파로 강백천은 피를 뿌리며 빠르게 아래로 떨어져 내렸다.

팔랑.

대신 손을 떠난 양피지는 허공을 날았다.

성효명은 양피지를 쫓아 몸을 날렸다.

꽉.

허공을 혼자 떠다니는 양피지를 잡은 성효명은 그대로 들고 있던 검을 던지는 시늉을 했다. 여전히 검을 잡은 상태로 있는 성효명은 검에 실린 힘에 몸을 맡겨 떨어지는 기세를 죽이고 절벽 상부로 몸을 끌어 올렸다.

그러나 그건 급작스레 한 행동이라 미처 충분한 기운이 담겨지지 못했다. 도중에 힘이 빠진 성효명은 떨어져 내린 상부 근처에서 몸이 다시 바닥으로 떨어지려 했다.

콱!

들고 있던 검으로 절벽을 내리꽂았다.

간신히 그렇게 신형을 유지시킨 성효명은 검에 몸을 의지한 채로 고개를 내려 바닥을 내려보았다.

밤이고 폭우까지 쏟아져 성효명의 안력으로도 바닥을 살피는 게 무리였다. 볼 수 있는 것은 그저 격류가 바위를 들이받으며 만드는 포말. 강백천의 흔적이라곤 찾아볼 수 없었다.

"강백천……."

성효명의 입에서 아쉬운 음성이 흘러나왔다.

육십 년 전의 그날은 이렇듯 눈을 감으면, 어제 일처럼 뇌리에 생생하게 떠올랐다.

그리고 그때 남긴 저주 때문인가? 결국 성효명은 육십 평생을 바쳐 비도를 풀었지만 그 내용물은 얻지 못하고 남에게 빼앗겨 버렸다. 그것도 강백천의 후예라 할 수 있는 삼음교의 잔당들에 의해……

"강백천……."

다시 한 번 불러보는 그 이름에 진한 분노가 담겼다. 죽어서도 그를 방해하는 저주받은 망령. 그 때문이 아니라면, 어찌 된 게 삼음교주와 삼양궁주밖에 모를 혼돈신공의 비밀이 그 당시 천하에 퍼졌겠는가?

그사이 성효명은 소문이 퍼질까 비도를 얻고도 함부로 그 조사를 하지 못했다. 천하의 소문이 잔잔해지길 기다리며 조금씩 그 비밀을 푸는 게 전부였다. 그 덕에 이십 년 전, 아들이 죽는 것을 막지 못하고 복수까지 제대로 하지 못했다.

그런데 그 망령이 이제 와선 간신히 얻게 된 흡정마공까지 빼앗아가고, 그가 평생 이룩해 놓은 삼양궁의 입지마저 크게 흔들리게 만들어놓았다.

"그렇게 나의 끝을 보고 싶은 것이냐?"

성효명은 허공을 향해 매서운 눈빛을 쏘아 보냈다. 이젠 더 이상 참을 수 없었다. 가만히 있다간 모든 것이 다 물거품이 될지도 몰랐다. 이미 그의 전부라 할 수 있는 손자와 손녀가 강백천의 후예일지 모를 놈으로 인해 심처에 커다란 화인을 안고 있었다.

"내 막청해와 자웅을 겨루는 일이 있더라도 더 이상 참지 않으리라."

성효명이 지금까지 참은 것은 만에 하나 있을 강백천의 생존이었다. 그가 혹시 그때 죽지 않고, 흡정마공을 이용해 다시 나타날까? 이 문제부터 해결하려고 했다. 흡정마공에 대한 욕망이 있던 강백천이라면, 삼양궁과 삼음교에 내려오는 금령(禁令)에도 불구하고, 비도는 얼마든지 베껴놓았을 수도 있었다. 해서 먼저 흡정마공을 찾을 때까지는 북의 패자라는 마염성주 막청해와의 대결을 피했다.

그러나 이제 그럴 필요가 없었다. 이미 흡정마공은 그의 손을 떠났고, 그의 기반인 삼양궁까지 위협해 오고 있었다.

"부궁주를 불러라."

성효명은 허공을 향해 입을 열었다.

"존명!"

대답과 동시에 보이지 않는 기척이 하나 사라졌다.

소철상은 얼마 전, 흑양전의 개전을 이유로 또 한 번 그를 찾아왔다. 그동안 궁과 관련된 대외적인 일은 다 그에게 일임했는데, 이젠 그가 직접 선두에 서야 했다. 그래서 망령이 뿌린 씨앗을 반드시 그의 손으로 거둬들일 것이다.

第七章

고경천은 형산을 떠나자마자 최고의 속도로 북행을 서둘렀다.

떠나기 전, 단우헌이 들려주었던 이야기는 그를 한시도 쉴 수 없게 만들었다. 손괴량이 들려준 이야기가 분명 엄청난 이야기라 해도, 그건 언제 벌어질지 알 수 없는 일이다. 아직은 대부분이 안개 속에 가려져 있어 그 진의가 확실하지 않았다. 천기는 그 기운만을 전해오지 그 대상까지 알려주진 않는다는 걸 자신의 경우로 충분히 깨달았다. 그래서 삼음교의 멸망과 함께 사라진 강백천이 그 일과 관계가 있는지, 없는지 누구도 확신할 수 없었다. 그저 허무의 저주는 다가오고, 반드시 벌어진다는 것만 확신할 수 있었다. 단지 이상한 점을 느껴 주작칠수의 한 사람이 모종의 곳에 잠입한 것이 전부였다. 하나 이 일은 아직 정해진 시기가 없다. 오늘이 시작 일일지 아니면 몇 년 후가 될지 그저 그 시기가 목전에 다가와 있다는 것만 확신할 수 있었다.

그러나 북신마교에 대한 일은 당장이라도 벌어질 수 있는 아니, 이미 벌어지고 있었다. 단우헌은 그에게 육파일방의 주력이 청성산으로 향하고 있다고 했다. 또 공동파의 장문인인 뇌풍자가 복수를 다짐하며, 주변의 세력을 규합하고 있다고 했다. 그런데 그 세력들이 마염성의 영향력 아래 있는 세력이라 분명, 그 뒤에 마염성이 있을 거란 이야기도 해주었다.

그 당시 고경천은 단우헌을 향해 분노를 드러낼 뻔했다. '왜 그 이야기를 지금 해주냐? 아니, 그 이야기를 알면서 숨긴 것이냐?' 그때 단우헌의 대답은 손괴량을 만나는 일이 먼저라 말하지 않았다고 했다.

'빌어먹을 인간들! 만일 교와 동료들에게 무슨 일이 생기면 가만두지 않을 것이다.'

하오총문과 흑도의 사패인 장강수로맹, 천투방, 흡골포, 독화향이 그에게 힘을 빌려주기로 했다 해도 절대 그냥 두지 않을 것이다.

후에 안 일이지만, 주작칠수의 나머지 노인들은 각각 천투방, 흡골포, 독화향에 강한 영향력을 발휘하고 있었다. 팔이

긴 염소수염의 노인이 천투방의 전대 방주인 무영신투(無影
神偸) 하삭, 주판을 갖고 있던 비루먹은 노인이 현 흡골포주
황금독질(黃金毒蛭) 전충, 성질이 괄괄하던 채의노파가 독화
향의 태대모인 만화대모(萬花大母) 두보옥이었다.

그 외 나머지 두 노인은 소속은 없지만, 그들도 역시 흑도
에 강한 영향력을 발휘하고 있었다. 흑의노인이 바로 살수계
의 전설이라 불리는 투살검귀(鬪殺劍鬼) 궁천, 유삼노인이 사
기술과 도박이 하늘에 닿았다는 사도쌍천(詐賭雙天) 가진염이
었다.

여기에 비밀리에 한 사람이 따로 행동하고 있다 했는데, 그
가 누군가에 대해선 말해주지 않았다. 때가 되면 자연스레 알
것이란 말만 하고, 주작칠수의 전신이 흑도육우(黑道六友)와
손괴량이 손을 잡으며 만들어졌다고 했다.

그들은 손괴량의 큰 뜻에 반해 자신들의 정체를 철저히 숨
기고, 지금까지 어둠 속에 지내온 것이다. 물론 그사이 손괴
량은 그들 몫까지 더 열심히 흑도를 위해 봉사하며 말이다.
어떻게 보면 하오총문의 실체는 장강수로맹을 제외한 천투
방, 흡골포, 독화향의 연합세다 에도 과언이 아니다. 그 외 나
머지 인물들은 궁천과 가진염이 이끌고 있었다.

이제 고경천의 활약으로 장강수로맹의 힘까지 합쳐 지게
되었다. 결국 실질적인 흑도 통합이 이뤄진 것이나 마찬가지
였다.

그리고 이 와중에 고경천은 하나의 신분을 덤으로 얻게 되었다. 그 덕에 고경천은 흑도 힘 전부를 사용할 수 있는 존재가 되어버렸다.

"자네는 앞으로 공석으로 있는 하오총문주의 주인이 되는 것이네. 어차피 하오총문은 임시적으로만 존재하고 이 일이 끝나면 예전대로 작은 존재로 돌아갈 걸세. 이는 허무의 저주가 사라지면 그 중심이 되는 네 곳의 힘이 다시 본래대로 돌아갈 것이기 때문일세. 그래서 우리는 결전을 위해 가공의 인물인 천시명왕 공야현을 만들 수밖에 없었네. 그러니 하오총문이 자네를 돕더라도 그건 공야현이 아닌 고경천의 이름으로 움직이는 것이란 걸 천하는 모를 것일세."

그는 졸지에 천중삼원의 한자리를 차지하게 되었다. 그동안 무림인들은 고경천의 능력은 이미 중원오주를 능가해 천중삼원에 향하고 있다고 했다. 청룡오수마저 단신으로 막아낸 그 능력이라면, 조만간 더욱 갈고닦여질 능력으로 충분히 가능하다고 입을 모아 떠들었다.

그러나 고경천은 이런 자리에 눈곱만치도 관심없었다. 그러기에 예전 현무칠수도 그를 교주로 세우기 위해 그 고생을 하지 않았던가?

그래도 고경천이 청을 수락한 것은 오직 지금의 동료들을 지키기 위함이었다. 앞으로 닥칠 싸움을 안전하게 이끌기 위해서 그는 청을 수락한 것이다.

'그러나 교와 그들에게 무슨 일이 생겼을 시엔 난…….'

고경천의 두 눈에서 진한 살기의 기운이 뻗어 나왔다. 만일 이 모든 사실을 가르쳐 줬으면, 지금쯤 자신은 그들과 함께 적과 맞서 싸울 것이다. 그리고 모든 힘을 사용해 그들을 지켜낼 것이다.

하지만 형산에서 사천까지는 근 한 달이 넘는 거리. 그가 나는 새라도 되지 않는다면, 충분히 큰일이 벌어져도 벌어질 수 있는 기간이다. 아니, 이미 적들은 큰일을 벌이기 위해 청성산으로 빠르게 모여들고 있었다.

고경천의 마음은 초조함으로 인해 맹렬히 타 들어갔다. 그렇다 해도 호남 지방은 육로와 수로가 비슷하게 얽힌 지형이라 생각처럼 쉽지 않았다. 지금도 얼마 전 형산 북서를 흐르는 연수(蓮水)라는 상강의 한 지류를 건넌 것이 채 하루도 지나지 않았는데, 악양을 돌아 흐르며 북에서 상강과 합류해 동정호로 흐르는 차수라는 강을 눈앞에 두어야 했다.

"빌어먹을 또 배를 타야 하는가!"

그나마 다행이라면, 상강과 차수가 작은 강이 아니라도 장강에 비하면 그 폭이 좁다는 것이다. 그렇다 해도 이편에서 반대편 강가의 사람의 얼굴이 자세히 보일 정도는 아니다. 배로 건너도 한 식경(食頃:30분)하고도 일 다경은 더 가야 건널 수 있었다.

　예전처럼 장력을 이용해 강을 건널까도 했지만, 괜히 이상한 데서 힘을 빼봐야 오히려 속도만 떨어질 수 있었다. 더욱이 언제 적과 또 조우해야 할지 알 수 없는 그로선 어느 정도 체력 유지가 필수였다. 그러다 보니 목적지는 당연히 차수에 붙은 장지촌(長支村)이란 한 어촌 마을이 되었다.

　고경천은 나룻배라도 구할 요량으로 자연스레 발길을 옮겼다.

　장지촌의 크기는 군산에서 본 어촌만 한 크기였다. 사람들도 별로 찾지 않는 이 마을은 거의 이방인이 없는 곳이다.

　차수를 건너 귀주나 호북성으로 향하는 자들은 이보다 아래쪽인 원릉(沅陵)이란 곳으로 향한다. 거긴 이곳에 비하면 큰 성시라 불러도 될 정도로 여행자를 위한 객잔이나 주루, 식점이 즐비하고, 호북이나 귀주로 이어지는 관도도 가까워 많은 사람들이 그곳을 이용했다.

　그러다 보니 장지촌은 낯선 이방인의 모습에 호기심이 담긴 시선을 보냈다. 차수를 건너도 기다리는 것은 북서에 넓게 펼쳐진 천자산(天子山)의 한 자락인 운봉산(雲峰山)이라 평소 이방인은 이곳 마을에 잘 나타나지 않는다. 특히 딱 보아도 어딘가 범상치 않은 고경천 같은 외모의 사람은 이곳에 한번 올까 말까이다. 누가 뭐래도 천년미인삼의 후유증(?)은 그를 귀공자로 보이게 만들기 충분했다.

몇 안 되는 아이들은 호기심이 서린 눈으로 그런 고경천을 빤히 바라보았다. 그중에서 어린 여아들은 눈을 반짝거렸다. 그물코를 만지던 촌 아낙들도 고경천의 시선이 닿을라치면, 놀랄세라 시선을 돌렸다. 마당의 평상에 나와 있는 노인들은 꾸벅꾸벅 졸다 고경천을 발견하고 관심있는 눈빛을 보냈다.

'이거 완전 구경거리가 따로 없군.'

고경천은 씁쓸한 미소를 지었다. 지금까지 받아본 시선과는 달라도 너무 달랐다. 지금까지 그를 바라보는 시선이란 탐욕 아니면 적의가 대부분이다. 그런데 호기심이라니…….

그렇다고 마냥 시선만 받을 수 없기에 일단 마지막으로 눈이 마주친 노인에게 다가갔다. 아낙들은 눈이 마주치며 피하느라 말을 건네볼 여력도 없었다. 그렇다고 아이들을 잡고 물어보기 뭐해 노인을 선택했다.

"노인장, 차수를 건널까 하는데 배를 구할 수 없겠습니까?"

"차수요?"

"예."

"차수를 건너려면 아래 원릉으로 가는 게 나을 텐데 왜 이곳엘……."

노인은 무언가 곤란하단 표정을 지었다.

"안 됩니까?"

"공자께서 보다시피 이 마을 사람이 몇이나 되겠소? 거기다 사람들의 주업이 대부분이 어업이라 이 시간이면 모두 배를 끌고 나가 마을에 배가 남아 있지 않소. 원릉이야 일부러 강을 건너기 위한 배를 둔다 해도 이곳엔 오직 고기를 잡기 위한 배뿐이오."

노인의 말에 고경천은 난감한 표정을 지었다. 여기서 원릉까지는 한나절의 거리다. 지금이 해 떨어지는 시간이니 도착하면 한밤중, 과연 거기 가도 배를 구할 수 있을까 그것도 문제였다. 그렇다고 과거 장강 때처럼 누군가가 배를 띄워놓고 기다릴 리 만무했다.

노인은 고경천의 그런 표정을 보며 무언가 말할 듯 말 듯하다가 한마디를 꺼냈다.

"이보시오, 공자. 정 그렇다면, 여기서 하루 머무는 게 어떻소? 이제 슬슬 해가 떨어지는 시간이라 고기를 잡으러 나간 아이들이 돌아오긴 할 테지만, 강을 건너도 밤이 되지 않겠소? 어차피 운봉산을 넘으려면 밤보다 낮이 좋을 테니, 내 아이들에게 아침 일찍 공자를 강 건너편으로 옮겨다주라 하겠소. 대신 객잔보단 못하겠지만, 오늘 밤 숙식은 내가 제공하겠소."

"그럼 노인장께 너무 폐를 끼치는 거 아닙니까?"

"껄껄. 신경 쓰지 마시오. 오랜만에 찾아온 이방인. 괜히 박대하다 안 좋은 소문이라도 돌면 어쩌겠소? 그래도 명색이 이 마을 촌장을 맡고 있는데, 마을을 위해서 그런 수고로움을 감내해야 하는 거 아니오. 얘, 아가."

노인장은 뒤편을 향해 소리쳤다.

"예."

대답과 동시에 허름한 복장에 머리에 수건을 두른, 피부가 까무잡잡한 여인이 앞치마에 손을 닦으며 평상이 있는 곳으로 걸어나왔다.

"부르셨습니까, 아버님."

"오늘 이 공자께서 우리 집에 거할 테니, 네가 뒷방 좀 치워드리도록 하거라. 그리고 닭도 한 마리 잡아 저녁 반찬으로 내오고."

"예."

대답을 한 촌 아낙은 고경천을 슬쩍 보다 눈이 마주치자 얼굴을 붉히며 시선을 피했다.

'거참, 익숙해지지 않는군.'

고경천은 정말 너무 평범과 떨어져 살았다는 생각이 들었다. 이런 평범한 모든 것들이 하나하나 신경 쓰이니, 차라리 적들의 살기 어린 시선을 받는 게 오히려 편하단 생각마저 들었다.

촌 아낙은 명을 따라 뒤편으로 걸음을 옮겼다. 그러다 노인과 다시 이야기를 나누는 고경천을 바라보았다. 그를 바라보는 여인의 눈꼬리와 입꼬리가 올라가 있었다. 조금 전은 주로 고개를 숙이고 있던지라 그 특징이 나타나지 않았는데, 이렇듯 고개를 들고 뒤를 바라보니 그런 특징이 드러났다.

여인은 그렇게 잠시 고경천의 얼굴을 훔쳐보다 곧 닭을 잡기 위해선지 초가의 뒤편으로 모습을 옮겼다.

꿔뚜르르. 뚜르르.

늦여름이 가고 가을이 옴을 제일 먼저 알리는 귀뚜라미가 밤이 찾아옴을 노래로 불렀다.

장지촌은 그런 귀뚜라미 노래 속에 조용히 잠이 들어가고 있었다. 오늘은 달이 완전 모습을 숨기는 한 달 중 삭. 특별히 구름도 없건만, 불빛이 사라진 장지촌 주변은 별빛만으론 어둠을 몰아낼 수 없었다.

"음. 이리 멋모르고 잠을 자다니……."

고경천은 귀뚜라미 소리에 부스스 눈을 떴다.

그는 저녁 무렵, 촌장의 가족들과 함께 식사를 했다. 그사이 이 집 아들도 돌아오고, 간만에 닭이라도 잡아서인지 술까지 내왔다.

내온 술은 촌에서나 맛볼 수 있는 탁주. 촌장은 이방인을 잘 대접하지 않으면, 큰일이라도 나는지 연신 고경천에게 술을 따라주었다. 고경천은 술이라면 예전 고문량으로 인해 아픈 기억을 갖고 있는지라 웬만하면 거부하려 했지만, 이 집 아들과 며느리까지 합세해 연거푸 몇 사발을 들이켰다. 거기다 내온 음식들도 소박하지만, 꽤 맛이 있어 울며 겨자 먹기

식으로 먹고 마신 후, 그들이 마련해 준 잠자리에 잠시 누웠었다.

그런데 그때 먹은 술이 꽤 많았던지 아니면, 너무나 평범한 마을의 분위기에 맘을 놓았던지, 멋도 모르고 깊은 잠에 빠졌다.

"이거 다시는 탁주를 먹지 말아야지."

입에서 맴도는 냄새도 은근히 골을 눌러오는 숙취도 차라리 고문량과 함께 마신 술이 더 낫다는 생각이 들었다.

고경천은 머리를 식히고자 창문을 열었다.

문을 통해 조금씩 서늘하게 바뀌는 밤공기가 실내로 들어섰다. 그와 더불어 더 선명하게 들리는 귀뚜라미 소리. 저 멀리 은근히 들려오는 강물의 출렁임 소리까지 더해지자 고향 시골집이라도 내려온 듯한 착각이 들었다.

"그러고 보니 고향에 돌아가 본 적이 한참 되었군."

아버지를 땅에 묻고, 유품으로 남겨준 무경을 익히기 위해 예전 아버지가 가르쳐 준 회계산의 선인동으로 무조건 걸음을 재촉했다.

그리고 십 년.

그 후, 출도하고 꼬인 인생을 풀며 지내다 여기까지 다다랐다. 그 덕에 출도 후 제일 먼저 해야 할 일을 하지 못했다. 아버지께 변한 자식의 모습을 보여 드렸어야 하는데, 삼류 도굴꾼의 자식이 이제 일류가 되었단 걸 당당히 보여 드렸어야 하는데…….

"빌어먹을."

그러나 보여주기는커녕 남이 볼까 두려워 그 몸뚱이 고치느라 생고생을 했다. 그 뒤엔 얽히고설킨 운명의 실타래를 푸느라 고향은커녕 당장 자기 몸 건사하기도 바빴다.

"별일이군. 이런 생각을 다하고."

문득 생각하는 와중에 이상하단 생각이 들었다. 지금도 당장 어떻게 되었을지 모를 교를 걱정해 한시 빨리 청성산으로 가야 하건만, 어촌에 머물러 궁상이나 떨다니 전혀 그답지 않았다.

"술보다 평범함에 취한 것인가?"

고경천은 씁쓸한 미소를 지으며 열린 문을 닫으려 했다.

스윽. 스윽. 슥.

"……?"

고경천은 문을 닫으려다 무언가 이질적인 소리에 잠시 귀를 기울였다. 가만히 그 소리를 들으니, 무언가를 갈고 있는 소리였다.

"이 밤중에 칼이라도 가나?"

달도 없는 컴컴한 밤. 칼을 간다? 으스스한 생각이 먼저 들 법도 하건만, 고경천은 피식하는 웃음이 흘러나왔다. 칼이야 밤에 갈던 낮에 갈던 그와는 아무 상관없는 일 아닌가? 하나, 고경천은 계속해서 들려오는 묘한 음성에 신경을 끊지 못했다.

"목을 딸까? 아님 사지를 끊을까? 이도 저도 귀찮으니 그냥 배를 가를까?"

살벌한 이야기를 부드러운 음성으로 토해내는 목소리. 가녀린 음성으로 보아 저녁에 보았던 이 집 며느리의 목소리 같기도 했다.

고경천은 잠시 망설였다.

수줍어하던 낮의 모습과 살 떨리는 밤의 목소리. 어느 것이 진짜 그녀일까? 거기다 도대체 무엇의 숨을 끊으려 그런 말을 하는지?

여러모로 고민하다 고경천은 열린 창을 통해 밖으로 나왔다. 그리고 소리가 들리는 곳을 향해 기척을 내지 않고 조용히 몸을 움직였다.

소리가 들려온 곳은 집 뒤뜰에 자리한 우물 근처였다.

고경천은 건물 뒤에 몸을 숨겨 우물을 조용히 바라보았다. 이 집 촌장과 아들은 이미 깊은 잠에 빠졌는지, 실내에선 숨소리조차 없는 적막함만이 전해져 왔다.

'숨소리가 없다!'

고경천은 특별히 두꺼운 벽을 갖지 않는 이 집 구조가 이 정도까지 적막함을 유지할 수 있나 생각했다. 그것도 호흡을 숨길 줄 아는 고수가 아닌, 낮에 본 평범한 촌민들이 과연 그럴 능력이 있을까?

한 번 들기 시작한 의심은 마을이 생각보다 너무 조용하단 것에까지 다다랐다.

고경천은 우물 근처에 웅크리고 앉은 여인의 뒷모습을 바라보았다. 그가 무심코 듣게 된 이후론 여인은 말없이 칼을 갈아대는 일만 반복하고 있었다.

잠시 그녀에게 다가갈까? 아님 이 적막의 정체를 확인할까 하다 고경천은 적막을 조사하는 일에 무게를 두었다. 그래서 조용히 몸을 뺀 그는 일단 촌장이 머무는 방으로 들어섰다.

"……!"

아무도 없었다.

지금쯤이면 한참 깊은 잠에 빠져 있어야 할 촌장 노인이 자리에 없었다.

고경천은 혹시나 해서 아들 내외가 머무는 방으로 다가갔다. 며느리는 밖에서 칼을 갈고 있더라도 아들이라면 자고 있어야 마땅했다.

그러나 아들도 없었다.

고경천은 막연히 느끼던 불안감이 실체가 되가는 걸 느꼈다. 그는 촌장 집이 아닌 다른 가옥으로 몸을 날렸다. 연기처럼 다른 초가에 들어서 기척을 살폈다.

여전히 숨소리조차 들리지 않는 적막함. 하나, 촌장집에서 느꼈던 적막과는 무언가 조금 달랐다.

고경천은 빠르게 입구에 다가가 문을 열었다.

덜컹.

"이건."

무엇보다 냄새가 먼저 그를 반겼다. 코끝을 무디게 하며 가슴 한편을 서늘하게 하는 냄새. 그 속에 잠긴 비릿함은 산 사람이라면 응당 울렁거림을 느낄 것이다.

고경천은 서둘러 냄새의 근원지로 뛰어들었다.

"……!"

어둠 속에서도 선연히 보이는 참상. 공력이 모인 눈이기에 그 처참함이 너무도 자세히 보였다.

일가족으로 보이는 삼 인. 중년인과 중년 여인. 어린 소년의 목이 반으로 갈라져 있었다. 말 그대로 세 식구는 목이 따져 죽었다.

고경천은 집을 빠져나와 또 다른 집으로 뛰어들었다.

그 집도 제일 먼저 혈향이 그를 반겼다. 단지 다른 것이라곤 바닥을 뒹구는 노부부의 시신이 목이 아닌, 사지가 끊어졌다는 것뿐이다.

고경천의 귓가에 순간 여인이 중얼대던 말이 떠올랐다.

"목을 딸까? 아님 사지를 끊을까? 이도 저도 귀찮으니 그냥 배를 가를까?"

주절거림대로 되어버린 시신들.

고경천은 그 후에도 미친 듯 나머지 집들을 살펴보았다. 모두 목과 배가 갈라지거나 사지가 끊긴 시체들. 빛과 어둠이 교체된 순간 한 마을 사람들이 모두 시체가 되어버렸다.

'빌어먹을!'

마지막 집을 끝으로 고경천은 최고의 속도로 그가 머물었던 촌장집으로 몸을 날렸다. 그가 술에 취해 잠든 사이 벌어진 마을의 참상. 만일 그를 노렸다면 술에 취한 그의 목숨을 뺏어야지, 그를 노린 게 아닌 듯 죽은 자들은 모두 이 마을의 평범한 촌민들이다.

고경천은 가슴 가득 차 오르는 뜨거운 분노를 느꼈다. 너무나 어이없게 당하게 된 상황이라 그의 분노는 더욱 컸다. 그는 촌장집에 도착하자마자 여인이 칼을 갈던 우물로 향했다.

여인은 밤새도록 칼을 갈 작정인지, 여전히 그 자세로 칼을 갈고 있었다.

고경천은 여인의 뒤에 떨어지며 크게 소리쳤다.

"도대체 무슨 짓을 한 것이냐!"

"엄마야!"

여인은 갑작스런 고경천의 등장으로 비명을 질렀다.

고경천은 그런 것과는 상관없이 앉아 있던 여인의 팔목을 잡아 일으켰다.

"말해! 당신이야? 당신이 이 마을 사람 모두를 죽였어?!"

"무… 무슨 소리예요, 손님. 왜 갑자기……."

여인은 팔목의 고통과 고경천의 기세에 금방이라도 울음을 터뜨리려 했다.

하지만 고경천의 눈에 그런 것은 조금도 들어오지 않았다. 감쪽같이 사라진 촌장 부자를 제외하곤 이 마을 유일한 생존자. 거기다 마을 사람들의 죽음과 연관 있는 듯한 그 중얼거림. 마지막으로 도대체 무엇을 자르기 위해 아니, 무엇을 잘랐기에 이 늦은 밤 칼을 갈고 있는가?

"어서 말해! 당신이 마을 사람들을 죽였어?! 아니, 당신 시아버지와 남편은 어딨어?!"

"흑. 놔주세요. 아파요. 왜 이러세요."

여인은 고통과 두려움에 눈물만 흘렸다.

"대답하지 않으면 죽인다."

고경천의 분노 서린 음성은 그런 것을 용납하지 않았다. 심장도 얼어붙을 살기를 일으켜 억지로 여인이 자신을 바라보게 만들었다.

"도대체 이 마을에 무슨 일이 벌어진 거야? 아니, 그보다 촌장과 네 남편은 어딨어! 당장 말하지 못해!"

"모… 몰라요. 정말 몰라요. 전 그저 칼을 갈아놓으라는 말만 들었어요."

"그럼 도대체 아까 칼을 갈며 중얼거린 말은 뭐야? 목을 따고, 사지를 끊고, 배를 가른다는 그 소리는 뭐냐고!"

"흑흑. 그건 아버님이 닭으론 부족하다고 내일 새끼 돼지라도 잡는다 해서. 전 어떻게 잡을까 하고. 그것뿐이… 아…
전 아무것도 몰라요.”

여인은 너무 겁에 질렸는지 마지막에 가서는 정신 나간 사
람처럼 모른단 말만 연방했다.

고경천은 여인이 눈물에 젖어 발악하는 얼굴을 차게 바라
보았다. 그러나 그로선 여인의 행동에서 조금도 이상한 점을
찾을 수 없었다. 눈물과 콧물로 범벅된 얼굴은 지금 그녀가
얼마나 겁을 먹었는가 만 여실히 보여줄 뿐이다.

“젠장!”

고경천은 여인을 세차게 밀쳤다.

“아악!”

여인은 엉덩방아를 찌으며 비명을 토해냈다. 그리고 그 상
태로 엎드려 대성통곡을 했다.

그때였다.

“애야, 무슨 일이냐?”

“여보, 무슨 일이야?”

사라졌다고 생각했던 촌장과 아들이 모습을 드러냈다. 전
각을 돌아 모습을 드러낸 그들의 모습에 고경천의 눈이 크게
뜨였다.

“칼을 잘 갈아뒀느냐? 이 칼은 더 이상 못 쓰겠구나.”

“그래. 이 칼도 쓰지 못하게 됐어.”

촌장과 아들은 손에 들고 있는 칼을 앞으로 내밀었다.

　어둠 속이지만, 고경천의 눈엔 똑똑히 보였다. 식칼 이곳저 곳에 묻은 얼룩들. 지금도 그 얼룩들은 바닥으로 한 방울씩 떨어져 내리고 있었다. 굳이 코끝을 자극하는 혈향이 아니라 도 누가 범인인지 확실히 깨달았다.

　"네놈들이냐?"

　"허허허. 손님께서 잠이 깨셨군. 제 딴엔 오랜만에 마을을 찾은 손님께 쥐 죽은 듯하고 조용한 밤을 만들어 드리려 했는 데……."

　촌장의 음성엔 아쉬움이 담겼다.

　"그러게 말입니다. 조용히 한다고 했는데, 귀가 무척 밝은 손님인가 봅니다. 하하하."

　아들도 촌장과 다르지 않았다. 오히려 그의 웃음소리는 아 버지보다 더 즐거워 보이기까지 했다.

　"왜 그랬지? 도대체 이러는 이유가 무엇이냐! 왜 같은 마을 사람들을 죽인 것이냐?"

　고경천은 한낮에 본 평화로운 마을 풍경을 잊을 수 없었다. 한데, 자신에겐 그 모든 것이 허망한 꿈이란 듯 잠에 깨자 다 사라져 버렸다.

　"이유?"

　쐐애애액.

　반문과 동시에 살기가 옆구리를 파고들었다.

　'헉!'

고경천은 등 뒤를 파고드는 살기에 본능적으로 몸을 틀었
다.

찌이이익.

"음."

피한다고 피했지만, 칼은 옷을 찢고 고경천의 피부에 기다
란 혈선을 만들었다.

"호호호. 역시 이 정도 혼을 빼놓는 것으론 안 되네."

여인은 아쉽다는 음성을 토해냈다.

"허허허. 당연한 거 아니더냐?"

"하하하. 그러게 말입니다. 이 정도에 죽을 놈이라면, 그렇
게 목숨 값이 천정부지로 치솟지도 않았겠지요."

촌장 부자는 이미 알고 있었다는 듯 한마디를 했다.

덕분에 고경천은 뜨겁던 머리를 식힐 수 있었다. 암습이라
하나 자신의 옆구리를 갈라놓은 일격. 특히 그 주인공이 얼마
전 울고불고 하던 여인이란 걸 깨닫자 얼어붙기까지 했다. 일
단 대충 지혈부터 하고 고경천은 그제야 상대에 대해 물어보
았다.

"살수냐?"

"크크. 하긴 아직 제대로 인사를 나누지 않았지."

촌장의 음성이 변했다. 마음씨 좋던 노인에서 광기에 물든
광인의 그것으로 바뀌었다. 외양도 노인에서 괴팍한 인상의
중년인으로 변해갔다.

"아버님, 저부터 하죠."

촌장보다 아들이 한발 앞서 나섰다.

"그동안 소문을 듣자니 북두칠강 소속자들을 많이 혼내주고 다녔더군. 하나, 난 그들과 다르다. 온실 속의 화초처럼 자란 그들과는 걸어온 삶의 길부터 다르니까."

"그럼 네가 북두칠강 중 손옥상이란 놈이군."

"그렇다. 남들이 사갈독심(蛇蝎毒心)이라 부르는 손옥상이 바로 나다."

어느새 손옥상도 삼십 중반의 장년인에서 눈매가 날카로운 이십 중반의 청년으로 바뀌어 있었다. 얄팍한 입술 속에 숨겨둔 하얀 이가 어둠 속에서 고경천의 눈을 거슬리게 만들었다.

사갈독심 손옥상.

북두칠강의 일인으로 단혼살막의 후계자로 알려졌다. 그러나 단지 아버지가 막주이기에 그런 것이 아닌, 그 실력만으로도 단혼살막 최고의 단혼객으로 통했다. 아직까지 실패를 모르는 그 능력만으로도 충분히 다른 북두칠강을 능가할 정도였다.

"그럼 넌?"

고경천의 시선이 다시 중년 광인에게로 향했다.

"크크크. 뻔하지 않느냐? 옥상이가 아버지라 부를 사람이 천하에 손불이 말고 누가 있겠느냐? 그래도 눈치있는 놈인 줄 알았는데, 실력에 비해 눈치는 바닥이구나. 하긴 눈치가 있는 놈이라면, 한꺼번에 마염성과 삼양궁은 물론, 육파일방까지 건드리지도 않았겠지. 덕분에 나야 거금을 만질 수 있어 좋지만. 크하하하!"

처음에는 고경천에게 하는 말이었지만, 마지막에는 자신에게 말하며 혼자 좋아 광소를 터뜨렸다.

고경천은 손불이의 마지막 말에 잠시 눈살을 찌푸렸지만, 시선은 마지막 남은 한 사람에게로 향했다.

"호호. 이제 제 차례군요."

여인은 시선을 받자마자 짜랑짜랑한 교소를 터뜨렸다. 그러던 그녀가 곧 웃음을 멈추고, 고경천에게 친근하게 한마디를 건네 왔다.

"그보다, 기억하시겠어요?"

"당연히 기억하지. 난 평생 네년의 얼굴을 잊지 못할 것이다."

속인 것도 모자라 암습까지 가한 여인이다. 아직 여인이란 존재 자체에 좋은 인상이 없는 그로선 상대의 친근함에도 싸늘한 한마디를 쏘아주었다.

"아이 왜 그렇게 무섭게 쳐다보는 거예요. 그래도 잠시지만, 다정히 이야기까지 나눈 사이잖아요. 그때는 비록 이 얼굴이지 아니지만, 적주(赤蛛)… 이 이름은 기억하고 있겠지요?"

여인은 정말 서글프단 듯 목소리와 눈빛에 슬픔을 담았다.

그러나 고경천은 여인의 그런 기색에 미간을 찌푸린 것이 아니다. 그는 낯설지 않은 그 이름을 찾느라 기억을 더듬었다.

"적주!"

생각났다는 듯 소리쳐 그 이름을 불렀다.

"이제 생각난 듯하군요. 하긴 그때나 조금 전이나 껍데기였으니 그럴 만도 하지요. 대신 앞으로 이 얼굴과 손사향이란 이름을 잊으면 안 돼요. 이 얼굴과 그 이름이 조만간 당신의 목을 가져갈 소첩의 이름이니까요."

손사향의 눈에 어리던 슬픔이 사라지고, 먹이를 바라보는 뱀의 탐욕스런 살기가 대신 떠올랐다.

나머지 두 사람도 그녀처럼, 고경천을 살기와 탐욕 어린 눈으로 바라보았다.

이들은 손가삼살(孫家三殺)이라 별칭도 갖고 있었다. 손가삼살은 단혼살막 최고의 단혼객을 뜻하는 이름으로 무림인들에겐 현존하는 최고의 살수로도 불리었다. 그 이름은 흑도의 전설적 살수 투살검귀를 능가할 징도로, 미친 듯 황금에 집착하지 않았다면 더 높은 평가를 받았을지도 몰랐다.

고경천이 이들과 인연을 맺은 것은 예전 선하령 일로 삼양궁의 추격을 받을 때다. 그때도 이들이 아닌 조무래기가 전부였는데, 최고인 이들 셋이 움직였다는 것은 그 시사하는 바가

달랐다. 최고 셋이 움직일 정도면 어마어마한 금액도 금액이
지만, 이들 셋을 움직일 정도의 영향력도 있다는 것이다. 그
러면 그 청부자는 삼양궁? 육파일방? 마염성? 아니면 이 세
곳 모두 다?

'북신마교가 위험하다.'

고경천은 갑자기 마음이 급해졌다. 타인의 입을 통해 북신
마교의 위험을 들을 때와 이렇게 피부로 느끼는 것은 달랐다.
조급한 마음을 반영하듯, 단전을 떠난 기운들이 전신 가득 강
한 힘을 불어넣어 주었다.

손가삼살은 더 이상 탐욕스런 살기를 보내지 못했다. 고경
천이 뿜어대는 강한 기세에 살기 대신 경계의 빛을 띠었다.
누가 뭐래도 상대는 무림 최대 전설인 흡정마공을 익힌 자.
무림이십팔수 중 열넷을 수하로 두고, 무림오패 중 세 곳과
정면 대결을 펼치는 자였다.

"크크. 비싼 값을 하는군."

"그러게 말이에요. 이래서 전 맹수 사냥을 그만둘 수 없다
니까요."

손불이와 손사향이 참을 수 없다는 듯 입을 열었다.

"그래? 그렇다면 맹수를 사냥하는 것이 어떤 것인지 뼈저
리게 느끼게 해주지."

이번엔 고경천도 그들처럼 다른 모습으로 변했다. 거미줄
같은 흡정마기들이 전신을 덮었고, 그 아래 성격이 다른 여러

가지 내공이 끌어올라 전신이 터질 듯 요동쳤다.

손옥상은 그런 고경천을 보며 품속에서 손을 넣었다 꺼냈다. 손가락 마디마디엔 검은색 구슬을 끼고, 그 손을 쫙 편 상태로 고경천을 향해 내밀었다.

"급하긴. 전야제 따위에 그리 흥분해서야? 본 축제를 즐기지 못하지. 그래선 전야제를 위해 죽은 마을 사람들이 너무 억울하지 않겠어? 그리고 단혼살막의 싸움법은 정면 대결이 아니야."

말이 끝나자 손옥상의 손가락에 낀 세 개의 흑주가 손을 떠나 고경천을 향해 날아갔다.

쐐애애액.

흑주는 빠르게 공기를 가르며 허공을 날았다. 그리고 무슨 일인지 고경천 본인이 아닌 그의 한 발 앞 바닥을 때렸다.

펑. 퍼벙.

흑주는 지면과 부딪치자 폭발을 일으켰다.

'독?'

흑주가 터지며 일어난 검은 연기에 고경천은 호흡을 멈췄다.

검은 연기가 빠르게 주변을 덮으며 가뜩이나 어둠뿐인 공간을 별빛조차 사라진 더한 어둠으로 물들여 버렸다.

고경천은 이 순간을 노릴 적들의 암습을 방비하며 오감을 끌어올렸다.

그런데 적들의 공격은 온데간데없고, 대신 쇠를 가는 이상한 소리가 귓속을 파고들었다.

그아아앙.

'이건?'

낯설지 않은 소리에 고경천은 한 가지 물체를 떠올릴 수 있었다. 과거 석성 부근의 한 토굴에서 광동오이와 경험했던 그 물체.

퉁. 쐐애애액.

기관음을 시작으로 날카로운 물체들이 빠르게 그를 향해 날아들었다. 호신강기를 전문적으로 파훼하며, 대상을 갈기갈기 찢어놓는다는 단혼살막의 지옥낭아구가 또다시 날카로운 이빨을 세웠다.

"빌어먹을!"

고경천은 어금니를 깨물었다.

단혼살막 최고의 단혼객이란 삼 인은 인사를 끝으로 몸을 뺐다. 그리고 늘 하던 대로 지옥낭아대를 투입해 낭아륜을 이용한 먹잇감의 힘 빼기 싸움을 시작했다. 이게 바로 손옥상이 말한 단혼살막의 싸움법이었던 것이다.

카강.

제일 먼저 흑연을 뚫고 나온 낭아륜이 고경천의 손에 잡혔다. 아직도 기세를 잃지 않은 낭아륜은 홍강수로 변한 고경천의 손바닥과 마찰을 일으키며 불꽃을 튀겼다.

“좋다. 이번도 그때처럼 끝장내 주지. 이번엔 꼬리만이 아닌 머리를 포함해서 말이다.”

고경천은 흑연을 뚫고, 허공으로 치솟았다. 과거 놈들을 상대했을 때처럼 흡정마기에 온 신경을 쏟았다. 그러자 살아 있는 듯 꿈틀거리는 흡정마기는 먹잇감을 찾듯 전신에서 요동쳤다. 고경천은 그런 흡정마기가 이끄는 대로 몸을 움직였다. 정기란 맛있는 먹잇감을 발견한 흡정마기를 사냥개 삼아 지옥낭아대를 사냥하기 시작했다.

“끄아아악!”

“크악!”

흡정마기의 재물이 된 자들의 비명이 장지촌을 뒤흔들었다. 아무리 하급 살수라도 남과 다른 인내를 가진 그들도 흡정마기가 몸속을 헤집는 고통엔 참지 못하고 비명을 질러댔다.

“역시 낭아대들론 그에게 긁힌 상처조차 만들 수가 없군요.”

싸움터에서 조금 떨어신 지붕 위에서 손가삼살은 싸움을 구경하고 있었다.

“어차피 그놈들은 소모품이다. 소모품에 무얼 바라느냐?”

“그러나 그들이 어느 정도 능력을 보여야 우리가 일을 하기 쉽지 않겠어요?”

손사향과 손불이가 대화를 나누자 마지막에 손옥상도 끼어들었다.

"누님, 높은 장벽도 무너질 땐 작은 실금으로란 말이 있소. 아무리 그가 엄청난 내공으로 버틴다 해도 그 바탕이 되는 신체는 언젠가는 지치기 마련이오."

"그렇지. 옥상이 말대로 기다리면 되는 것이다. 그래서 바다 건너 동영에선 살수를 인자(忍子)라 부르지 않겠느냐? 우리는 그저 놈이 작은 실금을 만들 때까지 기다리고 기다리면 된다. 또 이번 청부는 놈을 죽이는 것만이 다는 아니다. 마염성과 삼양궁은 놈의 목을 가져 달라 했지만, 육파일방은 놈의 발길을 막아달라고 했다. 마지막 숨통은 자기들의 손으로 직접 끊겠다나 뭐라나. 여하튼 그저 우리는 최대한 챙길 수 있을 때 챙기기만 하면 된다. 그 외는 아무것도 신경 쓸 게 없느니라."

평소라면 나약한 말에 화를 냈겠지만, 곧이라도 굴러들어올 황금에 손불이가 너그러이 말했다.

손사향은 조금 불안한 얼굴이었지만, 이어지는 손옥상의 말에 표정을 싹 바꿨다.

"그럼. 저는 육파일방의 다른 청부를 위해 이만 사천으로 출발하겠소. 누님… 성공하기를 바라오."

"호호호. 걱정 마라. 아직까지 난 내 거미줄에 걸린 먹이를 놓친 적이 없다."

"그 자신감으로 꼭 일을 성사하기 바라오. 사천의 일이 마무리되는 대로 나도 곧 저놈을 쫓을 테니까."

"호호호. 맘대로 하려무나. 하나, 너에게 그럴 기회는 돌아가지 않을 것이다. 아마 내가 먼저 일을 마치고, 사천으로 갈 수도 있으니까."

"설마 자만으로 일을 망친단 생각지 않소? 그러니 조금 더 신중을 기하는 게 어떻소."

"너야말로 사천의 일을 너무 가볍게 여기지 말아라. 누가 뭐래도 그들은 무림이십팔수니까."

두 남매의 사이에 잠시 먹잇감을 놓고 싸우는 늑대의 으르렁거림이 있었다.

"그만 해라. 우린 어디까지나 살수. 청부를 위한 경쟁은 좋지만 호승심으로 일을 망치는 것은 금물이다. 살수는 그저 맡은 청부에 최선을 다하면 된다. 괜히 애꿎은 호승심으로 일을 망치면, 난 자식이라도 절대 용서치 않겠다."

손불이의 눈에 금방 광기 어린 살기가 넘실거렸다.

"예."

"예, 아버님."

두 사람은 조용히 손불이의 말을 따랐다.

"그럼 일단 당분간은 계획대로 한다. 계획대로 놈이 사천에 도착하지 못하게 최대한 시간을 끈다. 그사이 기회가 되면 놈의 목을 따는 것이고. 알겠느냐?"

"예."

손사향이 명을 받아 고개를 끄덕였다.

"옥상이 너는 사천의 일에 최대한 만전을 기하도록 해라. 사천의 일이 끝나면, 놈이 죽든 죽지 않든 간에 천하는 다시 한 번 전란의 소용돌이로 빠질 것이다. 네 말이 무슨 뜻인지 알겠느냐?"

손불이의 입가에 사이한 미소가 걸렸다.

"알고 있습니다. 어디까지나 우리에겐 적도 아군도 없지 않습니까?"

"크하하하. 좋아. 말귀를 잘 알아듣는구나. 그럼 각자 맡은 일에 최선을 다하도록 해라."

명이 떨어지자 손불이를 제외한 이 인이 움직였다.

손사향은 싸움이 벌어지는 흑연 속으로 그와 반대로 손옥상은 강을 향해 몸을 날렸다.

손불이는 사라지는 두 사람을 바라보며 광기 서린 눈을 번뜩거렸다.

"난세의 끝은 곧 또 다른 난세의 시작. 다른 놈들은 몰라도 난 느낄 수 있다. 천하가 곧 피에 물든 황금으로 가득 찰 것이란 걸. 그로 인해 북신마교와 고경천이란 커다란 먹이가 사라지더라도 곧 또 다른 먹잇감이 천하를 가득 채울 것임을 말이다. 크하하하!"

손불이의 모습도 광소가 그치기 전에 사라졌다.

남겨진 것은 비명과 비명의 메아리.

"끄아아악."

몸속을 헤집는 고통에 목이 잡힌 자는 끔찍한 비명을 질렀
다. 그러나 그런 고통도 척추를 가르는 일격에 곧 사라졌다.

퍼버버벅.

생살을 찢고서도 낭아륜은 조금도 기세가 죽지 않았다. 배
를 뚫고 나온 낭아륜이 시체의 목을 쥔 고경천의 아랫배를 파
고들었다.

"지독한 놈들."

캉.

고경천은 목을 잡지 않은 손으로 날아드는 낭아륜을 바닥
으로 쳐냈다.

퍽. 파바바밧.

땅에 박히고도 기세가 죽지 않는 낭아륜이 바닥을 거칠게
헤집어놓았다.

고경천은 잡고 있는 시체를 바닥에 던지고, 몸을 날려 가까
운 조가의 시붕으로 올라섰다.

퉁. 퉁.

그아아앙.

기관음이 주변 곳곳에서 울리고, 지옥낭아구를 떠난 낭아
륜들이 지붕에 선 고경천을 잡아먹을 듯 덤벼들었다. 흑연과

어둠이 주변을 까맣게 물들여 놓아도 그들의 공격은 조금의 실수도 없었다. 어둠 속에서도 확실히 대상을 볼 수 있는 훈련을 쌓았는지, 흡정마기에 미비한 내공만 전해준 낭아객들이 집요하게 고경천에게 달라붙었다.

고경천은 지붕에서 몸을 날려 좌측 담장을 향해 몸을 날렸다. 지금까지 경험상 낭아객들은 연속해서 낭아륜을 쏘지 못했다. 다시 쏘려면 숨을 몇 번 내쉴 시간이 필요한데, 그 정도만 해도 고경천에게는 충분했다.

낭아객 중 하나가 자신을 덮쳐 오는 고경천을 보며 조금 당황한 눈빛을 보였다. 하나, 그의 손은 훈련받은 대로 지옥낭아구의 상층부에 낭아륜을 끼워넣고 있었다. 그리고 손잡이 뒤쪽에 달린 작은 고리를 잡아 채자 줄이 딸려 오며 낭아륜이 지옥낭아구 안에서 강한 회전을 일으켰다.

그아아아앙.

내부의 기관 장치로 강한 회전력을 얻은 낭아륜은 곧 고경천을 향해 겨누어졌다.

"늦었다."

발사 장치를 누르기 전, 고경천의 홍강수가 이미 낭아객의 머리를 향해 날아왔다.

퉁퉁.

그와 동시에 고경천의 배후에서 들려오는 낭아륜의 발사음. 대기를 찢으며 날아오는 낭아륜은 그 공포에 어울리게 벌써 고경천의 등판에 바싹 다가오고 있었다.

고경천은 졸지에 앞뒤로 낭아륜을 맞아 들여야 했다. 고경천의 신경이 잠시 등 뒤에 가 있는 순간, 바로 앞에 있던 낭아객도 회심의 미소를 짓고 발사 장치를 눌렀다.

퉁. 그아아앙.

늑대의 울부짖음 같은 기분 나쁜 소리가 울리며 아직 지면에 떨어지지 않은 고경천의 가슴을 향해 매섭게 파고들었다.

"회심의 미소는 아직 빨라."

고경천은 앞쪽의 낭아객을 노리던 손으로 바닥을 향해 일격을 날렸다. 홍강수가 홍월강으로 변하며 그 반동으로 고경천의 몸이 그대로 위로 솟구쳤다. 그 상태에서 다리 아래에서 위아래로 교차되는 낭아륜을 향해 장력을 날렸다.

파방.

장력에 격중당한 낭아륜은 그 무서운 위력만큼 조금도 기세가 죽지 않았다. 단지 원하던 방향과 조금 틀어져 새로운 먹이를 노렸다.

서걱.

"큭!"

앞쪽에 있던 낭아객은 그대로 목과 허리가 잘려 비명조차 내뱉지 못했다. 대신 고경천이 있던 지붕 위로 몸을 날렸던 낭아객은 그나마 피한다고 몸을 피했지만, 너무 순간적이라 제대로 피하지 못하고 다리 하나를 떨어뜨렸다.

고경천은 그마저 남겨두지 않았다.

슈아앙.

그의 손을 떠난 홍월강이 그대로 낭월객의 목으로 날아들었다.

서걱.

낭아객의 시신이 다시 지붕에 떨어지고, 그 뒤를 따라 고경천도 땅에 발을 디뎠다.

탓.

고경천은 주변을 훑어보았다. 더 이상 그를 향해 덤벼드는 늑대 이빨도 없었고, 그걸 조종할 낭아객들도 남지 않았다. 천하가 치를 떠는 낭아객들도 고경천 앞에선 그의 옷자락 하나 어쩌지 못하고 전멸을 하고 만 것이다.

"머린 사라졌군."

싸움 통에 손씨 일가는 사라진 듯했다.

"호호. 설마요."

고경천은 바로 곁에서 들려오는 목소리에 빠르게 신형을 이동시켰다.

"이런… 뭘 그렇게 놀라요."

고경천이 있던 근처에서 스물스물 검은 기운이 올라왔다. 마치 그림자가 살아 움직이는 것처럼 검은 기운은 곧 한 명의 아름다운 여인으로 바뀌었다.

"설마 제가 또 암습할까 봐 그랬나요?"

“했어도 이번은 성공하지 못했을 것이다.”

“하긴… 정신 나간 사람처럼 낭아륜을 피할 때도 쉽게 기회가 생기지 않더군요. 확실히 천중삼원에 육박할 만한 자란 말이 거짓은 아…….”

손사향은 말을 끝내지 못하고 놀라 신형을 날렸다.

슈아아앙. 쾅.

그녀 뒤편에 자리한 초가가 충격의 여파로 무너져 내리고 있었다.

손사향의 얼굴빛이 달라졌다. 고경천의 손을 떠난 무지갯빛 강기의 위력이 그녀의 등골을 서늘하게 만들었다. 만일 제때에 피하지 못했다면, 그녀는 몸이 두 개로 나뉘어 바닥을 뒹구는 경험을 했을 것이다.

“여자에게 너무 하는군요. 말도 없이 갑작스런 공격이라니…….”

“여자도 여자 나름이지. 게다가 난 빚지고는 못살아.”

“좋아요. 서로 한 번 주고받았으니, 이번 일은 없었던 것으로 하지요. 대신 다음번에는 후회할 거예요.”

“그건 다음번이 있을 때 문제고, 나를 건드린 이상 너에겐 다음이란 없다.”

고경천의 얼굴에서 차가운 냉기가 흘렀다. 그 기운은 곧 날카로운 살기가 되어 손사향의 전신을 덮었다.

손사향은 섬뜩함과 반대로 가슴에 강한 살기가 이는 것을 느꼈다. 그러나 곧 살기를 지운 그녀는 매혹적인 미소를 만들었다.

"호호호. 너무 성급하군요. 성급한 남자는 여자에게 별 매력이 없어요. 그리고 밤에 남녀가 단 둘이 만나 할 게 그런 거밖에 없을까요? 좀 건설적으로 생각해 봐요."

"그게 누구냐에 따라 다르지."

"아쉽군요. 죽이기 전에 천국을 구경시켜 주려 했는데, 싫다면 그냥 숨이 끊기는 쾌락만 보여 드려야겠군요."

손사향은 정말 아쉽다는 음성을 내뱉었다. 그녀에겐 여성으로 갖고 있는 정조란 개념이 없는 듯 남자보다 더 노골적이었다.

우우웅.

고경천은 더 이상 듣기 싫다는 듯 오른손에 공력을 집중시켰다. 단전에 자리한 여러 가지 기운들이 빠르게 오른손으로 모여들며 고경천의 손을 여러 색으로 물들였다.

파지지직.

특히 뇌의 기운이 가장 강렬한 모습을 보이며 보는 사람을 질리게 만들었다.

"이런 정말 재미없는 남자예요, 당신은. 더 이상 대화를 나눌 시간도 주지 않고……."

손사향이 몸이 안개처럼 흐릿해져 갔다.

"잔재주는 그만 피우지."

슈아아앙.

고경천의 손을 떠난 홍월강이 어둠을 가르며 손사향을 향해 쏘아져 나갔다.

그러나 고경천이 쏘아낸 기운은 안개만을 흩뜨렸을 뿐, 원하던 상대의 비명은 들리지 않았다.

“호호호. 그런 무식한 방법으론 저를 죽일 수 없을 거예요. 그러니 저를 죽이고 싶으면 다른 방법을 찾아보세요. 개인적으로는 침상에서 죽이는 방법이 제일 좋지만… 호호호.”

음성은 주변에서 메아리치듯 퍼져 나갔다.

고경천의 표정은 더욱 차갑게 굳었다. 지금까지 이런 상대는 없었다. 강하고 약하고를 떠나 이런 난감한 사술이란 지금까지 듣도 보도 못했다. 전에 왕건묘에서 상대한 어둠들의 수법보다 그 요사함이 더 뛰어났다.

“앞으로 전 계속해서 당신 근처에 있을 거예요. 당신이 틈을 만드는 순간, 여지없이 저의 검은 당신의 심장을 파고들 거예요. 그러니 항시 긴장하는 게 좋을 거예요. 그리고 충고 하나. 장지촌의 일은 살막의 예고장이에요. 앞으로 무고한 자들의 희생자를 막으려면, 사람들이 모이는 곳에 가지 마세요. 그렇지 않으면 당신으로 인해 쓸데없는 희생이 더 많이 늘 테니까요. 호호호.”

웃음을 끝으로 메아리는 점점 멀어져 갔다.

“단혼살막……..”

고경천은 피가 거꾸로 솟구쳤다. 그동안 여러 번 비열한 경우를 당해봤지만, 이런 경우는 처음이었다. 단지 자신을 죽이기 위해 애꿎은 사람까지 죽이겠다니, 이 순간 고경천의 살명부엔 단혼살막의 네 자가 깊게 새겨졌다.

파앗!

고경천의 신형이 꺼지듯 사라졌다.

"앞으로 네놈들은 날 건드린 걸 죽어서도 잊지 못할 것이다."

남겨진 것은 이를 가는 듯한 이 말 한마디. 그 음성은 손사향이 사라진 차수 너머로 빠르게 따라붙으며 사천까지 이어질 혈로를 예고했다.

第八章

불길한 징조

장지촌의 일을 시작으로 천하는 거센 폭풍에 휩싸이기 시작했다. 고경천의 등장은 그 폭풍에 폭우까지 더하는 사건으로 천하를 격렬한 폭풍우 속에 빠뜨렸다. 이 사건들은 크게 네 가지로 나뉘며 무림인들을 자리보전할 수 없게 만들었다.

첫 번째는 사천에서 벌어지는 세 세력의 충돌.

무당신의 일로 체면이 바닥으로 떨어진 육파일방은 아미파의 치욕 후 더욱 전의를 불태웠다. 육파일방의 정예들이 속속들이 사천으로 스며들어 육파일방과 북신마교의 싸움은 이미 기정사실화 되었다. 거기다 사천의 북쪽에서 북신마교를 향한 추가적인 움직임이 있었다.

출관과 동시에 타도 북신마교를 외친 공동파. 그들은 사천 싸움으로 목숨을 잃은 공동사로의 복수를 주장하며 힘을 끌어모았다. 그 결과 감숙과 섬서 북부, 산서 지역의 문파들이 공동파에게 힘을 실어주기로 했다. 이 지역은 주로 사도 문파가 터를 잡았는데, 현재에 와서 공동파가 사도로 치부된다 하더라도 이 많은 수의 문파 참가는 조금 의외였다.

모두들 쉬쉬거리며 공동파 뒤에 마염성이 있는 것이 아니냐 했지만, 그들은 공식적으로는 사천의 일에 관심을 두지 않는다 선포했다. 그렇다고 순진하게 믿을 자는 없지만, 일단은 마염성 본대의 움직임이 없기에 사천의 싸움은 북신마교 대 육파일방, 북신마교 대 공동파와 사도 연합이란 이상한 관계로 나뉘었다. 이 와중에 사이가 좋지 않는 사도 측 공동 연합과 정도 측인 육파일방이 충돌을 할지, 아니면 공동의 적인 북신마교를 함께 칠지는 세인들의 가장 큰 관심거리였다.

두 번째는 본격적으로 부딪친 삼양궁과 녹림의 타툼.

지금까지 후방에서 모습을 드러내지 않은 부궁주 소철상이 직접 접전 지역에 나타났다. 그는 육대절학 중 뇌양편을 극성까지 연마한 자답게 등장하자마자 녹림 소속 산채 세 곳을 뇌정진기 아래 숯 덩이로 만들어 버렸다. 그 와중에 세 곳 채주들의 목숨까지 빼앗아 삼양궁은 그동안의 울분을 확실히 풀었다. 그러나 이는 곧 녹림채주의 등장을 예고하는 것과 다름없었다. 그러면 삼양궁과 녹림도 본격적인 대결에 들어갈 것이다.

그런데 소철상의 출도는 그것 외에도 천하를 뒤흔들 한 가지 일과 맞물렸다. 지금까지 이빨 빠진 사자가 되어버린 것이 아니냔 억측을 불러냈던 성효명이 삼십 년 만에 모습을 드러냈다. 이십 년 전 아들의 죽음으로도 움직이지 않은 그가 흡정마공을 뿌리 채 뽑아버린다는 사자후와 함께 자신의 직속 세력을 움직였다는 소문이 돌았다. 삼양검대보다 한 수 위라는 궁주의 직속 친위대 태양검대. 그리고 지금까지 모습을 드러내지 않았지만, 그 능력이 일당백이란 암중의 세력까지. 성효명은 이번 기회에 흡정마공의 존재를 무림에서 완전 말살시킨다고 포효했다. 결국 이는 북신마교의 일에 삼양궁이 가세할 기미가 있다는 걸 시사했다. 그리고 그럼 과연 북의 패자인 막청해가 움직일 것인가? 이 싸움엔 이런 의문도 따라붙었다.

세 번째는 소문 중 가장 믿을 수 없는 소문이다.

지금까지 기존의 무림과 별도로 분리되어 암흑무림, 일명 흑도라 지칭한 문파들의 기존 무림에 대한 정식 선전포고였다. 그 선두에는 흑도 최대 문파인 지하패자 하오총문이 섰다. 문주는커녕 총사와 봉공의 존재 여부만 알려진 그들이 흑도의 네 개 기둥. 장강수로맹, 천투방, 흡혈포, 독화향을 이끌고 그들도 이 혼란에 한발을 내디딘 것이다. 더욱이 그들은 전 무림이 척살하려는 북신마교와의 공동 전선을 외쳤다. 북신마교와 교주를 해하는 자는 반드시 흑도의 무서움을 맛보게 될 것이라 해 비슷한 지역에 위치한 삼양궁과 하오총문의 대결도 새로운 관심사가 되었다. 과연 이러면 앞뒤로 녹림과 하오총문이란 적을 맞는 삼양궁은 어떻게 할 것인가? 무림행을 선포한 성효명이 정체가 드러나지 않은 또 다른 천중삼원 공야현을 막아설 것인가? 이는 지금까지 한 번도 벌어지지 않던 천중삼원의 대결을 예감하며 무림인들을 더욱 뜨겁게 달구었다.

네 번째는 뭐니 뭐니 해도 현 무림의 가장 큰 관심거리. 북신마교주 고경천에 대한 것이다.

그는 장강에서 육파일방의 추적을 닭 쫓던 개 꼴로 만들며 모습을 감추더니, 천하가 놀랄 하오총문의 밀약을 성공시키고 지금 사천으로 북상 중이라 알려졌다. 그 와중에 지겹도록 들러붙는 무림 최고 악질 단혼살막의 낭아객들을 속속들이 고혼으로 만들며 거침없는 질주를 보인다고 했다.

무림인들은 이 네 가지 일로 인해 고향을 떠나 이동하기 시작했다. 세상에서 가장 재미있는 것이 불구경과 싸움 구경이라고, 또 팽팽한 세력 유지 속에 자리한 평화로움의 무료함을 달래려는지 너나 나나 분란의 근거지를 향해 움직였다. 그중에서도 가장 많은 자들이 향한 곳은 누가 뭐래도 사천으로 이어지는 고경천의 행보. 그 속엔 적의와 탐욕을 가진 자들이 대다수가 되어 고경천을 쫓았다.

그리고 그와는 조금 다른 마음을 가진 자들도 이른 새벽 무당산을 떠나려 하고 있었다.

무당의 첫 관문인 현천문.

찬 이슬을 흠뻑 머금은 현천문이 새벽의 정적을 깨고 평시보다 일찍 열렸다.

아직 태양조차 제대로 얼굴을 드러내지 않은 시간에 꽤 여러 사람들이 모습을 드러냈다. 주로 득라 차림의 무당제자들이지만, 유일하게 한 사람만 다른 복장을 하고 있었다.

얼굴을 가릴 정도로 챙이 넓은 방갓에 승복을 걸치고 등 뒤에 어울리지 않은 쌍검을 멘 비구니. 그녀는 등 뒤의 검도 모자란지 허리 양편에도 한 자루씩 검을 더 찼다. 아무리 승복을 걸쳤어도 도저히 비구니로 봐줄래야 봐줄 수 없는 살벌한 모습이었다.

그들 중 두 사람만 떠날 채비를 하는지 간단한 봇짐을 메고 있었다.

한 사람은 예의 살벌한 모습의 비구니, 한 사람은 무표정과 달리 두 눈에 깊은 정기를 갖고 있는 젊은 도사였다.

"광한, 절대 무리하지 마라. 너는 무당은 물론, 정도의 다음을 책임질 인재다. 만일 네가 본산 최고절학인 태극혜검을 이치지 않았다면, 우리는 절대 너에게 그런 위험한 임무를 맡기지 않았을 것이다."

"무량수불. 안위만 따져서 어찌 무림의 해악을 멸할 수 있겠소? 광한이는 이번 일을 무사히 마치고, 무당의 이름을 천하 무림의 정점에 세울 것이오."

태허자의 공석으로 장문 대행을 하고 있는 정허의 말에 도허자가 쓸데없는 걱정이라며 한마디를 보탰다.

"도허 사형, 그것도 다 부질없는 공명심 아니오? 장문인께서 늘 수도자는 도의 흐름을 막을 수 있는 공명심 따윈 초개로 여기라 하지 않았소?"

"운허 사제. 사제는 너무 달관적이야. 지금 세속은 한 명의 악마로 인해 고통받고 있는데, 중생을 먼저 생각해야 할 우리들이 나 몰라라 해서 어떻게 할 것인가? 만허 사제는 너무 여리고, 운허 사제는 고리타분하니, 장문인도 늘 허허로 일관하지 않는가?"

"도허 사제, 외인 앞에서 불경스런 말은 삼가게."

지금까지 말이 없던 옥허가 도허의 말을 끊으며 눈으로 비구니를 가리켰다.

도허는 슬쩍 검을 든 비구니를 보며 강조하듯 말을 했다.

"흠흠. 여하튼 기사멸조를 한 것도 모자라 무당의 정신마저 더럽힌 그 악적을 반드시 처단해라. 그래서 무당의 정신과 검이 천하제일임을 만천하에 알리도록 해라."

그러나 비구니는 도허의 그런 말을 듣지 못했는지, 별다른 반응을 보이지 않았다.

광한은 자신을 걱정하는 사숙들을 향해 깊이 읍을 했다.

"소질. 그 능력은 미천하나 능히 그 일을 완수하기 위해 최선을 다하겠습니다. 이번 길은 강력한 조력자께서 함께하시니 반드시 지난 일에 대한 빚을 받아낼 수 있을 것입니다."

겉으로 표를 내지 않아도 패배해 침상 신세를 진 일은 광한의 가슴속에 크게 남았다. 다행히도 천하제일의 성수신인 사공명 덕으로 생각보다 빨리 빚을 갚을 기회를 갖게 되었다. 또 전과 달리 이번엔 막강한 조력자가 함께해 충분히 자신도 있었다.

"그래야지. 너만 믿는다."

정허, 옥허, 도허가 광한을 보고 천천히 고개를 끄덕였다. 운허는 무언가 미진한 듯한 표정이었으나 별말은 하지 않았다. 대신 만허가 무언가 갈등하는 표정을 짓다 남모르게 전음을 보냈다.

[내 이 말을 하는데 많은 번민을 했지만, 그래도 꼭 해야겠다. 너는 그 아이가 등선한 무허사제의 유일한 제자임을 명심하도록 해라. 그러니 될 수 있으면 목숨을 끊지 말고, 끊게 되더라도 최대한 고통 없이 보내주도록 하거라.]

광한은 만허의 얼굴에 서린 서글픔을 읽었다. 무당칠자 중 무허와 가장 가까운 관계를 유지한 사람이 바로 만허였다. 장문인의 명으로 그 관계는 어쩔 수 없었지만, 무허의 시체를 무당 인근이 마을에서 발견한 뒤로 그는 슬픔을 감추지 못했다. 광한은 그런 만허를 위해 작지만 힘있게 고개를 끄덕여 주었다.

이것으로 그들은 인사를 끝맺었다. 광한의 출도는 최대한 비밀을 유지해야 하기에 다른 자들 모르게 이런 이른 시간에 출발 시간을 잡은 것이다.

광한은 마지막으로 사숙들을 향해 깊숙이 읍을 한 후, 한편에 있는 비구니에게 공손히 말했다.

"무정신니, 가시죠."

비구니는 떠나기 전, 딱딱한 동작으로 남은 무당오자들에게 간단한 인사를 하고 광한과 함께 산문을 떠났다. 두 사람은 곧 무당산 아래로 이어지는 길을 따라 점점 작은 점이 되다 그도 곧 사라졌다.

"모순(矛盾)이 함께한다 해야 하는가?"

"그 말이 틀리지 않구려. 무림 최고의 수비무공과 공격무공이라… 과연 무림 최고의 전설인 흡정마공을 막아낼 수 있을 것인가?"

"무량수불."

"불패와 필승의 신화 태극혜검과 천년검학이라……."

태극혜검과 천년검학은 각각 오랜 전통을 자랑하는 무당산과 보타산의 최고 무학들이다. 한쪽은 수비무공의 극으로써 한쪽은 공격무공의 극으로써, 둘이 함께 한 적이 없기에 그 결과야 알 수 없지만, 무당칠자들은 왠지 모를 불안 속에서도 한줄기 기대를 가질 수 있었다.

그런지 도허는 신경질 내듯 한마디를 꺼냈다.

"그놈도 바탕은 인간이오."

＊　　　＊　　　＊

"놈도 인간이다."

싸울 때마다 토씨 하나 틀리지 않고 터져 나오는 이 한마디. 스스로의 약함을 감추기 위함인지, 적들은 늘 고경천을 향해 이 말을 내뱉었다.

그리고 그 뒤를 따라 해일처럼 밀려드는 병장기가 뿜어대는 은빛 물결. 더불어 더욱 거세게 몰아치는 권, 장의 폭풍우는 늘 고경천의 주변을 그가 걸친 의복보다 더한 넝마로 만들었다.

카강.

퍼벙.

그러나 고경천의 눈빛은 한순간도 꺾이지 않았다. 상처 입은 맹수마냥 격렬한 분노를 일으키며 덤벼드는 자들에게 잊을 수 없는 일격을 가해주었다.

"피… 피해라!"

고경천의 양손에서 무지갯빛이 강하게 치솟는 순간, 기세 등등하던 적들의 입에서 놀란 비명이 터져 나왔다.

그러나 늘 그보다 빠르게 고경천의 손을 떠난 홍월강이 거침없이 그들에게 쏟아져 내렸다. 각각이 작은 초승달 모양을 했지만, 어느 누구도 그걸 보고 앙증맞다 생각지 못했다.

콰가강.

"크악."

"악!"

경고를 무색하게 홍월강의 폭우 속에 적들은 사정없이 고꾸라졌다. 사지를 잃은 것은 그나마 나은 편이고, 순식간에 가슴이 뭉개지거나 머리 없는 시체가 되어 이리저리 차가운 바닥에 육신을 묻었다.

"으… 으… 악마."

놈도 인간이다 외치던 자도 결국 말을 바꾸며 고개를 떨어뜨렸다.

홀로 남은 고경천만 악마가 되어 그런 시체들 틈에 서 있었다. 지금 이 순간만큼은 고경천을 아수라라 해도 믿을 것이다. 그만큼 그의 눈은 아직도 꺼지지 않는 투기로 격렬히 타오르고 있었다.

하지만 투기가 사라지자 고경천은 남보다 더한 아픔에 빠져들었다.

"이게 저주로 재 탄생한 흡정마공의 업인가? 아님 삼류를 일류로 재 탄생시키려는 나의 업인가?"

강하게 빛나던 고경천의 눈이 탁하게 가라앉았다. 원치 않는 싸움의 연속들. 그의 의지와 상관없이 모든 것은 그렇게 흘러갔다.

그아아앙.

그러나 운명은 그의 손에 피가 마르게 하지 않았다.

시체를 향해 몰려드는 승냥이 떼들이 또다시 하나둘 주변에 모습을 드러냈다.

"호호호. 몰골이 봐줄 만하네요. 정녕 개방도의 거지가 형
님하고 울고 가겠어요."

손사향의 말대로 고경천의 몰골이 말이 아니었다.

산발한 머리는 군데군데 짐을 이루고, 의복은 이제 의복이
라 부를 수 없는 넝마가 되어 있었다. 곳곳엔 누구의 피인지
알 수 없는 피딱지까지 달라붙어 정녕…….

그녀의 등장으로 가라앉았던 고경천의 두 눈이 다시금 타
올랐다.

"내 쫓긴 똥개마냥 언제까지 내 주변을 어슬렁거릴 생각이
지? 덤빌 생각 없으면, 썩 내 눈에서 사라져라."

"어머! 정말 여자에게 너무 막말을 해대는군요. 내쫓긴 똥
개라니……."

손사향은 고경천을 향해 예쁘게 눈을 흘겼다.

도대체 어떤 정신 상태를 갖고 있는지, 시체가 널브러진 이
런 난장판 속에서도 교태를 부렸다.

"똥개가 아닌 발정난 암캐군."

고경천은 더 이상 상대하기 귀찮다는 듯 몸을 돌렸다.

매몰찬 한마디가 손사향의 두 눈에서 교태를 앗아갔다. 그
녀는 한 손을 들었다 아래로 떨어뜨렸다.

퉁.

기관음이 터지며 지옥낭아구를 떠난 낭아륜이 빠르게 고
경천을 향해 쏘아져 왔다.

쐐애애액.

고경천은 뒤로 돌아보지 않고, 한 손을 뒤를 향해 뻗었다.

카가가강.

홍강수에 잡힌 낭아륜이 미친 듯 몸부림을 쳤다. 그러나 점점 강하게 틀어쥐는 고경천의 손길에 점점 몸부림이 사그라져 갔다.

콰직.

마지막엔 고경천의 손아귀에서 낭아륜은 우그러진 고철이 되었다.

“장난감은 더 이상 나에게 소용없다는 걸 잊었는가?”

“호호호. 왜 잊었겠어요? 그냥 떠나가려 하시니, 소녀 서글 픔에 님의 발길이라도 잡으려던 거 아니겠어요.”

“그런가?”

고경천은 무슨 생각인지 가려던 발길을 멈추고, 신형을 돌 려 손사향을 바라보았다. 지금까지와 달리 부드러운 눈빛을 한 고경천이 그보다 더한 달콤함으로 손사향을 향해 발했다.

“좋아. 가지 말라면 가지 않지. 대신 날 떠나지 않게 하려 면 그에 따른 무언가가 있어야 하지 않겠나? 가령 아름다운 미녀와의 뜨거운 하룻밤이라던지…….”

고경천은 여자라면 누구라도 반할 마력적인 미소를 지었 다. 후유증이라 해도 과거 미녀 소리까지 들었던 고경천인지 라, 그의 미소는 그 자체만으로도 훌륭한 유혹의 수단이었다.

그 때문인지 손사향의 두 눈이 빨려들 듯 고경천의 얼굴에 머물렀다. 일순 고경천의 매력에 빠져 두 눈까지 몽롱해지던 그녀가 천천히 입을 열었다.

"정말 얼마나 날 죽이고 싶었으면 저런 짓까지 할까. 지금 그 몰골에 그런 미소가 가당키나 하나? 호호호."

손사향은 끝내 배를 잡고 웃어댔다.

으득.

고경천은 으스러져라 어금니를 깨물었다. 그동안 손사향을 끌어들이려 별의별 짓을 다하다, 처음으로 미친 척 미남계를 써봤는데 결과는 참혹하다 못해 비참했다.

"이런. 화났어요? 그러게 왜 팔자에도 없는 짓을 하세요. 이럴 줄 알았으면 거짓으로라도 속아줄 걸."

손사향은 쐐기를 박듯 마지막엔 야릇한 미소마저 지었다.

그 순간 화르륵 하며 타오른 건 고경천의 마음이 아닌 손이었다. 분노에 불탄 고경천은 무지갯빛으로 물든 손을 손사향을 향해 뻗었다.

슈이아앙.

"호호호."

그럴 줄 알았다는 듯 손사향이 재빨리 고경천의 일격을 피했다.

퍼벙.

"컥!"

"끅!"

덕분에 피하지 못한 낭아객들만 공격도 못하고 엉뚱히 목숨을 잃었다.

"빌어먹을!"

고경천은 미꾸라지 같은 그녀로 인해 분노만 더 치솟았다. 상대하면 할수록 손해기에 처음처럼 무시하고 몸을 돌렸다.

하지만 손사향은 아직 고경천을 놔줄 생각이 없었다.

"그러게 좀 인간다운 모습을 보이지 그랬어요. 어떻게 된 사람이 제대로 된 휴식도 취하지 않고 천지산까지 무사히 올 수 있어요. 내 그동안 인간 같지 않은 인간을 많이 봐왔지만, 당신 같은 사람은 처음이에요."

천지산은 호남과 사천의 경계로 이 산만 넘으면 그때부터는 사천 땅이라 해도 틀린 말이 아니다. 장지촌에서 천지산까지의 거리는 호남의 절반인데, 이 거리를 휴식도 취하지 않고 왔다면 정말 그녀 말대로 고경천은 인간이 아니었다.

하지만 그녀가 고경천의 지난날을 알면 어땠을까?

고경천의 삶은 늘 싸움과 싸움의 연속이었다. 고독과 싸워 온 십 년 동안의 동굴 생활, 전부를 걸고 도박한 화양 의원의 싸움, 운명을 이겨내기 위해 스스로 공적의 굴레를 쓴 상요에서의 싸움, 하나, 그 뒤에 벌어진 싸움들은 아직 끝나지 않고 계속되고 있었다.

그 때문에 고경천은 웬만한 시련엔 쓰러지지 않을 인간 같지 않은 존재가 되어버렸다.

"그러니 저를 꾀려면 조금 더 인간다운 모습을 보여주세요. 거미가 덫에 걸린 먹이를 먹을 땐, 먹이가 완전 의지를 상실했을 때 아니겠어요?"

그러나 고경천은 이젠 뭔 말을 해도 관심없다는 듯, 신경 쓰지 않고 천자산을 넘는 발길만 재촉했다.

"휴우! 아쉬워. 정말 아쉬워. 청부 대상만 아니라면, 내 평생을 맡겨도 후회하지 않을 남자인데……."

손사향도 더 이상은 어쩔 수 없다 여겼는지, 멀어지는 고경천의 등을 향해 진한 아쉬움을 남겼다.

그러나 그것도 잠시, 손사향의 아쉬움은 곧 삐뚤어진 탐욕으로 변해 진한 살기로 거듭났다.

"후회할 필요 없지. 살아 있는 걸 갖지 못하면, 죽은 껍데기로도 충분하니까. 또 내가 갖지 못한 걸 다른 계집도 가질 수 없는 일석이조의 효과도 있으니… 금방이야 나의 이 바람이 곧 현실이 될 날이… 호호호."

손사향은 요란한 웃음을 남기며 사라진 고경천을 쫓아 빠르세 몸을 날렸다. 그 뒤를 어미 오리 쫓는 새끼처럼 낭아객들이 줄줄이 따랐다.

*   *   *

어느덧 바람에 가을의 선선함이 묻어났다. 아직은 후끈한 열기가 더했지만, 간간이 시원함이 뜨겁게 달궈진 머리를 식혀주었다.

추일학은 앞으로 다가올 혈전 때문인지 바람을 느끼며 잠시 그대로 서 있었다. 오늘 회의 뒤엔 이런 여유를 느낄 수 없었다. 이미 적도들은 청성산에 물샐틈없는 천라지망을 펼쳐놓았다. 그로 인해 청성산을 오르거나 내려가는 일이 거의 불가능해졌다. 덕분에 사천 유일한 아군인 당가와는 완전 연락이 끊긴 상태였다. 단지 마지막까지 기댈 부분은 포위가 갖춰지기 전, 당가로 돌아간 당아영이다. 그녀라면 만일 북신마교에 불상사 생기더라도 고경천의 힘이 되어줄 것이다.

"화무십일홍(花無十日紅)이라⋯⋯."

싸움을 앞둔 지금 그와 동생들, 고경천의 삶은 그 누구보다 화려했다. 순식간에 사천의 패자로 군림하고, 육파일방과 마염성, 삼양궁을 압박하는 존재가 되었다. 과연 이 짧은 시간에 그걸 이룬 자가 얼마나 될 것인가? 그건 천하제일인이라 불리는 천중삼원도 못하는 일이었다.

단지 문제라면 그 화려함이 지금의 어려운 현실을 만들었다는 정도. 육파일방은 그렇다 쳐도 마염성을 등에 업은 공동연합의 참전은 완전 예상 밖이었다. 천하제일현이 속한 육파일방을 싸움도 고경천이 복귀할 때까지의 시간 끌기가 전부이거늘. 이젠 그 시간 끌기조차 불투명하게 되었다.

추일학의 시선이 잠시 푸른 하늘에 머물렀다.

“정말 시리도록 푸르군.”

왜 저런 하늘 아래 이리도 치열하게 살아야만 하는지, 하늘 아래 인간은 무척이나 작은 존재이건만. 그가 아는 한 사람은 저 하늘조차 싸워야 할 상대로 여겼다. 그로 인해 늘 고난과 시련의 연속이지만, 결과적으로 보면 그런 선택이 원하는 목적을 이루는 더 빠른 길이었다.

“혼나지 않으려면 제대로 해야지.”

추일학은 시선을 거두고 회의청으로 들어섰다.

이미 연락을 받고 모인 북신마교의 수뇌부들은 혈전을 앞둔 사람들답게 비장한 표정을 짓고 있었다. 그러나 두려워하거나 움츠려든 모습은 조금도 없었다. 천성이 싸움을 좋아하는 자들답게 뜨거운 투지로 금방이라도 싸울 태세였다.

“얼굴을 보니 별다른 말은 필요없을 것 같소.”

추일학도 흔들림 없는 표정으로 좌중을 훑어보았다. 이제는 낯설기보단 친근함이 더 드는 얼굴들이다.

혁진웅의 무표정은 언제나 든든함을 주었고, 제갈효의 다양한 지식들은 그의 부족함을 채워주었다. 나머지 백호칠수의 인물들이나 형제들인 현무칠수들은 말이 필요없는 자들이다. 그 외 북신마교의 새로운 수뇌부가 된 자들도 그 능력을 천하에 떨칠 순간만 기다리고 있었다.

“질 수 없는 싸움이오. 그렇다고 이길 수 있다 장담할 수도 없는 싸움이오. 그저 마도란 새로운 길에 목숨을 건 자에 부끄

럽지 않은 싸움만 하면 되오. 그럼 교주님이 돌아온 뒤에 집조
차 제대로 못 지켰냐는 잔소리에도 당당할 수 있지 않겠소?"

"물론이오."

"우리에겐 전진뿐이오."

"더 이상 우리에겐 피할 곳도 없소. 북신마교. 이곳이 우리
에게 있어 마지막 터전이오."

한을 품고 서사천에 스며들었다 이제야 당당히 그 한을 풀
수 있는 보금자리를 얻었다. 여길 빼앗기면, 과거처럼 다시
서사천으로 스며들 수도 없었다. 아니, 이제 다시는 그런 삶
을 살고 싶지 않았다. 이제야 당당히 하늘을 볼 수 있는데, 다
시 고개 숙이다니 그럴 바엔 차라리 목숨을 끊을 것이다.

"그 마음이면 충분하오. 그 마음이라면, 교주님도 우리를
나무라지 않을 것이오. 정보전주, 나머지는 부탁하오."

"알겠소."

그다음부터는 제갈효가 뒤를 맡았다. 전략, 전술의 대가인 제
갈공명의 후예답게 이번 싸움의 지휘는 그가 맡기로 했다. 이미
그는 지지 않을 싸움에 대한 여러 가지 계획을 세워놓았다.

"우리는 앞으로 싸움을 장기적으로 끌 것이오. 어차피 원
정자적인 입장에서 싸움이 길어지면 길어질수록 불리하오.
특히 육파일방은 본거지가 될 아미파가 제 힘을 쓰지 못하는
이상, 그 효과는 확실히 나타날 것이오. 또 공동 연합이야 수
가 많다 해도 그 질에 있어서는 육파일방에 못 미치오. 거기

다 그들은 공동이 아닌 마염성이란 이름으로 모인 것이나 다름없소. 그렇다면 이 싸움엔 육파일방과 마염성이란 오랜 앙금이 깔려 있소. 그러니 우리는 사면이 적들에게 둘러싸였다 해도 완전 막힌 것은 아니오. 그래서 앞으로 우리의 싸움은 세 가지 방식으로 치러질 것이오. 잠복, 기습, 암살. 이 세 가지가 앞으로 우리 싸움의 주축이 될 것이오. 잠복은……."

제갈효는 계속해서 세부적인 설명을 했다. 잠복은 청성산의 고지를 선점한 그들이 지형 지물을 이용해 미리 함정을 파놓고 기다리는 것이다. 기습은 잠복한 지역에 더 많은 적들을 끌어들이기 위한 미끼 역할을 하는 것이다. 마지막으로 암살은 절정고수를 많이 보유한 북신마교의 주 핵심 전술이다. 그 어떤 조직도 머리가 떨어지면 혼란에 빠지기 마련이다.

'제갈 전주의 전술은 십중팔구 적들에게 먹혀들어 갈 것이다. 그러나 아직 전략의 우위는 저들에게 있다.'

전술이 좋아도 싸움을 결정 짓는 것은 전술이다. 추일학은 제갈효의 전술을 믿으면서도 이 부분이 제일 걱정이 되었다.

옥정곽은 이런 부분을 놓치지 않을 것이다. 누가 뭐래도 북신마교가 불리하난 섯은 마꿀 수 없는 시신이다. 이를 승리로 이끌려면 상대의 사기를 떨어뜨려 전술의 우위를 차지해야 하는데, 저들은 각 문파의 수장들이 직접 참전했다. 그에 비하면 이쪽은 수장의 부재. 이 점은 한 번의 실수가 곧 극도의 사기 저하로 이어질 수 있는 가장 큰 위험 요소였다.

그러니 누가 뭐래도 지금 가장 중요한 것은 한시 빨리 고경천이 교로 복귀하는 것이다. 그때가 되면 북신마교의 전력을 산 아래로 쏟아 부어 흡정마공의 주인인 고경천과 앞뒤로 적을 몰아칠 수 있었다.

그래도 답답함에 불길함을 날려 버리듯 그는 품에서 섭선을 꺼내 부쳐 댔다.

'교주님, 서두르십시오.'

추일학은 다른 때보다 더 애타게 그 이름을 찾았다.

고경천은 점점 다른 사람처럼 변해갔다. 계속되는 추적엔 인간 같지 않은 그라도 본 모습을 유지하기 힘들었다.

한 마리 야수처럼 얼굴은 수염에 뒤덮여 본 얼굴이 사라지고, 두 눈엔 핏발이 섰다. 메마른 입술과 쉬어터진 목소리는 조금도 과거 모습을 떠올릴 수 없게 만들었다.

그러나 그 덕에 한 가지 좋아진 점이 있었다.

변해가는 외양처럼 점점 거칠어지는 그의 손속은 따라붙는 적도들을 많이 줄여 나갔다. 고수 아닌 자들은 이제 눈빛만 마주쳐도 지레 겁을 먹고 도망친다. 또 한가락 하는 자들도 계속해서 죽어 나자빠지니, 점점 그 수가 줄었다.

'이제 얼마 남지 않았다.'

고경천의 두 눈에 붉은 핏발이 더욱 곤두섰다.

현재 그의 위치는 사천 성도 동부를 흐르는 타강(沱江)의

하류부였다. 중앙은 북쪽 민산에서 발원돼 남부의 금사강과 합류하는 민강이 흐르는데, 흔히 서사천과 동사천을 가르는 기준이 되는 강이었다.

타강은 사천에 흐른 눈물 자국과 같다 해서 그런 이름이 붙었다. 여기서부터 성도는 한나절 거리라 할 수 있는데, 중경과 성도를 잇는 관도가 다른 곳보다 잘 닦여 말을 이용하면 반나절이면 충분했다.

내강(內江)은 그런 관도 변에 위치한 시진이다. 이는 서쪽과 동쪽을 잇는 중요 관도라 다른 곳보다 관과 군의 영향력이 강했다.

"난 마을로 간다. 이곳에서도 지랄하고 싶으면 마음대로 하도록."

근처에 그밖에 없건만 이 말을 남기고, 지금까지와 달리 마을을 피해가는 것이 아닌 안으로 들어섰다. 아무리 지겹도록 그를 쫓는 마녀라도 관군이 들이닥칠 수 있는 이곳에서 일을 벌이진 않을 것이다. 그랬다간 장지촌 때와 달리 관의 추격을 받을 것은 당연지사, 영악한 그녀가 그런 실수는 안 할 것이다. 그 외 다른 무림인들은 신경 쓸 필요도 없었다. 이미 떨어져 나간 자들은 몰라도 처음 보는 자들은 고경천을 알아보지 못할 것이다.

고경천은 마을로 들어서자 우선 객잔부터 찾았다. 일단 의복을 갈아입고, 몸에 묻은 찌꺼기를 떨어뜨리고 싶었다. 그리고 몇 가지 알아볼 것도 있었다.

그는 눈에 띄는 객잔 아무 곳으로 들어섰다. 들어가며 점소이에게 따뜻한 물을 준비할 것을 부탁하고, 평범한 옷 몇 가지를 주문했다. 물론 초반에 고경천의 몰골로 잠시 저지당했지만, 요즘 고경천의 눈빛은 함부로 받아낼 수 있는 것이 아니었다.

점소이는 말 잘 듣는 어린아이처럼 명이 떨어지자 휑하니 사라졌다.

고경천은 정해진 방에 들어가 잠시 몸을 침상에 뉘였다. 얼마만의 침상인가?

"너도 좀 쉬는 게 좋지 않은가?"

눈을 감은 채 고경천이 말했다.

"호호호. 이젠 제 걱정도 해주는군요."

"걱정이 아니라 썩은 내로 인해 편히 쉴 수가 없어서다."

"……"

손사향은 잠시 분을 삭이는지 말이 없었다. 그러나 곧 한마디를 남기고 사라졌다.

"좋아요. 잠시 사라져 드리죠. 오늘만큼은 그동안의 노고를 치하해 편히 쉴 수 있도록 해드리죠. 호호호."

웃음소리가 멀어지며 손사향의 말소리가 더 들리지 않았다.

고경천은 이제 어렴풋이 그녀의 존재를 느낄 수 있었다. 늘 살수에 대한 긴장 속에 살다 보니, 감각이 전보다 더 날카로워졌다. 그런데 이 감각은 오감과는 달랐다. 그렇다고 육감도 아닌, 흡정마기가 갖고 있는 본래의 효능이 두드러진 것이라

감각이라 부르기도 뭐했다.

요즘 고경천은 흡정마기와 점점 동화되어 갔다. 이젠 움직여야지가 아닌 그런 의도만 비춰도 흡정마기가 꿈틀거렸다. 그 덕에 내공을 갈구하는 흡정마기의 습성이 고경천의 새로운 눈이 되어주었다. 결국 수많은 싸움에서도 버틸 수 있게 해주고, 안개 같은 손사향의 존재도 조금씩 느낄 수 있게 만들었다.

"아직은 확실하진 않군."

그래도 완전 동화된 것은 아니라 부족한 부분은 있었다. 그랬으면 손사향은 벌써 그의 손에 죽었을 것이다.

"시킨 일을 다 마쳤습니다."

심부름을 시킨 점소이가 돌아왔다.

"들어오게."

"예."

점소이가 낑낑거리며 김이 모락모락 나는 거대한 욕조를 끌고 들어왔다. 그는 욕조를 한편에 놔두고, 미리 산 옷가지를 한편에 놓은 후 얼른 밖으로 나가려 했다.

"잠깐!"

"예?"

아까 일을 기억했는지, 점소이가 겁에 질려 있었다.

"무엇 하나 물어보세."

고경천은 하나의 수단을 사용했다.

"말씀하십시오."

점소이는 침상에 앉아 있는 고경천의 손에 들린 은자를 놓치지 않았다.

"근자에 사천에 큰 싸움이 벌어지지 않았나?"

"싸움이요?"

점소이는 곧 그 싸움이 무림인들 간의 싸움이란 걸 알고, 주절대기 시작했다.

"싸움은 아직 벌어지지 않고, 싸움이 벌어지려는지 많은 수의 무림인들이 이곳을 거쳐 성도로 떠났습니다. 성도 근처 청성산에 무슨 마왕이 사니 어쩌니 하며 승, 도, 속의 인물들도 무더기로 나타나 그리로 향했습니다. 아마 소인의 생각으론 그들이 육파일방이라 불리는 인물들이 아닌가 합니다."

점소이는 그동안의 눈칫밥을 살려 결론을 내렸다.

"혹시 당가는 어떻던가? 그리고 관은? 가령 성도부에서 무슨 움직임이라도 있는가?"

"둘 다 없습니다. 당가는 무림인들이 성도에 몰려드는 데도 꼼짝하지 않는다 하고, 관은 전부터 무림인들 다툼에 끼지 않는 것이 불문율 아닙니까? 더욱이 이번 일은 성도가 아닌 청성산에서 벌어지는데 성도부에서 왜 끼어들겠습니까?"

"알겠네. 이건 자네 몫일세."

"고맙습니다."

점소이는 감사의 인사를 연방하며 빠르게 이곳을 떠났다.

"다행이군. 의부께서 나서지 않았다니……."

고경천의 거처가 청성산이란 걸 고문량도 잘 알고 있었다. 그런 그가 청성산의 소식을 듣고 움직이지 않았나 하는 것이 그의 걱정이었다. 다행히도 고문량은 명관답게 사사로운 감정에 치우치지 않았다.

"걱정거리는 하나 덜었으니, 이제 몸이나 추슬러야겠군."

옷가지를 후딱 벗어버리고, 따뜻한 욕조에 몸을 담갔다. 당분간은 수염을 그대로 가지고 있을 생각이라 면도는 하지 않았다. 그저 머리와 몸에 붙은 찌꺼기들을 떨궈 내고 옷을 갈아입었다.

완성된 그의 모습은 걷어붙인 팔다리와 거친 머리, 덥수룩한 수염으로 영락없는 촌부 그 자체였다. 기질도 거칠어질 대로 거칠어져 그를 아는 자들도 알아보기 힘들 정도였다.

"되었군."

자신의 모습을 다시 한 번 꼼꼼히 살핀 고경천은 간단히 운기조식을 한 후, 마장을 들러 늙은 노새 한 마리를 구해 올라탔다. 그 후 관도를 따라 천천히 성도를 향해 이동하기 시작했다.

해가 떨어질 무렵.

고경천은 성도에 도착할 수 있었나.

"흠."

고경천은 쓰고 있는 방갓을 들어 성도의 높다란 성문을 바라보았다.

여전히 성도는 그가 처음 왔을 때 그대로였다. 달라진 것이라곤, 그때는 당당히 문을 지났지만, 지금은 정체를 숨기고 지나간다는 것이다.

"통과!"

위병이 성문을 통과하는 자들을 살피고 들여보내 주었다. 고경천도 그런 사람들의 무리를 따라 쉽게 안으로 들어섰다. 그는 익숙한 길을 따라 한곳을 향해 나귀를 몰았다. 목적지는 다름 아닌 성도 지부. 그는 일을 하기에 앞서 고문량을 만나기 위해 성도 지부로 향했다.

볼품없는 나귀와 평범한 촌부.

특별히 눈에 띄는 모습이 아니라 누구 하나 고경천에게 시선을 주지 않았다. 해서 편안한 자세로 익숙한 곳을 지나쳤다.

여전히 서봉루는 몇 번의 난리를 당하고도 그 모습 그대로였다.

고경천은 잠시 옛 생각을 하며 그곳을 지나쳤다. 그러나 고경천은 안에 그가 죽이고 싶은 두 사람이 함께 있다는 걸 몰랐다. 알았다면 결코 그냥 지나치지 않았을 것이다.

"실패한 것이오?"

"아직 아니다."

"그런데 왜 청부 대상과 떨어져 이곳에 있는 것이오. 거기다 대상을 성도 근처까지 오게 했다면, 거의 실패한 것이나 다름없지 않소?"

손옥상의 입꼬리가 미비하게나마 말려 올라갔다.

손사향은 자신이 늘 짓는 표정을 막상 다른 사람에게 당하자 눈꼬리가 높이 올라갔다.

"아직 아니다. 그보다 너야말로 맡은 일은 끝냈느냐?"

"맹수가 살고 있는 우리 안에 몸을 들이는 것은 바보나 하는 짓이오. 난 지금 맹수가 우리를 떠나 들판으로 나오길 기다리고 있소. 어차피 나 말고도 맹수를 노리는 사냥꾼들이 많은데, 일부러 위험을 무릅쓸 필요가 있소? 그리고 암습은 누님의 특기지. 내 특기가 아니지 않소?"

"좋다. 어디까지나 각자 맡은 일이 끝나지 않았으니, 참견은 그만 하자. 대신 한 가지만 묻겠다. 혹시 성도에 놈과 관련된 알려지지 않은 자나 세력이 있느냐?"

"그 말은⋯ 지금 나에게 도움을 청하는 것이오?"

손옥상의 차가운 시선이 손사향을 바라보았다.

손사향은 아랫입술을 깨물었다. 남매지만 두 사람은 경쟁 관계에 있었다. 훗날 단혼살막을 물려받으려면 그만한 결과를 보여야 했다. 그런 것을 다 떠나서도 친부인 손불이는 실수를 용납하는 자가 아니었다.

"그래. 내 지금까지 수도 없이 놈의 심장을 찌를 기회만 엿보았다. 추적자들과 싸울 때도, 지쳐 잠이 들 때도, 심지어 볼일 보는 그 순간까지 노렸다. 그러나 결론은 불가(不可). 놈은 인간의 범주를 뛰어넘는 감각을 가졌다. 처음에는 그것이 미비해 상처를 입힐 수 있었지만, 날이 갈수록 놈은 감각이 날카로워져 반경 삼 보 내에선 접근을 허용치 않아 그것도 힘들어졌다. 그러니 놈을 죽이려면 그 경계를 풀게 만들어야 한다. 그렇지 않으면 암수론 도저히 놈을 죽일 수 없다. 그래서 난 놈을 버리면서까지 이곳에 온 것이다. 놈의 근거지인 이곳이라면, 그놈을 흔들리게 할 무엇이 있을 것이라 믿고.”

손사향은 어쩔 수 없이 자신의 치부를 드러냈다. 그녀는 지금 궁지에 몰릴 대로 몰려 다른 선택이 없었다. 실패하면 실패했다고 끝나는 것이 아니다. 단혼살막에서 실패는…….

“누님은 놈이 그 짧은 기간에 초감각이라도 깨우쳤다는 말이오?”

“깨우쳤는지 아닌지는 나도 확신하지 못하겠다. 단지 놈은 일반인과 다른 제삼의 감각을 갖고 있다. 그것이 처음과 달리 점점 강하게 변해 이제는 암습이 특기인 나조차 쉽사리 접근을 못하게 만든 것이다.”

“흠…….”

“내 이번 일만 성공하면, 절대 너의 은혜를 잊지 않으마.”

손사향은 손옥상에게 고개를 숙였다. 평소 자존심이 높기로 최고인 그녀가 고개를 숙였다. 만일 시간이 넉넉했으면, 스스로 알아내지 절대 부탁을 하지 않았을 그녀가 시간에 쫓겨 할 수 없이 고개를 숙인 것이다.

손옥상은 잠시 그 모습을 보다 미소를 지었다. 이런 것도 나쁘지는 않았다. 의도야 어떻든 한 번 정도는 은혜를 베풀어도 나쁘지 않을 것이다.

"내가 이곳에서 알아내려던 의문은 두 가지였소. 하나는 기반이 없던 그들이 어떻게 빨리 성도에 자리를 잡았는가? 또 하나는 아미, 당문, 청성파마저 눈치를 살핀 관을 피해 어떻게 성도를 차지할 수 있었던가? 나는 이 두 가지 의문을 풀기 위해 노력을 했소. 그래야 북신마교라는 빈틈없는 집단에 작은 구멍이라도 찾을 수 있지 않겠소?"

"결론은……?"

"당문과 성도 지부. 이 두 곳에 놈은 줄을 대고 있소. 그것도 아주 가깝게 말이오."

손옥상의 한마디에 손사향의 두 눈이 빛을 발했다.

"호호호. 그렇단 말이지. 놈을 쓰러뜨릴 약점이 두 곳에 있단 말이지?"

손사향은 풀기 어려운 해답을 찾자 참을 수 없는 기쁨을 드러냈다.

해가 떨어지자 성도 곳곳에 횃불이 설렸다.

성도 지부도 그런 성도의 변화에 따라 입구와 담장 주위를 횃불로 밝혔다. 어둠 속에서도 확연히 그 위용을 느낄 수 있게 거대한 웅자가 불빛으로 감싸졌다. 부족한 부분은 위병이 직접 횃불을 들고 순라를 돌아 성도 지부는 대낮처럼 밝았다.

그런데 위병이 잠시 자리를 비운 순간, 검은 그림자 하나가 높다란 성도 지부 담장을 넘었다.

검은 그림자는 바닥에 떨어지자 어둠 속에서 주변을 빠르게 살폈다. 그리고 재빠른 동작으로 전각과 전각이 주는 어둠 사이를 물고기처럼 빠르게 지나쳤다. 그러다,

탓.

바닥을 박찬 검은 그림자가 전각의 지붕에 살며시 내려앉았다. 그 후, 성도 지부의 심처를 향해 한줄기 바람처럼 이동했다. 거칠 것 없이 이동하는 검은 그림자는 이곳의 지리를 속속들이 아는 자 같았다. 분명 야간 경계 서는 위병들이 있을 법하건만, 검은 그림자는 교묘히 그들이 없는 공간을 찾아 깊숙이 들어갔다.

검은 그림자는 잠시 한 지붕에서 아래를 내려다보았다.

다른 곳과 달리 활짝 열린 창을 통해 불빛이 새어 나오는 곳. 그곳에서 근엄하게 생긴 중년인이 밤이 깊어가는 것도 잊고 독서삼매경에 빠져 있었다.

그를 바라보는 검은 그림자의 눈에 기광이 돌았다. 검은 그림자는 지붕에서 뛰어내려 먹이를 덮치는 매처럼 중년인을 향해 몸을 날렸다.

중년인은 한밤중의 고요를 깬 인기척에 고개를 돌렸다. 그리고 눈앞에 서 있는 낯선 사람의 모습에 두 눈엔 긴장이 서렸다.

第九章

"웬 놈이냐!"

고문량이 겁도 없이 나타난 불청객을 향해 호통을 쳤다.

그러나 불청객은 조금도 흔들림이 없었다. 호통을 듣고 금방이라도 닥칠 위병은 안중에도 없는지, 방갓을 쓴 모습 그대로 서 있었다.

"역시 하늘 아래 두려울 게 없다는 무림인답구니. 천자를 모시는 정사품 관리의 호통에 눈썹 하나 까딱하지 않고, 아무래도 네놈들의 무지를 깨우기 위해선 일벌백계를 내려도 모자를 듯하다. 그동안의 불문율과 의자의 부탁은 뒤로 미뤄서라도 관이 왜 관인가 이번 기회에게 확실히 보여주겠다."

고문량은 더 이상 참기 어려운 지경까지 다다랐다.

고경천 덕에 청성, 아미, 당문의 분란을 잠재웠다 싶었더니, 얼마 전부터 육파일방이니 하는 놈들이 스멀스멀 성도로 모여들었다. 알아보니 그들은 고경천의 거처인 청성산을 노린다 했다. 그러나 고경천의 부재를 알지 못한 그는 얼마 전의 일을 마무리한 고경천의 능력이면 아무리 육파일방이란 놈들이 와도 끄떡 없다고 생각했다. 더욱이 고경천의 뒤엔 장인인 당문가주가 버티고 있었다. 그래도 혹시나 하는 마음에 당가에 인편을 보내 보니, 당가주는 큰일이 아니니 걱정하지 말라고 했다. 그래도 계속해서 성도로 모여드는 무림인들로 불안을 느꼈는데, 아니나 다를까 이렇듯 겁도 없이 성도부의 담장을 넘는 놈이 나타났다.

그러나 불청객은 고문량의 호통이 들리지 않았다. 오랜만에 보게 되는 친인의 얼굴에 막상 다른 생각을 하지 못했다.

고경천은 방갓을 벗고, 고문량을 향해 대례를 올렸다.

"소자, 아버님의 평안함을 보니 마음이 한결 놓입니다. 그동안 여러 신상으로 오랫동안 찾아뵙지 못해 죄송한 말씀드립니다."

"그럼 너는……!"

고문량은 고개를 드는 고경천의 얼굴을 뚫어져라 바라보았다.

어찌 보면 계집 같다 생각했던 얼굴이 거친 수염에 뒤덮여 있었다. 눈빛은 거칠고, 입술은 바싹 메말라 있었다. 도대체 어떤 일을 겪었는지 말을 하지 않아도 능히 짐작할 수 있을 정도였다.

"올라오너라. 오랜만에 부자가 한잔 나눠야 하지 않겠느냐?"

고문량은 다른 말은 하지 않았다. 모든 걸 아는 순간, 평상시와 같은 한마디를 할 뿐이다.

고경천은 문보다 익숙한 창을 넘어 실내로 들어섰다. 그리고 고문량이 책을 보던 맞은편에 앉았다.

"아버님, 술은 소자의 당면 문제를 해결한 뒤, 밤새도록 상대해 드리겠습니다. 그러나 지금은 그렇게 못함을 이해해 주십시오."

"아니다. 나도 의례 물어본 것일 뿐, 꼭 마시려던 것은 아니다. 그보다 당면 문제란 것은 요즘 성도에 몰려드는 무림인 때문이더냐?"

"아버님도 아시고 계셨군요."

"그래, 근자에 무림에 자자한 명성을 날리는 육파일방 무리가 성도에 몰려늘었다. 혹시나 해서 알아보니, 그들의 최종 목적지가 청성산이더구나. 내 행여 큰일은 아닌가 사돈에게 알아보니, 사돈이 별일이 아니라 하면서 혹시 네가 오면 건네주라고 서찰을 한 통 보내왔다. 꼭 너만 볼 수 있게 하란 말에 내 지금까지 보관해 두고 있었다."

고문량은 말을 하며 생각났다는 듯 문갑의 자물쇠를 따고 그 안에서 밀봉된 서찰을 꺼내 고경천에게 내밀었다.

서찰을 받은 고경천은 잠시 묘한 기분을 느꼈다. 낮에 알아본 바로는 당문은 이번 일에 조금도 관심이 없는 것처럼 행동했다. 오히려 연관이 될까 세가인들의 문밖출입을 자제시킨다는 이야기까지 들었다. 그런데 그런 당가주가 자신에게 서찰을 보내다니…….

'적들의 눈을 속이고, 배후를 칠 묘책이라도 써놓았는가?'

그러나 그건 아닐 것이란 생각이 들었다. 자신이 경험한 바로는 당진용은 그럴 사람은 아니다. 그를 처음 만나 연수 이야기를 꺼냈을 때도 그는 쉽게 움직이려 하지 않았다. 오히려 무림이십팔수의 열넷이 있는 북신마교를 규율도 제대로 서지 않은 오합지졸이라 하지 않았는가? 그는 확실하지 않으면 움직이지 않는 사람이다. 또 돌다리라도 두들겨 보지 않고는 건드릴 사람이 아니다. 그런 신중한 사람이 서찰로 무언가를 전한다?

하지만 백문이 불여일견. 고경천은 일단 서찰이 담긴 봉투를 뜯었다. 봉투 안에는 따로 접힌 두 장의 서찰이 들어 있었다. 고경천은 일단 위쪽에 있는 서찰을 펴 보았다.

내 미안하단 말은 하지 않겠네. 그동안 몇 차례나 혼례를 미뭐온 건 자네 본인이란 건 잘 알고 있을 걸세. 난 아직 자네를 믿고 가문의 사활을 걸어야 할지 결심을 내리지 못하겠네. 그건 일문의 수장인 자네도 잘 알 것일세. 수장에게 있어 가장 중요한 건 약속을 어겨 잃는 명예보다 가문의 안위란 것을. 그래서 난 무모할지도 모를 이번 일에 확신이 없이는 행동할 수 없네. 이해해 주기 바라네. 그리고 이번의 이런 결정. 환난이 지나가면 자네에게 석고대죄를 올려서라도 용서를 구하겠네.

이치와 형편에 맞게 써졌지만, 그 내용은 혼약을 주고받은 사이에게 보낼 것이 아니었다. 특히 상대가 어떤 상황에 처해 있는지 알고 있으면서도 이런 서찰을 남기는 저의란······.

고경천은 이해가면서도 가슴 한편에 느껴지는 배신감을 지울 수 없었다. 특히 마지막 한마디는 더욱 깊게 가슴을 헤집었다.

'결국 이렇게 되는군.'

화가 나지는 않았다. 어차피 시작이 그렇지 않은가? 단지 이깔로 당아영과 있던 무당산의 일이 부질없게 되는 것이 아쉬웠다. 이제야 마음을 열고, 무언가 이루어지려 했긴만. 아쉬움을 느끼면서도 당장 당문을 찾아갈 수 없었다. 사랑의 감정을 쫓기엔 그의 삶이 너무 각박했다. 그렇다고 배신에 대한 대가를 받아내기엔 마음이 내키지 않았다.

"무슨 안 좋은 이야기라도 적혀 있느냐?"

“아… 아닙니다.”

고문량은 고경천의 작은 변화도 놓치지 않았다.

“왜 혼약이라도 파기하자고 하더냐?”

확실히 경륜과 눈치는 무시할 수 없었다.

“……”

고문량은 고경천의 그런 침묵에 한마디를 해주었다.

“잠시 잊어라. 사내에게 있어 의리가 첫째요. 사랑은 둘째라 했다. 그리고 네 정녕 그 아이에게 미련이 있다면, 내 관의 힘을 빌려서라도 이 혼사는 꼭 성사시켜 주마. 그러니 걱정하지 말거라.”

마지막에는 평소하지 않던 장난을 곁들이니 고경천은 마음이 차분하게 가라앉는 걸 느꼈다.

‘그래, 나에게 있어 첫째는 친인들에 대한 것이다. 늘 나를 위해 희생을 감수한 그들을 위해 반드시 내 손으로 그들을 지켜내야 한다.’

흔들리던 마음을 단단히 다잡은 고경천은 나머지 서찰을 펼쳐 보았다.

그곳에는 처음 보는 힘찬 필체의 글이 적혀 있었다.

십 년 전은 빈도의 승. 십 년 후는 귀하의 승. 이제 나머지 한 번으로 무당과 귀하 사이에 남겨진 앙금을 걷어냅시다.

장소는 왕건묘.

이 서찰을 보는 대로 성도의 열래객잔(悅來客棧)에 연락을 주시오. 그날 자시가 귀하와 대결을 갖는 시간이 될 것이오.

추가로 이번 대결은 빈도 외에 한 사람을 동행하겠소. 이는 전설을 잇지 못한 자가 전설을 이은 자에 대한 예의니, 부디 비겁하다 흉보지 마시오.

그럼 귀하의 연락을 기다리고 있겠소.

광한 배상.

처음처럼 두 번째 서찰도 굉장히 간략했다. 그러나 그 안에 담긴 내용은 첫 서찰 이상의 강렬한 인상을 남겼다.

아쉬움을 남겼던 십 년 만에 벌어진 광한과의 대결. 그 대결의 종지부를 찍자는 도전장이 당문을 통해 그에게 전해졌다.

와락.

고경천의 손에서 서찰이 휴지처럼 구겨졌다.

'결론을 내잔 말이지. 그것도 앙금이 남지 않도록 말이야.'

어떻게 알아냈는지 육파일방은 당문과 고성천의 관계를 밝혀내 당문을 통해 도전장을 전해왔다. 이로서 고경천은 당문의 뜻하지 않은 변심이 어디에서 비롯된지 알 수 있었다. 육파일방 아니, 그 뒤에 있을 옥정곽. 그의 능력이 여지없이 발휘된 것이다.

　그렇다면 오히려 당진용의 서찰은 오히려 뒤통수는 치지 않겠단 안도의 서찰이나 마찬가지였다.

　'둘이 나오든 셋이 나오든 나를 건드는 것이 어떤지 이번 기회에 확실히 보여주겠다.'

　이 시기에 이런 대결을 계획했단 건 그만큼 육파일방이 자신있다는 소리일 것이다. 그렇다면 이 싸움 절대 물러설 수 없었다. 이거라면 불리한 싸움에 충분히 강한 변수가 될 수 있기 때문이다.

　고문량은 전의를 불태우는 고경천을 보며 자리를 털고 일어났다. 오늘만이라도 고경천의 잠자리를 직접 봐줄 요량이었다.

*　　　*　　　*

　당아영은 집에 도착하고 달라진 분위기에 적응할 수 없었다. 연수자인 북신마교의 위기가 코앞에 닥쳤는데도, 당가는 조금도 움직이려 하지 않았다. 아니, 무관심을 넘어 너무나 냉대했다. 더욱이 가장 믿기 어려운 것은 당진용의 명이었다.

　당진용은 그녀에게 철저히 문밖출입을 삼가시켰다. 고문량의 무남독녀 고소혜라도 만날라 쳐도 당진용은 절대 허락지 않았다.

당아영은 더 이상 참을 수 없었다. 어미 없이 자신을 키운 아버지의 은혜가 하늘 같아도 이건 있어서는 안 되는 일이었다. 오늘은 그녀와의 만남을 회피하는 당진용의 침실을 쳐들어가서라도 담판을 지어야 했다.

그녀는 서둘러 당진용의 침소로 걸음을 옮겼다.

"아가씨."

침소를 지키는 자들이 그녀를 알아보고 놀라 입을 열었다.

"비켜요. 오늘은 아버지를 꼭 만나야 하니까요."

"아가씨, 오늘은 시간이 늦었습니다. 내일 날 밝은 다음에 찾아뵈어도……."

"비켜요!"

당아영은 막무가내로 그들을 밀치고 들어섰다.

침소를 지키는 자들은 난감했다. 평소 전혀 이러지 않는 그녀가 이러니 그들로서도 갈피를 잡을 수 없었다.

"들여보내라."

"예."

소란을 들었는지 당진용이 명을 내렸다.

당아영은 그들을 거칠게 밀치고 안으로 들어섰다.

"앉아라."

당진용은 의복을 갖춘 채, 차분히 그녀를 기다리고 있었다. 마치 당연히 올 것이란 표정을 짓고 말이다.

당아영은 불길한 예감을 느꼈다.

“일단 앉아서 이 서찰을 읽어보아라.”

당진용이 그녀에게 서찰 한 장을 내밀었다.

당아영은 그와 서찰을 번갈아보다 얼른 자리에 앉고 서찰을 읽어보았다. 읽는 내내 그녀의 손은 학질이라도 걸린 듯 부들부들 떨렸다.

탁.

“결정하셨군요.”

서찰을 거칠게 탁자에 내려놓은 당아영이 따지듯 말했다.

“그래.”

“아… 아버님… 어찌 이러실 수 있어요.”

흔들리는 호롱불로 인해 당아영의 눈빛이 더욱 거센 떨림을 보였다.

“무엇이 말이냐?”

당진용은 그녀와 달리 너무나 담담했다.

“무엇이라니요. 어찌 무인으로 이리 쉽게 배신할 수 있는가요?”

“배신?”

“예, 배신이요. 지금 하는 짓이 고 공자를 배신하는 짓이 아닌가요?”

당진용의 눈이 잠시 흔들렸다. 그러나 그건 착각이라 느낄 정도로 미비했다.

“아버님!”

"그 일은 길게 이야기할 것이 없다. 너도 서찰을 봤으니 잘 알지 않느냐? 애초부터 맞지 않은 두 곳이 원래대로 돌아가는 것인데, 무엇이 문제고 배신이란 말이냐?"

"어찌 배신이 아닌가요? 일척간두의 위기에 몰린 연수자를 돕지 못할망정, 그들의 뒤통수를 치는 게 배신이 아니면 도대체 어떤 것이 배신인가요? 아버님은 무인으로서 가져야 할 기본적인 자부심도 없단 말인가요?!"

당아영의 목소리가 끝내 높이 솟았다.

"나는 무인이기 전에 백 명이 넘는 식솔을 가진 일가의 가주다!"

굳은 당진용의 눈빛이 당아영의 얼굴에 매섭게 꽂혔다. 계속해서 그는 힘있는 음성으로 말을 이었다.

"너도 알지만, 북신마교는 지금 무림오패 중 육파일방과 마염성의 공격을 받고 있다. 비록 마염성이 전면에 공동파를 내세웠지만, 이는 비밀 아닌 비밀이다. 그럼 그 결과는 어떻게 되겠느냐? 만에 하나 두 곳의 합공을 물리쳤다 해도 육파일방은 몰라도 마염성은 주력을 앞세워 사천으로 밀고 들어올 수 있다. 산하문파의 복수라는 넝분으로. 그것이 아니라도 천중삼원의 성효명이 멸교를 외치며 이십 년 만의 칩거를 깼다. 과연 북신마교의 운명은 어떻게 되겠느냐? 아니, 그들과 함께한 당문의 운명은 어떻게 되겠느냐?"

"하오나 아버님, 고 공자는 저와 혼약을 맹세한 사이옵니다. 그런데 사위의 어려움을 지켜보는 것도 모자라 절망의 구 렁텅이에 밀어 넣겠다는 말입니까?"

"그는 여러 번 혼사를 밀어왔다. 그런 그에게 과연 당가와 의 결혼이 안중에 있을까? 그러니 난 당문의 운명을 그런 곳 에 걸 수 없다. 차라리 그보다 사해조수 옥정곽의 약속에 당 문의 미래를 걸겠다!"

"아버님……."

당아영은 더 이상 말을 잇지 못하고 진한 눈물을 흘렸다. 그녀는 아버지 당진용이 어떤 사람인 줄 잘 알고 있었다. 그 는 가문의 명예를 위해 오랜 전통으로 이어진 독술마저 과감 히 버리려던 자였다. 그 일환으로 혈족의 한 방울의 피는 한 양동이로 돌려받는다는 계율도 잊고, 같은 혈족인 당협기의 목숨마저 적도들의 손에 던져 주었다. 비록 당협기가 그와 앙 숙이라도 엄연한 가족인데도 말이다.

"잊어라. 너는 똑똑한 아이니 아비인 나의 마음을 잘 알 것 이다. 어차피 너희가 혼약했던 사실은 몇몇만이 알고 있을 뿐 이지 않느냐? 후에 지부대인이 이 일로 추궁을 하더라도 나는 절대 이 결정을 후회하지 않을 것이다."

눈물만 흘리며 말을 잇지 못하는 딸을 향해 그는 이렇게밖 에 말을 할 수 없었다.

"후회하실 거예요."

"뭣이?"

처음으로 당진용이 노기를 드러냈다.

"아버님은 오늘 이 결정을 후회하실 거예요. 늘 시련 앞에서도 당당함을 잃지 않는 고 공자는 반드시 멀쩡한 모습으로 아버지 앞에 나타날 거예요."

"그건 있을 수 없다. 이번 시련만큼은 그에게도 마지막 시련이 될 것이다."

"아니요. 그에게 마지막 시련은 없어요. 있는 것이라곤 시련 앞에서도 흔들리지 않는 강한 의지뿐이에요. 그럼 이만 물러가겠어요."

"행여 당문을 몰래 빠져나갈 생각은 하지 말거라. 너는 이번 일이 끝날 때까지 절대 금족령이다. 그리고 이미 내 뜻이 담긴 서찰이 지부대인께 있으니, 이 일은 다시 주워 담을 수 없다."

당아영은 당진용의 말에도 대답을 하지 않고 침실을 빠져나왔다.

"아가……."

지키던 자들이 뭐라 입을 열었지만, 그녀는 빠져나오자마자 빠르게 걸음을 옮겼다. 아버지 앞에서는 흐느끼는 소리를 낼 수 없었지만, 처소가 점점 가까워지자 당아영의 입에서 참았던 흐느낌이 봇물처럼 터졌다.

"흑. 흐윽. 으흐흑."

그녀는 그 소리가 들릴까 봐 처소를 향해 달리듯 빠르게 걸음을 옮겼다. 처소에 도착한 그녀는 침상을 찾아 몸을 던지며 참았던 오열을 마음껏 터뜨렸다.

"흐흑. 이제야 그가 마음을 열었는데……. 흐흑. 이제야 그의 아픔을 함께 할 수 있는데… 흑흑 그는……."

"그는 내 것이야."

갑작스레 들린 목소리에 눈물 범벅이 된 당아영의 눈이 찢어질 듯 커졌다. 이곳은 누구도 함부로 들어올 수 없는 그녀만의 처소. 그런 곳에 외부인이 들어와 있었다.

파밧.

당아영이 정신을 차리는 것보다 암습자의 움직임이 더 빨랐다. 암습자는 당아영이 무슨 짓이라도 할까 봐 아혈은 물론 마혈까지 제압했다. 그리고 엎어져 있던 당아영을 앞으로 돌려 침상에 바로 눕게 만들었다.

"호호호. 제법 반반한 계집이야."

암습자는 여인으로 그녀는 한 손을 들어 당아영의 얼굴을 부드럽게 쓰다듬었다.

당아영은 정신만 빼고 나머지는 모두 제압당하여 고스란히 그 손길을 느껴야 했다. 암습자의 손길이 스칠 때마다 거미가 스멀거리는 끔찍한 기분을 맛보았다.

"자! 아가씨, 이제 잘 시간이야."

암습자는 눈꼬리와 입꼬리를 모두 치켜 올리며 두 눈에 묘한 요기를 뿜어댔다.

당아영은 그 눈빛을 접하자 정신이 몽롱해지는 걸 느껴 어떻게든 정신을 모으려 했다. 그러나 상대가 내뿜는 요기는 슬픔에 잠긴 그녀가 견딜 수준이 아니었다. 아마 제정신을 갖고 있다 해도 그녀는 똑같은 결과를 맞이했을 것이다.

'아… 공자, 고 공자… 공……'

점점 백지로 화해가는 일말의 정신을 잡으려 했지만, 결국 그녀는 고경천도 당진용도, 그리고 슬픔과 분도도 잊고 깊은 나락으로 한없이 가라앉았다.

오랜만에 가진 편안한 잠자리 덕인지 다음날 고경천은 상쾌한 아침을 맞을 수 있었다.

"오빠!"

고경천이 왔다는 소식을 들었는지 고소혜가 집 안이 떠나가라 소리치며 쳐들어왔다.

"소혜야, 이크!"

저돌적으로 달려드는 고소혜를 고경천이 번쩍 안아 들었다.

"어?"

고소혜는 무언가 이상함을 느꼈는지 묘한 탄성을 질렀다.

"소혜야, 왜?"

"아저씨 누구야? 오빠는 이렇게 수염이 많지 않아!"

심통이 난 듯 고소혜가 고경천의 수염을 잡아당겼다.

"자, 자세히 봐봐. 오빠잖아. 자!"

고경천은 얼굴을 바싹 들이대 고소혜에게 잘 보이려 했다.

"앗 따가! 저리 치워!"

고소혜는 따갑다고 앙증맞은 손으로 고경천의 얼굴을 밀어댔다.

그러나 고경천은 더 짓궂게 얼굴을 들이밀었다.

둘은 그렇게 몇 번의 실랑이를 벌이며 시간을 때웠다. 그 시간만큼 고소혜도 고경천을 잘 살펴봤는지, 처음처럼 거부하거나 하지 않았다. 지금은 얌전히 품에 안겨 계속해서 조잘거렸다.

캬옹.

언제 왔는지 설묘가 한편에서 붉은 눈으로 고경천을 바라보았다. 그렇지 않아도 찾을 요량이라 고경천이 반갑게 인사를 건넸다.

"백아, 오랜만이다."

캬옹.

오랜만의 만남인데도 전처럼 달려들어 볼을 비비거나 땡깡을 부리지 않았다. 고경천이 변한 만큼 설묘도 달라졌는지 어딘가 의젓해졌다.

"안 본 사이에 많이 의젓해졌구나."

"응. 정말 백아는 새끼 늙은 고양이 다 되었어."

“새끼 늙은 고양이?”

“응. 너무 점잖은 애는 어른들이 애늙은이라 하잖아. 그런데 백아는 새끼 고양이니까. 새끼 늙은 고양이. 오빠는 그런 것도 몰라?”

“하하. 하하.”

고경천은 어색하게 웃었다.

설묘는 이제 포기했다는 듯 고개를 좌우로 저었다. 그동안 애 보기 하면서도 무언가 도라도 깨달은 모습이다.

“네가 고생이 많았겠구나.”

캬옹.

당연한 거 아니냔 듯 울어댔다.

고경천은 씁쓸한 미소를 지으며 고소혜에게 말을 했다.

“소혜야, 오빠가 당분간 설아를 데려가도 되겠느냐?”

“괜찮아. 나도 요즘 새끼 늙은 고양이를 상대하느라 애늙은이가 되어가는 거 같았거든.”

다른 때라면 길길이 날뛸 고소혜가 순순히 응했다. 그 이유가 듣는 고경천이나 설묘 다 어처구니없게 하는 말이지만, 일단 울음은 늘지 않아노 뇌니 나행이있다.

“그럼. 오빠가 잠시 일을 하게 자리 좀 비켜주겠느냐?”

“알았어. 아빠가 당분간 오빠는 큰일 때문에 바쁘다고 너무 괴롭히지 말라고 했거든. 그래서 나도 그러기로 했어. 소혜도 철이 좀 들었거든.”

"하하. 그래. 이제 보니 전보다 키도 좀 큰 거 같구나."

"헤헤. 그럼 이따 봐."

나타날 때와 마찬가지로 요란한 발자국을 남기며 고소혜가 떠나갔다.

고경천은 고소혜가 떠나가자 설묘에게 말했다.

"백아야, 청성산 교까지 가는 길은 잊지 않았겠지."

카웅.

"그래. 그럼 교에 있는 서생에게 이 전서를 전해주거라. 최대한 빨리 전해야 하는데, 곳곳에 무림인들이 포진했어도 가능하겠느냐?"

캬아아웅.

믿어달라는 듯 크게 고개를 끄덕였다.

"좋아. 역시 넌 내 첫 번째 친구답다. 그럼 부탁하마."

고경천은 미리 써둔 전서를 담은 목걸이를 설묘의 목에 걸어주었다. 이 목걸이를 이용한 수법은 전에도 자주 사용하던 거라 추일학은 금방 알아볼 것이다.

"출발해라."

캬웅.

설묘는 바로 창을 통해 처소를 빠져나갔다. 곧 몇 번의 도약으로 지붕에 올라선 후, 지붕과 지붕을 타 넘으며 바람처럼 성도부 밖으로 사라졌다.

"내 안위를 알린 것만으로도 서생에겐 충분할 것이다. 내

가 오늘 밤 대결을 승리를 이끌고, 밖에서 호응을 해준다면
이 싸움은 우리의 승리가 될 것이다. 그럼 일단……."
　고경천은 광한과의 대결을 위해 열래객잔으로 사람을 보
냈다.

第十章
자정의 혈투!

　설묘는 청성산 아래에 빽빽이 들어찬 천막들을 볼 수 있었다. 청성산 남부는 육파일방이 포진했기에 설묘가 보는 것은 육파일방 진영이었다. 설묘는 야생동물 특유의 야성을 살려 기척이 들리지 않는 곳을 찾아 이동했다. 사람의 그림자가 보이면 천막의 그늘에 몸을 숨기고, 조금씩 천막 사이를 뚫고 나갔다.

　그런데 인기척을 피하다 보니 점점 진영의 중앙으로 향하게 되었다.

　"고경천……."

　막 중앙의 거대한 천막을 지나치려던 설묘는 익숙한 이름에 걸음을 멈추었다. 붉은 눈을 들어 천막을 바라보며 그대로 갈까 말까 망설이다 결국 천막의 아래 틈으로 작은 몸을 밀어 넣었다.

설묘의 눈에 천막의 중앙을 차지한 자들의 모습이 보였다. 대부분 전 주인처럼 나이가 든 노인들로 그중 몇 명은 머리카락이 없는 자도 있었다.

"놈은 지금쯤 성도에 도착했을 것이오. 그렇다면 당가를 통해 보낸 서찰도 확인했을 터, 우리가 보낸 비밀 고수와 대결은 놈의 성격상 하루, 이틀 안에 벌어질 것이오."

"그럼 옥 대협께선 어떻게 하셨으면 하시오? 계획대로 북신마교를 칠 것인가? 아님 여기서 방향을 돌려 놈과 대결을 벌일 왕건묘에 사람들을 포진시킬 것인가?"

옥정곽의 말에 종남 장문인 종남일수(終南一宿) 용진청(龍辰靑)이 바로 질문을 던졌다. 평소에도 성격이 급하기로 소문난 그라 기다리지 못했다.

"음……."

평소라면 물 흐르듯 유연한 대답을 내놓았겠지만, 지금은 너무나 시기 적절하게 일이 맞물려가 쉬이 결론을 내릴 수 없었다. 옥정곽은 슬쩍 태허를 바라보았다.

태허는 지금 그에게 광한을 믿으라 말하고 있는 듯했다.

옥정곽은 그 눈빛에 자신의 실책을 느꼈다. 누가 뭐래도 광한은 그의 하나뿐인 친손자다. 할아버지가 손자를 믿지 못하면, 누가 믿겠는가?

"우린 전력 분산없이 계획대로 청성산으로 진격할 것이오. 괜히 포위망에 구멍이 뚫릴 일은 만들 필요가 없으니 말이오. 그러기 앞서 적을 한번 흔들어줄 필요가 있소이다. 지리적 이점을 가지고 농성할 그들을 밖으로 끌어낼 필요가 있소. 그러려면 자연스레 왕건묘의 대결이 청성산에 있는 적도들의 귀에 들어가야 하오. 그 역할은 종남, 화산 그리고… 이제, 오제, 육매가 나서주게."

종남, 화산 장문인을 바라보던 옥정곽의 시선이 청룡칠수의 장백신옹, 황산패도, 멸악사태에게 향했다.

"두 장문인과 현제들은 육파일방 제자들을 이끌고 지금 당장 산을 올라 북신마교도들과 싸움을 벌이시오. 대신 무슨 일이 있어도 깊숙이 적을 쫓지 말고, 그렇다고 너무 약하지 않게 싸움을 벌이시오. 그다음 북신마교의 수뇌부라 생각되는 자를 만나면, 어떻게든 놈들이 우리 본진에 그들의 교주 고경천이 쳐들어온 것처럼 믿게 만드시오. 그러면 그것만으로도 충분히 효과를 거둘 것이오."

캬.

설묘는 이야기를 듣다 자기도 소리를 내었다.

"고양이?"

이곳에 있는 자들은 설묘의 작은 소리를 놓치지 않았다. 그들의 시선은 천막 안으로 고개를 들이민 설묘를 바라보고 있었다.

야오옹.

설묘는 시선이 몰리자, 아무렇지 않게 고양이 울음소리를 내었다. 그리고 앞발을 혀로 핥아 얼굴을 쓰다듬었다.

"고놈, 참 깜찍하게 생겼군."

"허허."

사람들은 혼자 재롱떠는 고양이를 보며 잠시 이곳이 어딘가를 잊고 있었다.

설묘는 그러다 아무렇지 않게 천막 틈을 통해 다시 밖으로 나왔다.

"혹시 누구 고양이요? 고양이가 예까지 찾아올 정도면 주인을 무척 따르는 놈 같은데."

그러나 아무도 나서는 사람이 없었다.

"허 참, 제자들 중에 누가 데려온 고양이인가?"

사람들은 특별하게 생각지 않았다. 낮말은 새가 듣고, 밤말은 쥐가 듣는다 해도 설마 고양이가 들었을 것이란 생각은 하지 않았다.

옥정곽도 별일 아니라 여겨 그를 주축으로 각 장문인들은 다시금 북신마교 공략에 대한 이야기를 나누었다.

설묘는 천막을 벗어나자마자 빠르게 북신마교를 향해 달렸다. 이제는 사람이 보든 말든 낼 수 있는 최대한 속도를 내었다.

"뭐야?"

"뭐가 저리 빨라."

육파일방 제자들은 하얀 선이 되어버린 설묘의 모습에 놀라 소리쳤지만, 곧 소집을 알리는 신호에 호기심을 끊고 빠르게 집결지로 모여들었다.

설묘는 육파일방의 진영을 빠져나오자 그대로 청성산을 타고 올라가기 시작했다. 필요하면 나무와 나무 사이를 타 넘으며, 작은 개울 같은 것은 한 번의 도약으로 뛰어넘었다. 설묘는 달리는 와중에 기억에 남아 있는 추일학의 냄새를 쫓았다.

그런데 추일학의 냄새가 풍겨오는 곳이 설묘가 아는 방향과 달랐다. 평소라면 그보다 더 위쪽에 있어야 하거늘. 오늘은 웬일인지 아래쪽에 있었다. 그것도 묘한 짐승의 냄새가 함께 섞인 그런 곳에 말이다.

설묘는 이상함을 느끼면서도 추일학의 냄새를 쫓아 나무와 풀숲을 뚫고 달렸다. 그리고 도착한 곳은 칡넝쿨이 이리저리 얽힌 한 경사. 추일학의 냄새는 칡넝쿨 뒤편에서 풍겨오고 있었디.

캬아아.

설묘는 자신의 방문을 알리려는지 날카롭게 울었다.

"뭐야?"

주변에 은신한 자들이 그 소리에 모습을 드러냈지만, 곧 토굴로 빠르게 다가가는 설묘의 모습을 보며 하나같이 소리쳤다.

"설묘다!"

"교주님의 고양이야!"

알아본 자들이 한마디씩 소리쳤다.

그건 칡넝쿨 너머에 있던 자들도 충분히 듣게 돼 지금은 임시 지휘소가 된 토굴에서 사람들이 뛰어나왔다.

선두엔 추일학이 그 뒤로 다른 곳에 매복한 자를 제외한 북신마교의 수뇌들이 뛰쳐나왔다. 이미 대부분 배치가 끝난지라 현무칠수나 백호칠수 중엔 제갈효만이 그와 함께 하고 있었다.

"오! 맞군."

제갈효가 반가운 음성을 토해냈다.

추일학은 빠르게 달려드는 설묘를 품에 안아 들었다.

캬오. 캬아아.

설묘는 무슨 말이라도 하려는지 소리쳤지만, 말이 아닌 이상 추일학은 알아들을 수 없었다. 대신 진정하라며 설묘의 머리를 쓰다듬어 주었다.

"백아, 수고했다."

이 한마디를 끝으로 평소대로 추일학은 설묘의 목에 있는 작은 통을 열려 했다.

그러나 설묘는 계속해서 무얼 전하려는지 으르렁거리며 꿈틀거렸다. 하나, 그건 무의미한 짓거리만 될 뿐, 추일학은 굳은 얼굴로 통 속에 있는 전서만 꺼내려 했다.

캬오.

설묘는 기운 빠지는 소리를 내며 곧 얌전해졌다.

"그래. 지금은 장난칠 때가 아니다."

추일학은 이 순간 설묘가 영묘란 사실을 잊고 있었다. 평소라면 이상하게 여겼을 부분도 고경천의 소식이 왔다는 생각에 조금도 이상함을 느끼지 못했다. 그저 서둘러 설묘의 목에서 전서만 빼낼 뿐이다.

깜짝 놀랄 선물을 가져가겠소. 그러니 서생도 한번 화끈하게 날뛰어 보시오. 그럼 선물 기대하시오.

못난 교주 고경천 씀.

"훗. 여전하시군."

추일학은 피식하는 웃음을 흘렸다.

"뭐라 쓰여 있소?"

제갈효의 말에 추일학은 전서를 넘겼다.

진시를 본 세길효의 표징은 왠지 어둡게 흐러졌다.

"교주님다운 서신이긴 한데, 설마 선물이란 것이 육파일방 본진으로 뛰어들거나 하는 거 아니오?"

설묘가 왔다는 것은 고경천이 지척인 성도에 있다는 것을 뜻한다. 그럼 북신마교로 돌아오려면 반드시 육파일방이 포진한 산 아래를 지나야 하는데, 큰 선물이라면…….

"평소 교주님의 성격대로라면 충분히 그러고도 남을 것이오. 하지만 이번만은 왠지 다르다는 생각이 드오."

"허 참, 도대체 그 자신감은 어디서 오는 것이오?"

"서신 마지막 부분을 보시오. 못난 교주라고 쓰여 있지 않소?"

"그게 이것과 무슨 상관이오?"

"그런 말을 썼다는 것은 이제 스스로 교주란 자각을 갖게 되었다는 것이오. 지금까지 서신을 보내며 교주님이 그런 문구를 넣는 걸 봤소?"

"그거야……."

제갈효는 기억을 더듬어봤지만, 고경천이 지금까지 보낸 서신 중에 그런 문구는 없었다.

"교주님도 변하기 시작한 것이오. 단지 오기만 부리던 어린아이에서 자신의 위치를 인정한 어른으로 말이오."

"꼭 부모 같은 말을 하오."

제갈효는 점점 자신과의 격차를 벌이는 추일학을 향해 퉁명스레 말했다.

"그렇게 들렸소? 하하하."

추일학은 기분이 좋은지 크게 웃었다.

하지만 그 웃음은 곧 아래에서 벌어지는 소란으로 금방 사라져야만 했다.

"쳐라!"

"와! 육파일방 놈들에게 쓴맛을 보여주자."

북신마교도의 고함이 청성산을 울렸다.

카가강.

퍼버버벙.

병기 부딪치는 소리와 장력이 내뿜는 소음이 고함을 뒤따랐다.

"육파일방의 공격이 시작된 듯하오."

제갈효의 얼굴이 굳어졌다.

"음……."

마치 고경천의 서신이 도착한 걸 알기라도 하는 듯한 공격이었다. 추일학은 잠시 미간을 찌푸리다 싸움터로 몸을 날렸다.

"일단 싸움터로 이동합시다. 무언가 꿍꿍이라도 있나 확인해봐야겠소."

"같이 갑시다."

추일학도 뒤를 따랐다.

설묘는 멀어지는 눌의 모습을 바라보며 살롱하듯 붉은 눈동자를 굴렸다. 그러나 설묘도 결정을 내리고 곧 둘을 따라 아래쪽으로 달렸다.

"당황하지 마라!"

"전열을 다듬어라!"

종남장문인과 화산장문인은 북신마교의 매복에 목청을 돋우었다.

옥정곽의 명을 받고 북신마교와 접전을 벌이기 위해 산을 올랐지만, 생각처럼 북신마교도들은 나타나지 않았다. 그래서 조금 깊숙이 들어왔는데, 갑자기 그들이 지나간 자리에서 북신마교도들이 튀어나왔다. 다행이라면 선두에 있던 종남장문인과 화산장문인 사이에 거리 차가 있어 양쪽 다 배후를 당하는 일은 없었다. 더욱이 조력자로 참전한 청룡칠수는 이름에 걸맞은 능력을 보여주어 쉽게 무너지지 않았다.

육파일방은 두 장문인들의 지휘에 조금씩 반격의 빌미를 찾았다. 북신마교도를 지휘하는 자들이 청룡칠수에게 발목이 잡혀 어이없이 무너지는 꼴은 피할 수 있었다.

"이노옴!"

멸악사태의 노성이 상대에게 쏟아졌다.

"그래. 잘 만났다. 이 망할 비구니야!"

오염달이 무당산의 일을 갚기라도 하겠다는 듯 거칠게 단정의 멸마모니검을 막아갔다. 우유빛 검기와 파철황조가 내뿜는 황영이 거칠게 허공에서 부딪쳤다.

카강.

검과 검이 부딪치며 요란하게 불꽃이 튀었다.

그들과 한참 떨어진 곳에선 백발을 자랑하는 장백신옹과

무표정의 최염이 격렬하게 검을 나누고 있었다.

장백신옹의 달무리 같은 검기가 빛을 뿌리며 최염에게 쏟아졌다. 최염은 주변에·거센 바람의 장막을 만들며 검기를 막아내고, 그 바람을 다시 검에 담아 장백신옹에게 쏘아 보냈다. 둘은 각자 누가 더 예기가 날카로운지 자랑하듯 한순간도 움직임을 멈추지 않았다.

그들과 달리 황산패도와 홍해구의 싸움은 빠르지 않은 대신 강력한 여파를 남겼다. 둘 다 무거운 중병을 사용하느라 한 번 충돌할 때마다 귀가 떨어져 나갈 듯한 충돌음을 만들어 냈다.

쾅! 콰강!

황산패도의 감산도는 폭풍처럼 홍해구의 당파창을 덮쳐 갔다. 홍해구는 당파창을 풍차처럼 돌리며 폭풍처럼 밀려드는 상대의 폭풍도기를 맞아갔다.

그러나 세 군대 벌어진 싸움 중, 제일 위험한 곳이 이곳이었다. 홍해구가 힘겹게 황산패도의 공격을 막고 있었지만, 조금씩 밀리고 있었다.

그 외 나른 사들은 각사 사신이 맡은 부하들을 독려해 상내를 막아갔다. 그건 종남장문인과 화산장문인도 다르지 않아 그들은 직접 싸움에 참전하는 대신 전황을 지휘했다.

치열하게 접전을 벌이는 싸움터에 도착한 추일학은 얼굴 표정을 좋게 가질 수 없었다. 확실히 명성은 거저 얻는 것이

아니라고, 그들이 매복을 이용한 기습전을 펼쳤는데도 육파
일방은 쉽게 당하지 않았다. 직접 참여하지 않은 종남장문인
과 화산장문인이 이곳저곳 뛰어다니며 싸움의 균형을 맞췄
다. 그 외 청룡칠수 삼 인으로 발이 묶인 현무칠수의 셋은 전
황에 뛰어들지 못하고, 부지휘자들이 그들의 할 일을 대신했
다.

"역시 연합된 저들의 능력은 우리 측 고수들의 발길을 붙
잡아둘 수 있소. 이래서야 수적으로 불리한 우리가 힘겹겠
소."

제갈효는 매복의 효과가 생각보다 작아 얼굴 표정이 좋지
않았다.

"그래도 효과는 있소. 지금 바닥에 누워 있는 자들은 본교
보다 육파일방 쪽이 많소. 거기다 우리도 아직 여유는 있으
니, 계획대로 기습을 통해 고수들의 숫자를 죽이면 어렵지는
않을 것이오. 문제는 북쪽에 포진한 공동 무리인데, 그쪽에서
는 경사 비탈이 심해 이렇듯 대대적으로 밀고 들어오진 않을
것이오. 또 그곳은 무상이 백호칠수의 몇몇과 길목을 막고 있
으니, 그들의 실력으론 쉽게 뚫지 못할 것이오."

"그건 그렇지만, 우리 쪽은 드러난 것이 전부 아니오. 저쪽
은 아직 후방에 여유가 있어 일 대 이나 일 대 삼 정도론 우리
쪽 수지가 맞질 않소. 최소 일 대 오의 비율을 가져가야 말이
되오. 차라리 오제를 불러들여 독을 이용하는 게 효과가 좋았

을 텐데.”

“독은 공격에는 좋지만, 수비에는 사용하는 자도 위험성이
따르오. 거기다 저 많은 적들을 상대할 정도로 우리 쪽 독의
고수는 많지 않지 않소?”

“여하튼 계획을 좀 더 보완해야겠소. 차라리 북쪽과 남쪽
의 사람 몇을 바꿔서라도 육파일방에 비중을 더 둬야겠소.”

“그건 전술을 맡은 제갈 전주께서 알아서 하시오.”

그렇게 서서히 이야기를 마무리 지어가는데, 갑자기 육파
일방 쪽에서 요란한 호각 소리가 울렸다.

삐익. 삐삐.

그 소리에 전황을 지휘하던 장문인들이 크게 소리쳤다.

“퇴각해라!”

“퇴각해라! 본진에서 긴급 호출이다!”

“아무래도 놈이 쳐들어온 것 같다!”

“북신마교주가 나타났다!”

장문인들의 호통에 맞춰 곳곳에서 함성을 질렀다.

“뭐라고!”

제살효가 자신도 모르게 목소리를 높였다.

“설마……”

추일학도 흔들림을 감추지 못했다.

“다음에 보자! 네놈보다 그 건방진 놈이 먼저다!”

멸악사태가 멸마모니강을 검에 잔뜩 주입해 강하게 오염

달을 향해 휘둘렀다.

“망할!”

까강.

두 사람이 양편으로 떨어졌다.

멸악사태는 그 여파를 빌려 빠르게 산 아래로 달려 내려갔다.

“승부는 다음에 내지.”

눈이 부실 듯한 달무리가 장백신옹의 검에서 폭발하자 최염은 자신도 모르게 뒤로 물러났다.

장백신옹은 그 틈을 타 빠르게 산을 내려갔다.

“어린 놈아! 넌 밥 좀 더 먹어 힘 좀 길러야겠다.”

펑!

거대한 힘이 홍해구의 당파창에 떨어지자 홍해구는 욕설을 퍼부었다.

“빌어먹을!”

“으하하하!”

비틀거리는 홍해구를 남기고 황산패도가 휑하니 산 아래로 몸을 날렸다.

“서라… 윽!”

홍해구는 분노에 뒤를 쫓으려다 기혈이 솟는 걸 참지 못하고 입가에 피를 흘렸다.

육파일방의 무리들은 거세게 몸부림치며 뒤도 안 돌아보

고 산 아래 본진으로 달렸다.

북신마교도들은 그런 육파일방의 제자들에게 검을 날렸지만, 금방이라도 본진이 함락될까 생명을 도외시하고 퇴로를 열었다. 그 덕에 북신마교도들이 꽤 많이 희생되었다.

남은 것은 상처 입은 자들의 비명 소리. 멀쩡한 자들은 오히려 침묵을 유지했다.

"이게 무슨 일이오?"

제갈효는 마치 한바탕 꿈이라도 꾼 것 같았다. 당장이라도 결단 낼 듯 공격하던 자들이 뒤도 안 돌아보고 도망쳤다.

"문상!"

싸움이 멎어 멍해 있던 북신마교도들이 추일학의 모습을 보고 입을 열었다. 그중엔 추일학의 모습을 보고 달려온 현무칠수의 셋도 있었다.

추일학은 심각한 고민이라도 하는지 미간을 단단히 굳혔다.

캬옹. 캬카카.

설묘는 그런 추일학 곁에서 무슨 말이라도 해주려 울어댔지만, 아부노 설묘를 신경 쓰시 않았나.

고민하던 추일학은 곧 주변의 뜨거운 시선에 입을 열었다.

"일단 싸움터의 뒤처리부터 한다. 부상당한 교도는 본산으로 옮기고, 우린 이 싸움의 상대에게 확실한 두려움을 심어줘야 하니, 아직 숨이 붙어 있는 육파일방 놈들의 숨통을 확실히 끊고, 이곳을 다시 재정비한다."

"명을 받습니다."

사람들이 추일학의 명을 받고 빠르게 주변으로 퍼져 나갔다.

"아무래도 적의 간교 같소만."

어느덧 정신을 추스른 제갈효가 입을 열었다.

"나도 그런 생각이 강하게 드오. 하나……."

추일학은 아니라 했지만, 고경천의 서신이 마음속에 걸렸다.

"문상은 다 좋은데, 자주는 아니지만 가끔 교주에 관련된 일은 판단이 흔들릴 때가 있소. 이번 일, 십 중 칠팔은 옥정곽의 간계로 보이오."

"그건 나도 그런 생각이 드오. 다급한 마음에 성급히 퇴각을 하는 듯 보였지만, 오히려 난 그게 더 이상한 생각이 드오. 아무리 교주님의 능력이 높다 해도 육파일방의 본진이오. 그 본진이 어찌 교주님 한 명으로 인해 퇴각을 하란 신호를 보내겠소."

"그것이 바로 맹점이오. 아마 옥정곽은 우리에게 고민을 하게 하려는 거 같소. 진실일까? 아님 거짓일까? 그렇다면 왜… 설마?!"

말을 하던 제갈효가 놀라 소리쳤다.

추일학도 순간 뇌리를 스치는 생각이 있어 눈이 커졌다.

“함정?”

“당했소. 우린 이중 함정에 걸린 것이오. 함정인지 알면서 움직이지 않으면 안 되는… 그런데 함정이 성도와 육파일방 본진. 어디라고 생각하시오?”

“음.”

이건 추일학으로서 도저히 결론을 내릴 수 없었다.

캬아. 캬아아.

설묘는 더 이상 수단이 없는지 추일학의 바짓가랑이라도 물고 늘어지려 했다. 그 속 깊은 곳은 몰라도 일단 들은 이야기론 이들이 함부로 움직이면 안 되었다.

그러나 오히려 설묘의 그런 행동이 둘에게 결정을 내릴 수 있게 해주었다.

“성도.”

“성도.”

둘은 동시에 같은 말을 꺼냈다.

제갈효는 심각한 얼굴로 입을 열었다.

“아무래도 억지로라도 포위망을 뚫어서라도 사람을 내보내야겠소. 원군으로서 말이요.”

“부탁하오.”

추일학은 이 말밖에 할 수 없었다. 몇이나 포위망을 빠져나갈 수 있을지 몰라도 그 뒤 빠져나간 자들도 육파일방의 추적을 받을 수 있었다. 그럼 과연 몇이나 고경천을 구하러 갈 수 있을까?

그러나 이곳과 달리 성도는 별개의 시간이 흘러 어느덧 깊은 밤으로 빠져들고 있었다.

＊　　　＊　　　＊

자정.

산 자는 잠에 빠져들고, 망자는 잠에서 깨어나는 시간. 이 때가 되면 무덤가는 그런 망자들이 뿜는 귀기로 산 자들은 함부로 접근할 수 없는 귀역이 되어버린다.

"망할! 오늘 따라 더 으스스하군."

왕건묘의 야간 보초를 맡은 자는 평상시보다 등골이 더 시려 신경질을 부렸다.

"그보다 이 인간은 오줌을 만들어서 싸? 아무리 묘의 보초가 다른 곳보다 널널하다고 해도 걸리면 어쩌려고……."

그는 동료가 사라진 곳을 바라보았다. 하나, 보이는 것은 칠흑 같은 어둠뿐, 소변보러 간 인간은 코빼기도 보이지 않았다. 한데 무언가 이상한 것이 둥둥 떠오는 듯한 모습이 보였다.

"뭐… 뭐지?"

보초는 혹시 잘못 본 것이 아닌가 눈을 비볐다.

그러나 절대 잘못 본 것이 아니었다. 횃불 아래 점점 모습을 드러낸 것은 다름 아닌…….

검이었다!

"거… 검?"

검인 건 좋았다. 그런데 왜 혼자 허공에 떠 있는가? 도대체 검을 들고 있는 사람은 어딜 가고 검만 존재하는가?

"귀… 귀… 귀…….."

뒷 글자는 차마 붙일 수 없었다. 그걸 붙였다간 현재 있는 공간과 연결되어 심장이 멎을지도 몰랐다.

그사이 검은 계속해서 보초가 있는 곳으로 다가왔다. 빠르게 다가오진 않았지만, 도저히 다리가 얼어붙어 움직일 수 없었다.

"으… 으…….."

떨리는 손을 간신히 움직여 창날로 검을 겨누었다.

그 때문인지 검은 잠시 주춤하듯 허공에 머물렀다. 그러나 그것도 잠시 다시 보초를 향해 다가왔다.

"으아아악!"

바닥의 용기라도 쥐어짜듯 보초가 소리를 지르며 검을 향해 달려들었다.

쐐애애액.

"헉!"

검은 갑자기 빠르게 움직이며 보초를 향해 달려들었다.

하지만 검과 창이 부딪치는 일은 없었다. 검은 창과 부딪치려는 순간, 허공에서 방향을 틀어 그대로 보초의 뒤통수를 향해 날아갔다.

펙!

"컥!"

보초는 짧은 비명을 끝으로 그대로 앞으로 고꾸라졌다.

"무량수불. 신니께선 귀신 놀음을 좋아하시는 듯하군요."

"귀신 놀음이 아니오. 내가 아는 무공은 천년검이 전부요."

어둠 속에서 두 사람이 걸어나왔다.

한 사람은 젊은 도사. 한 사람은 비구니였다. 방금 전의 검은 비구니의 것이었던 듯, 그녀는 검을 다시 허리에 매달고 있었다.

광한은 무정의 말에 조금 고개를 갸웃거렸다. 어떤 신공절학도 그걸 배우기 위해선 기본이 되는 무학을 익히는 게 통례였다. 그런데 무정은 그 과정없이 바로 보타문의 최고절학을 익혔다고 말하고 있는 것이나 다름없었다.

그러나 그것이 바로 무정이 천년검학을 이룰 수 있는 이유였다.

본래 천년검학의 정체는 무림인들이 꿈의 무학이라 여기는 이기어검(以氣馭劍)이었다. 이기어검은 시전자가 기로 마치 검을 살아 있는 생명체처럼 부리는 것으로서 이는 초식을 완전 무용지물로 만드는 무공이었다. 거기다 이기어검의 기는 무인들이 갖는 정(精)에 기본을 둔 기(氣)가 아니라 신(神)과 통한 기인지라 일반적인 기와는 달랐다. 일반적으로 방술이니 법술이니 하는 쪽이 주로 신과 연관된 것을 보면 이기어검은 이미 평범한 무학이라 볼 수 없었다.

그런데 유독 다른 병장기와 달리 검이 선택된 것은 검이 다른 병기와 달리 영성(靈性)이 뛰어나서였다. 신은 곧 영에 관련된 부분이고, 검의 영성은 어떤 병장기보다도 뛰어나니, 이기어술에 검이 선택된 것은 당연한 것이다. 그리고 각각의 영과 영을 이어주는 매개체로써 기가 작용했다.

보타문은 이 부분을 알고 있었다. 하지만 기를 신에 가깝게 만들기 위해선 인간의 칠정육욕을 완전 끊어버려야 했다. 가장 쉬운 방법은 세상과의 단절. 마침 무정은 태어날 때부터 죄인 신분이라 자연스레 천년검학의 전인이 될 수 있었다.

그러나 이런 비밀을 알고 있는 것은 오직 보타문의 장문인뿐이다. 정작 당사자인 무정도 단지 어미의 죗값을 갚아야 한다는 이야기만 들었지 이런 속사정까지는 몰랐다.

광한은 이런 사실을 몰랐지만, 그 부분에 대해서는 묻지 않았다. 무정과 지낸 며칠 동인 그녀가 자신보다 더 무심한 사람이란 걸 확실히 깨달았기 때문이다.

"들어가시지요."

광한은 쓰러진 보초를 눈에 띄지 않는 곳으로 옮겨 놓고 앞장서 왕건묘로 들어갔다. 무정은 그때까지 가만히 있다 말없이 광한의 뒤를 따랐다.

그들이 들어가고 잠시 후, 고경천이 왕건묘에 도착했다.

"묘한 인연이군."

한 번도 아니고, 두 번씩이나 이곳에서 사천의 운명을 결정 짓게 되었다.

"너무 기다리게 해선 예의가 아니지."

고경천은 감상을 접고, 문을 넘어 왕건묘로 들어섰다.

왕건묘는 여전히 을씨년스런 귀기에 감싸여 있었다. 다른 무덤가와 달리 봉분이 이곳저곳에 있지는 않지만, 저 큰 능 안에는 먼저 잠든 주인을 제외하고도 고경천의 손을 통해 공 동오로의 몇이 잠들어 있었다.

"약속은 정확하구려."

고경천의 인기척을 느꼈는지, 먼저 있던 광한이 말을 꺼냈 다.

"이 대결은 나도 바라던 바 피할 이유가 없지."

둘은 잠시 더 이상 말을 하지 않고 상대를 바라보았다.

첫 대면 때는 보는 눈이 많아 차마 드러내지 못하는 것들이 많았다. 그중에 하나가 광한이 고경천에 대해 갖고 있는 생각 이다.

"당신은 잘못 알고 있는 것이 하나 있소."

"무엇 말이냐?"

“십 년 전, 장문인 생신에 벌어진 귀하와 나의 대결. 그건 당신이 생각하는 것과 다르다는 것이오.”

“그게 지금 무슨 소용이 있는가? 이제 와서 난 그 이유가 어떻든 상관이 없게 되었다. 지금 이 자리는 더 이상 십 년 전의 치기 어린 소년들의 싸움이 아니다. 그건 스스로도 잘 알고 있을 텐데.”

광한의 얼굴에 처음으로 웃음이 찾아들었다.

“무량수불. 빈도가 잠시 결례를 범했소. 우린 모두 성인, 지금 싸우는 것은 각자의 신념에 의해 움직이는 것이라 생각하오. 그래서 난 목숨을 걸고라도 최선을 다할 것이오. 그것이 상대에 대한 최대한의 예의 일 테니.”

“그건 나도 그렇다. 분명히 말하지만, 난 이번 싸움으로 잘난 육파일방의 콧대를 꺾을 것이다.”

“그건 내가 싸우는 이유도 마찬가지오.”

광한의 입에서 흔들림 없는 한마디가 나왔다.

“그보다 언제나 돼야 서찰에 적힌 조력자를 소개할 거지?”

“아, 무정신니 인사나 나누십시오.”

지금까지 말이 없던 무정신니가 한발 나섰다. 그린데 그녀는 말을 하는 대신 검을 뽑아 들었다.

“싸워 목숨을 거둬야 할 사이에 무슨 인사가 필요하오?”

고경천은 잠시 상대의 모습을 다시 살펴봐야 했다.

분명 복장은 승려이고, 말하는 음성이나 체형은 분명 여자였다. 그럼 비구니란 것이 당연한데, 검을 한 자루도 아닌 네 자루를 차고, 말하는 투는 그 어떤 사내보다도 무뚝뚝했다.

'멸악사태만큼 입이 더럽진 않지만, 정말 그 사람 젊었을 적 모습이라도 믿겠네.'

광한도 잠시 당황해 말을 못하다 서둘러 입을 열었다.

"보타문의 무정신니요. 정자배의 마지막 분이시오."

'역시……'

그러나 조금 놀랐다. 이리 젊은 여인이 보타문의 장문인과 같은 항렬이라니…….

지이이잉.

갑자기 맑은 검명이 들렸다. 말뿐이 아닌 싸울 준비마저 끝냈는지, 무정의 검이 울고 있었다.

"성격 한번 시원시원해서 좋군."

고경천도 상대의 기세에 양손을 무지갯빛으로 물들이며 아름다운 빛깔을 자랑했다. 전신은 이미 흡정마기들이 그를 보호하듯 곳곳에 검은 줄을 만들어놓았다.

스르릉.

광한도 무당 제자의 표식이라 할 수 있는 송문고검을 뽑아 들었다.

지이이잉. 팅.

기합도 없었다. 강하게 몸을 뒤틀던 무정의 검이 갑자기 주인의 손을 벗어나 빠르게 고경천에게 쏘아져 갔다.

고경천은 비검술이라도 되는가 달려드는 검을 향해 단순하게 오른손을 뻗었다.

그러나 검은 그의 예상과 달리 별빛처럼 산산히 부서지는 것이 아닌 그의 앞에서 기다란 몸을 뒤틀어 고경천의 배후로 날아들었다.

'이게 뭐야!'

천년검학의 정체를 모르는 고경천은 이 순간 너무 놀라 자기도 모르게 눈을 크게 뜨고 말았다.

*   *   *

"길을 열어라!"

북신마교 수뇌부의 목청이 천공을 울렸다.

"한 놈도 놓치지 마라!"

밤이 깊어지며 시작된 싸움은 자정이 되며 더욱 치열해졌다. 한낮의 싸움으로 잠시 소강상태에 빠져들 법도 하건만, 그 싸움으론 양도 치지 않는 듯, 그보다 더 격렬히게 양측은 충돌했다.

카캉.

펑.

"이얍!"

"핫!"

병기와 장력이 난무하고, 기합과 기합이 창룡처럼 허공에서 불꽃 튀기는 접전을 벌였다.

기습의 묘를 살린 북신마교측과 이미 완전히 청성산 아래를 둘러싼 육파일방 측.

"성동격서의 술책 이상의 효과를 거두려 했는데, 조금도 흔들림이 없구려."

제갈효가 싸움이 벌어진 곳보다 위쪽의 넓은 바위에 서서 아래를 보며 입을 열었다.

"상대에겐 무림일현이 있소. 이 정도는 각오한 거 아니오?"

추일학도 냉정한 시선으로 치열하게 벌어지는 격전지를 주시했다.

제갈효와 추일학은 낮에 육파일방이 쳐들어왔다 물러가며 한 말로 인해 머리를 모았다.

현재, 청성산의 서편은 빽빽한 밀림이 자리한지라 그쪽은 북신마교나 육파일방 모두, 중요시하지 않았다. 조금씩 낮과 밤의 온도차가 멀어지는 이맘때면, 햇빛이 잘 들지 않는 서부는 본래도 짙은 장독이 더욱 기승을 부린다. 장독은 부시독의 일종으로 호흡뿐만 아니라 피부에 접촉해도 문제를 일으켰다.

그래서 중앙부와 동부가 주로 육파일방이 청성산을 포위

하며 구축한 포진이다. 여기엔 서부의 장독도 한몫 했지만, 어차피 서쪽을 통해 성도로 향하려면 중앙에 포진한 육파일방의 아래쪽을 빙 돌아가게 된다. 한데, 육파일방이 포진한 남쪽은 지세가 남부보다 높고, 민강과 합류하는 강력한 물살을 자랑하는 협수로(峽水路)가 있어 실상 길로서 별 의미가 없었다. 만일 그 협수로를 피해 더 내려갈라치면 그건 돌아도 너무 돌아 시간을 다투는 데는 필요치 않았다. 그래도 협수로만 이용할 수 있다면, 빠른 물살과 거리상 가까운 이점상 성도도 더 빨리 들어갈 수 있었다.

하지만 이는 다급한 상황이 아니라면 굳이 유용하지 않았다.

그러나 추일학과 제갈효는 이 점을 노렸다. 아니, 이미 이 점을 이용하기 위해서 협수로를 이용할 수 있게 배도 준비해 놓았다. 또 장독은 청성산을 본산으로 선택하고 나서 당협기가 어느 정도 상대할 수 있는 방도를 마련해 놓았다. 일반 고수라면 모를까? 절정에 다다른 정도만 되면 그가 마련한 해독제로 충분히 견뎌낼 수 있었다. 그래서 그들은 다수의 구원자가 아닌 한 사람을 택한 것이다.

지금도 한 사람이 그 협수로를 통해 성도로 향하고 있었나.

이 싸움은 혹시라도 모를 적들의 시선을 이곳에 잡아두어 그쪽으로 향한 자의 안전을 도모하는 것이다. 그는 성도에 도착하기 전, 최대한 힘을 아껴야 한다. 더 이상 고수를 착출할 수 없는 북신마교 측으로선 그만이 믿을 수 있는 유일한 수단이다.

"그리고 우리는 그가 움직일 수 있도록만 해주면 되오. 교주님에게 최대한 북신마교 최고 고수. 그만 그곳에 도착할 수 있으면, 교주님과 함께 어떤 함정이라도 이겨낼 것이오."

"단지 늦지 않기만을 바랄 뿐이오. 누가 뭐래도 상대는 무림일현이 포진한 육파일방이니 말이오."

두 사람의 눈은 혈투가 벌어지는 청성산 동부 아래를 바라보며, 부디 그가 도착할 때까지 고경천이 무사하길 빌고 또 빌었다.

*　　　*　　　*

카강.

한여름 모기처럼 달려드는 검은 쫓아도 쫓아도 계속해서 고경천을 따라붙었다. 무슨 일이 있어도 피를 보겠다는 그 집요함은 천하의 고경천이라도 기가 질릴 정도였다.

'빌어먹을.'

하지만 가장 열 받는 것은 수수방관하듯 이쪽을 바라보는 광한과 정작 자신은 멀찌감치 떨어지고 검만 이용해 그를 공격하는 무정이었다.

처음 무정의 일격에 무언가 이상함을 느꼈지만, 설마 상대
의 무공이 이론상으로만 가능하다고 하는 이기어검일 줄은
몰랐다. 그리고 그게 남들이 육대절학이라고 칭하는 천년검
학일지는 더더욱 몰랐다.

지금도 이리저리 몸을 피하며 한밤에 무덤에서 때 아닌 체
조를 해야 했다.

'그래 좋다. 밤은 아직 길고, 또 끈기와 오기는 내 전부라
할 수 있으니, 어디 밤새도록 놀아보자.'

고경천은 호남에서 사천까지. 그 지겹기가 찰거머리 저리
가라한다는 단혼살막의 살수도 견뎌냈다. 먹잇감의 힘을 빼
놓고, 최종에 사냥한다는 그들의 방식은 힘을 빼놓으려다 오
히려 수많은 낭아객들만 잃는 결과만 냈다.

그는 그런 추적 속에서도 살아남은 사람이다. 아니, 추적을
지휘한 손사향의 기까지 질리게 만든 자였다. 그런 그였기에
장기전이라면 오히려 자신했다. 어차피 내공은 넘치고 넘치
는 게 자신이고, 거기다 그에겐 비장의 수법인 양의분심신공
이 있었다. 그리고 이 양의분심신공이야말로 손사향을 지치
게 만든 비장의 수법이었다.

"아무래도 나도 나서야겠소."

본래 광한은 싸움이 벌어지자마자 나서려 했다.

그러나 무정은 그런 그를 말리며 일단 자기가 먼저 상대를
상대한다고 했다. 그 속엔 천년검학에 대한 자부심 이상의 무

엇이 있어 광한은 한발 물러섰던 것이다.

하지만 이대로는 싸움만 길어질 뿐, 뾰족한 수법이 없었다. 그리고 중요한 것은 대결을 자청한 광한으로서 더 이상 구경만하고 있을 순 없었다.

"아직 아니오."

무정은 이번에도 광한을 말리며 허리에 찬 검에서 또 한 자루의 검을 꺼냈다.

"……!"

광한은 곧 무슨 일인가 하다 너무 놀라 입이 벌어지는 것도 느끼지 못했다.

지이이잉.

또다시 뽑아 든 검에서 요란한 검명이 울리더니, 무정의 손을 빠르게 떠난 검이 하나로도 정신없는 고경천을 향해 또다시 덮쳐들었다.

『흡정마공』 제5권 끝

입소문을 통해 아는 분은 다 알고 계십니다!
올 한해 공인중개사 최고의 화제작!

1~2권 합본 | 이용훈 지음
3~4권 합본 | 이용훈 지음
5~6권 합본 | 이용훈 지음
용어해설 | 이용훈 지음

수험생 기본 필독서
만화 공인중개사

제목 : 만화공인중개사 쓰신 분에게 감사드립니다.

학원을 두 달 다녔어요. 근데 과연 그 숫자 외우기 그런 게 몇 문제나 나올까 생각을 했어요.
아니라는 생각이 드네요. 학원강의를 뒤로하고 서점을 갔어요. 내 머리에 가장 이해될 수 있는
책이 없나 하구요. 거기서 만화를 발견했어요. 무조건 세 번 봤어요. 3개월 걸렸어요. 문제집을 보라고
했는데 그건 시행을 못했어요. 근데 합격을 했네요.
어떻게 감사의 말을 해야 될지……
도서관에서 만화책 들고 다니니까 사람들이 비웃더라구요. 만화책으로 공인중개사를 공부한다고
미친 사람처럼 보더라구요. 근데 그거 다 감수하고 했던 내가 자랑스럽습니다.
어떻게 감사의 말을 해야 할지… 정말 감사합니다.
부디 행복하세요. 제 나이 41살에 좋은 스승을 만난 것 같습니다.
엎드려 감사드립니다.

−본사 홈페이지에 독자분이 올린 메일 中 에서 발췌−